ET Scrittori
1341

Dello stesso autore nel catalogo Einaudi

Viaggi del tempo immobile
Parole e canzoni
Il libraio di Selinunte

Roberto Vecchioni

Le parole non le portano le cicogne

Einaudi

Prima edizione «Coralli» 2000
www.einaudi.it

ISBN 88-06-17471-1

In questo libro i luoghi piú importanti hanno nomi finti, le cose piú vere sembrano false, le persone inventate sono esistite (io lo so) in qualche posto, qualche volta.

Le parole non le portano le cicogne

O se cerilo io fossi
che sul fiore dell'onda vola con le alcioni
a cuor sereno.

(ALCMANE, framm. 10 Page)

Il brano in cui si descrive l'arrampicata di Vera con Pablo è di Francesca Vecchioni.

Da lassú la bambina aveva di fronte il mondo: non altro che vento e fiori e misurarsi di montagne e sperdersi di calanchi e canali in zone d'ombra o rossi al riflesso tardivo del sole. La giacca a vento le tirava tutta a sinistra, i capelli le spazzolavano la fronte e andavano e venivano a piccoli schiocchi e frustate; il ghiacciaio abbacinava, si beveva la luce e la restituiva in campo ipnotico. Al silenzio quasi perfetto faceva contrasto un rombo ovattato, circolare, piú intuito che inteso: quasi una voce, una litania, un corale inintelligibile che le vette intonavano insieme, una bassa profonda compièta nella consunzione serale del cielo.

La bambina aveva le lacrime agli occhi; non di paura, non di freddo. Era abituata a mettersi il sacco in spalla e andare per prati, per colli, finché l'ora lo permetteva. Stava lí a guardare incantata, ascoltandosi il cuore battere forte davanti a qualcosa di troppo grande, troppo immenso da abbracciare. Non ricordava altri posti, altri momenti simili. Aveva camminato per ore nella valle di Grimm costeggiando colline moreniche, strati di silicio friabili a piastra, belli da intagliare; aveva visto la neve del Balacal cosí bianca da accecarla, bloccarle i muscoli, riempirla di torpore, di sonno: aveva incontrato i camosci sul Vetzel a distanza di voce, a distanza di sorriso: era stata già felice ad altre altezze. Ma non allo stesso modo. Era come se non esistessero confini, cosí a perdita d'occhio in uno sproposito di edelweiss, campanule, bocche di leone.

Il cielo era altissimo, là, in fondo in fondo, di un blu elettrico, uniforme, senza una sbavatura, una macchia, un filamento di nuvole. Avrebbe voluto in quel preciso momento avere una scala per salirci su e raggiungerlo e vedere chi c'era, cosa c'era oltre, se una faccia, un sogno, un canto vivente o magari altre montagne all'incontrario con le valli in fondo e al limite di viottoli, e poi mulattiere e poi strade, casupole e case sempre all'incontrario con un'altra vita, un'altra felicità.

Dal ciglio, dal margine di un vuoto bello, buono, laggiú, appoggiato, incastrato, come un grande specchio verde si allungava il Dovel, il lago finalmente. Non c'era montagna, ghiacciaio, ferita tra i dossi, pietraia, ruscello che non vi si riflettesse con immobile certezza; e lei ebbe per un istante un pensiero da grande: solo le cose meravigliose sono cosí sicure, intatte.

Eppure qualcosa, una piccola cosa, si muoveva nel lago. La bambina strinse gli occhi e non capí: aprí in fretta lo zaino, tirò fuori un piccolo binocolo e cercò di mettere a fuoco, di ritrovare il punto. Cosí vide. Vide il canotto rovesciato, grande sí e no un guscio di noce, e vide l'uomo (o la donna? o il ragazzo?) che annaspava nell'acqua, allargava e serrava braccia che sembravano zampe d'insetto nel tentativo di tornare indietro, di aggrapparsi in qualche modo allo scafo. Fu una lotta di secondi: qualcosa come una gamba o un piede emerse e fu inghiottito di nuovo; rimase la testa a volteggiare impazzita, allontanandosi, distaccandosi sempre piú dal canotto: passò come un tratto di penna sbavato sul riflesso immobile del ghiacciaio teso e imperturbabile a pelo d'acqua, irreale come tutti i riflessi, e la figura sembrò per un attimo tentare di abbracciarlo, sembrò essere ingannata dall'immagine. Poi un piccolo rapidissimo risucchio, un batter di ciglia, e sparí, senza increspare piú l'onda.

Il lago fu come prima: piatto, uniforme, magnifico, appena disturbato da quel punto rosso alla deriva, dal canotto che non aveva piú senso.

La bambina aveva visto tutto. E non aveva potuto fare niente, proprio niente.

1.

– Scarpetta? Chi ha detto «Scarpetta»?

Mi ero fatta largo subito nel crocchio di compagni, tirando una manata in faccia a Daniele. A quel tempo ero così, senza riguardi né misure, vivevo d'istinti, indecisioni decise, senza pensarci mai su, alla faccia delle conseguenze.

Veramente anche oggi che sono passati otto anni, che siamo nel 2004, che c'è un abisso tra quella che sono e quella che ero, ho conservato una buona dose d'irruenza. All'istituto di Sociologia, dove scrivo e lavoro, lo san bene tutti e stanno attenti a come mi girano attorno.

Otto anni fa, nel 1996, andavo in II^a liceo classico e non avevo ancora compiuto 17 anni. Mi trascinavo senza infamia e senza lode fra materie e professori che mi suonavano come dolorose intrusioni, faticose necessità. Faticoso era dover seguire tutte le sparate, interminabili per giunta, su persone, cose, lingue che non avrei piú rivisto e risentito per il resto della vita: le zampe del coleottero, l'altezza del monte Bianco, i minori del Rinascimento, e il triangolo, il quadrato che non ce n'è uno sulla terra e allora perché calcolarli. Ma faticoso era soprattutto avere a che fare con una mentalità, un umorismo, una comunicazione che non avrei usato né per chiedere informazioni a un tranviere, né per discutere con mia madre sul destino.

Passavo da solitaria, da originale, da dissennata; vivevo di sfriso, di striscio i luoghi comuni, le ammucchiate del gruppo, lo spallinamento musicale, il rituale frenetico del dover piacere a un altro, agli altri. Ero tendenzialmente di rottura: i miei amici sballavano per l'hard rock, il rap, la musica ska; s'impastavano di pulp, splatter, cinema di superazione, divoravano tv demenziale e si guardavano bene dal leggere qualsiasi cosa che fosse piú lunga di due pagine e a righe belle larghe. Non seguivo le mode povere o ricche, mettevo roba di mia madre, persino gonne, e mi piaceva ridere di tutto. Ero una veteromane: ascoltavo i Beatles e Springsteen, perfino musica sinfonica. E leggevo, questo sí, tanto, quello che mi capitava, ma soprattutto quello che mi piaceva: Campanile, Ionesco, fumetti anni Sessanta, Jeff Hawke, Capitan Miki e Linus, che un po' insospettiva per via della desinenza latina.

Nessuno di noi andava matto per il latino. Ma il problema stava essenzialmente nel manico. Il professor Trimurti era balbuziente e leggeva e spiegava con in mano un portachiavi. Quando cominciava a tartagliare, lo lanciava in aria e, nel momento in cui lo riprendeva, riusciva a finire la parola. Si chiama «sgravio d'attenzione». Trimurti aveva gusti orribili: da Quintiliano a Cicerone tutti i cazzi pubblici, tutte le beghe incomprensibili della latinità erano nostri. E Cicerone, per colpa sua, noi finivamo per considerarlo uno sfigato che portava pure sfiga, visto che stava sempre dalla parte di chi perde o di chi crepa.

Un giorno andammo in delegazione pregandolo di soprassedere e provare, per pietà, a farci un po' piú di Marziale e Catullo, perché il latino era comunque latino anche se trattava puttane e magnaccia o storie d'amore. Fu un bell'incontro, non c'è che dire: il portachiavi continuava ad andare su e giú, e Trimurti gorgogliava insensati termini che, con l'ingrossarsi delle vene sul collo, diventavano man mano dettagliate accuse a una generazione di rammolliti e invertebrati, e continuò a colpirsi il petto col pugno rimasto libero finché non gli venne un coccolone e lo portarono via. Fu sostituito, ma non cambiò niente. Nessuno di noi cadde mai nella trappola del latino; fondammo una confederazione del «cosciente rifiuto» che ancora oggi, al Caterina Cornaro, è il vanto di chi ci ha rimpiazzato.

Ero diversa, sí, ma stavo sempre con tutti, mi sentivo l'anima di tutti. E del gruppo ero l'anima, ma quella persa, quella delle proposte bizzarre, inverosimili. Non organizzavo, provocavo; non mantenevo, disfacevo, come uno spiritello, un coyote, un corvo maligno. Non volevo comandare, non mi piaceva comandare: volevo l'approvazione degli altri, divoravo approvazioni, rimbambivo per un consenso, diventavo invulnerabile nell'applauso.

Forse mi credevano forte, o saggia, o sicura: niente di tutto ciò. Nessuna idea mi apparteneva per piú di una giornata; evitavo accuratamente di guardarmi dentro, in quella stanza di calze spaiate e poster intercambiabili; agivo a caso, a illuminazioni improvvise e sempre per meravigliare, sempre per quella maledetta approvazione.

A quei tempi mi chiamavano «nonna». «Nonna, chi era 'sto Jimi Hendrix?», «Nonna, ci spariamo un "Fellini"?» e via andare. Ero una sorta di consulente archeologico.

Non ero bella, ma neanche brutta. Piccina, piuttosto magra, guance scavate, capelli a caschetto irrequieto; ma avevo belle gambe, seni di una certa pretesa, e quando camminavo e la gonna svolazzava c'era chi si voltava, piú di uno si voltava.

– Io, io ho detto «Scarpetta».

Ed era saltato fuori da un altro gruppo uno smilzo altissimo, deperito, incassato in un maglione che ci stavo dentro anch'io; ma gli occhi erano grandi, sterminati: due occhi cinesi, castani, frenetici su di un naso appena storto e una bocca ad acciuga che ne seguiva il verso.

– Tu non sei di qui –. Li conoscevo tutti, e quello non l'avevo mai visto.

– Sono del Mameli, ultimo anno. Son passato a salutare un amico –. Parlava come uno scemo, dando forza col naso.

– Cos'è questa storia di «Scarpetta»? – chiesi ridendo.
– Domani. Domani c'è Scarpetta a Napoli, al Bellini.
– E allora?
– E allora ci vado, prendo su la moto e giuro che ci vado, e ci entro pure, dovessi fare a botte!
– Cosa di Scarpetta?
– *'O miedeco d'e pazze.*
– Puff. Non è la piú bella.
Sollevò uno degli occhi sterminati e l'altro gli finí contro il naso:
– Che ne sai tu di Scarpetta?
Uscimmo dalla calca.
– È una lunga storia, – dissi sedendomi sul muretto e grattandomi la testa.
– Sentiamo! – Aveva un corpo da giraffa, incompiuto.
– Ho visto quasi per caso *'Na santarella* con Eduardo e Luca De Filippo. Non smanio per la televisione, ma quella sera ero sola in casa e pioveva, ed era tutto una barba.
– Dove stai?
– Sulla Flaminia vecchia con mia madre. Siamo due zitelle. Al secondo atto, quello della confusione... hai presente, quando tutto avviene dietro le quinte di un teatro e nessuno sa veramente chi è l'altro...
– Il maggiore, la prima donna, il maestro di musica, cioè Don Felice, la *santarella* e l'ufficiale promesso sposo che si innamora di lei...
– E Luca, ovvero Celestino, che si veste da alabardiere per fare il filo a Carmela, la corista...
– Tu hai visto *Rumori fuori scena*? È la stessa idea...
– Fammi finire... be', ho cominciato a ridere da sola, a ridere, ridere che non ne potevo piú.
– Perché il «comico» vero non ha bisogno di satira o stronzate sociali per pescare pubblico...
– Era tutto cosí fuori dal mondo, cosí inverosimile.
– È la forza di Scarpetta, che poi ha preso da Petito, che poi ha preso dal teatro dell'arte, dalle maschere. Nien-

te piú Arlecchini o Colombine però, ma ufficiali a riposo, nobili decaduti, badesse, ballerine, e soprattutto figli scapestrati...

– Tu sei un figlio scapestrato?

– Sí, ma me lo guadagno col sudore della fronte.

Risi.

– Come nei *'E nepute d' 'o sinneco.*

– Lí c'è la sostituzione, lo scambio... il fratello che fa la sorella e la sorella che fa il fratello, che gran casino... e lí Scarpetta è andato ancora piú indietro... scambi, distacchi, riconoscimenti, tutta roba da Menandro, da commedia greca.

– Sei un intellettuale? Non sopporto gli intellettuali.

– Perché non li sopporti?

– Devono trovare sempre le ragioni di tutto, mischiare tutto a tutto, citare tutto.

– Io conosco solo la commedia napoletana, Alcibiade e il processo per la fabbricazione dei gelati.

Risi ancora e gli battei la mano sulla coscia. Me la prese al volo e se la passò sul viso.

– Memorizza. Domani mattina questa faccia sarà su una Gilera sotto casa tua. Portati l'essenziale, si va in due al Bellini, a Napoli, a vedere Scarpetta.

– Non ti ho detto tutta la verità.

– Eeh?

La strada scorreva bianca, rettilinea, da chissà quanti chilometri. Julian, cosí si chiamava, aveva deciso di andar giú per Terracina, Sperlonga e Gaeta, perché era piú bello, e poi con il mare sarebbe sembrata proprio una gita e non si buttava via il sabato.

Eravamo sulla Pontina, che non ha curve perché il Fascio l'aveva bonificata a reticolo e sui bordi, sui lati, erano nate le strade, sempre diritte. Il rumore della Gilera era assordante, io stavo appiccicata a Julian e misuravo una magrezza da far schifo, un intarsio di costole e buchi dove mi tenevo a malapena. Il paesaggio era quello che era: ogni tanto spuntavano frazioni patriottiche che prendevano nome da battaglie della prima guerra mondiale e forse anche del Risorgimento. Di buono c'era che alle otto del mattino nessun romano prende e va per strada. Amavo Roma, ma non era tutto il mio universo.

Sballare per la propria città è un sentimento che sa di ghetto e di privilegio, è un'ammissione d'incompatibilità col diverso per quieto vivere, è, insomma, una cecità difensiva. Amarla, fino al contatto fisico, è un'altra cosa: e amare Roma è sublime. A Roma l'appartenenza, la «figlianza» è ancora piú forte che altrove. Mio padre, che era di suo uno stronzo, ma apolide o cosmopolita come me, diceva che qualsiasi cagliaritano, palermitano, anconetano, qualsiasi italiano insomma, riesce col tempo a vivere in un'altra città e a capirla, a conformarsi. Il romano no. Il romano fuori Roma è morto. Appena varcati i confini del Lazio comincia a rallentare, a guardarsi intorno circospetto, a esprimersi con diversa gentilezza, a stupirsi che esistano altre regole, a non capire piú cosa deve dire o fare. Lui la chiamava «sindrome del tassista», perché per il tassista il mondo è tutta quella roba inutile, delirante, in subbuglio, che sta intorno alla sua macchina. E la sua macchina, cioè Roma, è l'unica cosa che conta, perché è l'unica che conosce.

– Non ti ho detto tutto su Scarpetta.

Questa volta capii, nonostante il vento e il fracasso.

– E cioè?

– Le sue trame non sono sempre originali.

– Perché?

– Le ha prese quasi tutte dalla pochade, un genere comico francese.

Chiuse il gas e in un martirio di splic e splac fermò la moto.

– Siamo al Circeo, da qui in poi seguiamo la costa fino a Napoli.

Scesi per sgranchirmi le gambe. Mi ero coperta anche troppo visto che era aprile, un bell'aprile, ma avevo temuto il peggio con duecento chilometri di moto.

Julian si tolse il casco e lo appoggiò per terra.

– Anche *'O miedeco d'e pazze* è in realtà un plagio: un plagio di *Pensione Chottle* del Laufs.

– Non me ne importa una sega!

– Tu sei un plagio? Sei stata plagiata da qualcuno? – disse ridendo e passandomi le mani dietro la schiena.

Feci un gesto quasi risentito, ma troppo ragionato, di disagio. Lo guardai negli occhi e mi prese proprio brutta. Quel disordine di muscoli, quel sorriso a filo, quello schiudersi appena appena di labbra furono la rovina. Mi lasciai baciare lí all'ingresso di San Felice che sembrava quasi fosse scritto.

A Sperlonga mi abbracciò in tutti i vicoli nascosti, cunicolosi; mi appoggiò a tutti i muri da cui veniva odore di cenere e sodio; a Gaeta, subito prima del forte dove capitolarono i Borboni, avevo già fatto l'amore due volte, mangiato niente, ma riso e pianto *azzeffunne*.

Ancor oggi non riesco a spiegarmi come feci a darmi cosí, senza esitazioni. Eppure a quei tempi l'amore mi faceva perfino paura: avevo avuto, prima di Julian, una sola esperienza, e per di piú brutta. Julian fu un raptus, uno stravolgimento, un sogno.

Al Bellini, com'era prevedibile, non c'era posto, neanche un buco. La compagnia era quella del nipote di Scarpetta, la stessa che avevo già visto in *'O tuono 'e marzo*.

Julian aveva smontato mezzo motore della Gilera e se lo portava dietro, perché, a suo dire, quello era l'unico antifurto possibile a Napoli.

Fuori dal teatro non c'era 'sta gran calca, ma mancava piú di mezz'ora. Ci facemmo tre o quattro arancini di riso e uno sproposito di *pasta crisciuta* che buona cosí credo di non averne mai mangiata.

Julian era calmissimo: io non capivo cosa gli desse una tale sicurezza visto che c'eravamo sciroppati mezzo Tirreno per non vedere niente. Non mi azzardavo nemmeno a chiedergli come potevamo fare per entrare. Ero già lí da un quarto d'ora, impalata davanti all'ingresso – cercavo di nascondere l'imbarazzo scorrendo le locandine, brutte per la verità –, quand'ecco che salta fuori una «maschera» e ci si avvicina. In un trionfo di alamari e marsina verde Volga-napoleonica, fissa Julian dall'alto in basso e poi dal basso in alto e quasi cerimonioso sussurra: – È lei il nipote di Luca Scarpetta?

– Sono io, certamente, buonasera.

– Le abbiamo riservato un palco, sa, non è dei migliori, ci deve perdonare, ma il fax della sezione spettacolo di Roma è arrivato solo...

– Non si deve scusare, – aveva preso a dire Julian, – la disattenzione, l'errore è mio –. E aveva cominciato a seguirlo verso il teatro. Solo allora si era accorto che io ero rimasta ferma come un pollo davanti al gioco delle tre carte.

Tornò a riprendermi, mi diede la mano e fummo dentro. Mentre camminavamo dietro l'usciere, il cuore mi batteva da pazzi, per la paura di essere scoperta, di fare una figura di merda, d'incontrare Scarpetta stesso, lí, magari nel corridoio, e non saper cosa dire e aver voglia di scappare a rinchiudermi dentro al cesso.

– Nipote di Scarpetta, eh? – gli mormorai tra i denti, mentre salivamo verso il palco.

– Dopo ti spiego, – rispose.

Ma non me lo spiegò mai.

Mi spiegò altre cose piú difficili, piú facili, piú lontane, piú vicine. Mi spiegò l'assillo dell'attesa e della sparizione, l'ora dell'attenzione e della considerazione, la sincronia del desiderio e la semplicità del bello. Mi spiegò quant'ero grande per lui e indispensabile, ed ebbe meraviglie per le mie mani, i miei urli, i miei versi; si stupí dei miei pensieri, il sogno del loft, il rispetto del gioco, delle occasioni rubate al tempo. Ma soprattutto fu sempre presente, sempre davanti a me, non si negò mai: sotto la pioggia, a chilometri di distanza, nella tenerezza di un biglietto e ancora nella misura delle parole, nelle prese in giro, nelle zingarate con gli amici.

Don Felice Sciosciammocca imperversava ignaro nel secondo atto. Il nipote gli aveva fatto credere che i clienti della *Pensione Stella* fossero dei pazzi, e come pazzi li trattava, come pazzi li assecondava. Noi sapevamo, lui no. Noi sapevamo che stava davvero combinando un matrimonio con Rosinè, un duello all'alba con il maggiore, una fuga in America col povero maestro Enrico, e lui invece pensava fosse uno scherzo, una farsa.

Tutto ribaltato: ciò che era sembrava, quel che sembrava era veramente.

Ma non ci feci caso allora, non mi sfiorò la metafora, l'avvertimento. Né, allora, a quell'età, in quell'infanzia di sentimenti avrei potuto capire che nel teatro lo spettatore è dio: sa ogni cosa prima e oltre i personaggi, sa e non dice. Nel ruolo di un destino immobile, carico di rivincite, conosce e non muta gli eventi, anzi se li gode come se capitando ad altri non potessero piú toccare a lui, come se la pena e la stupidità altrui fossero la sua liberazione.

Ridevo soltanto, come avrebbe voluto Scarpetta che della filosofia se ne fregava.

Mi era sparito tutto intorno: gente, suoni, richiami, *allucchi*, musica, tempo. Avevo chinato la testa sulla spalla di Julian col sospetto che quello sarebbe stato in qualche modo un grande amore.

Ed era solo il primo giorno.

Papà,

non riusciresti nemmeno a immaginare cosa mi è capitato. Sta' a sentire, mettiti giù comodo, perche' non so proprio come dirtelo, non mi vengono le parole. È ar-

rivato. Una persona e un momento che combaciano, e non hai il tempo di ragionare che sei fottuta. Lui mi ha cambiato il mondo, mi ha cancellato il mondo. È tenero, sicuro, imprevedibile; mi assomiglia tantissimo, ma è più forte, più buono di me. Ora, solo ora che è arrivato, mi chiedo come facevo prima a starne senza: mi sta insegnando ad amare le piccole cose e a capire quelle grandi, più grandi di me. Ha un sorriso, se lo vedessi, di quelli che sciolgono, come fa non lo so. Io vivo sulle nuvole, lo so, lo so che sono cose che dicono tutti, ma, papà, queste sono le mie nuvole, non quelle degli altri. Se tu fossi qui ti abbraccerei dalla gioia e continuerei a dirti stupidate, stronzate da tirarti scemo. Sta' tranquillo, so quel che faccio, non andrò a incasinarmi. Sono ancora padrona di me, anche se per addormentarmi devo prima chiudere gli occhi e riprovare una per una le sensazioni della giornata. E la sai la paranoia? Se me ne dimentico qualcuna o sbaglio l'ordine, torno indietro e ricomincio a ricordare daccapo.

Sono felice, non m'importa di niente e nessuno, anzi mi vanno bene tutti, voglio bene a tutti, mi sembrano tutti buoni, importanti, sopporto perfino la mamma ed Escamillo.

Incrocio le dita, spero con tutte le mie forze che almeno questa mia lettera ti arrivi. Non so mai dove trovarti, qui tue notizie non ne arrivano, anche se il mese scorso ho letto sul Messaggero del tuo trionfo al Festival di Montevideo. Ma a Montreux non vieni mai? Perché?

Ho scomodato Gaslini per sapere dove scriverti... sí, lo so che vi state sulle palle, e me l'ha fatto pure capire, ma non c'era altro modo, credimi.

Rispondimi, anche una riga, anche una parola sola, devi esserci anche tu in questa mia gioia cosí grande.

Ti amo.

Vera

Il secondo giorno fu lungo settanta giorni. Passavo dall'incoscienza alla consapevolezza con una rapidità sconvolgente: è buffo come cose appena successe diventino subito ricordi, quadri in esposizione nella memoria. Facevo i conti con me attraverso gli occhi di un altro, come se ci fosse un'altra io lí davanti, un'altra io che mi voleva bene.

Julian veniva sempre a prendermi a scuola; cacciava la Gilera sotto il tiglio e si arrotolava la sigaretta per minuti, palpandola e provandola, soffiando via il tabacco nero che debordava, prima di leccare la cartina, serrarla, mettersela in bocca e aspettare – sí, perché l'accendeva solo quando io uscivo. Anche in questo eravamo simili: il gusto dei gesti antichi, delle mani, delle dita che toccano, avvitano, uncinano, s'insinuano negli oggetti e li usano, per tutta la superficie, altro che far click su un bottone o sfiorare un sensore.

Simili ma non uguali. Julian era calmo, sicuro, lui sí. Meditava i gesti e le azioni, sapeva sempre cosa fare e soprattutto come rimediare. Mi faceva sentire osservata, seguita, difesa: trovava tutti i controgiochi alle mie crisi, alle ansie, a quella mia sensazione un po' infantile che tutto si muovesse troppo in fretta intorno a me, che mi sfuggisse senza ritorno.

«Se non sei nella domanda, sei nella risposta» era una delle sue frasi preferite. «Non puoi stare qua e là contemporaneamente».

– E se sono nella domanda?

– Allora risponderà qualcun altro, o risponderai tu stessa col tempo, con calma.

– E se sono nella risposta?

– Allora devi giocare d'anticipo, spiazzare, sgomentare, allibire la domanda.

Facevamo l'amore a intuito, senza premeditazione. Non c'era segnale, non esisteva avvisaglia: avveniva che l'aria tra noi si restringesse e fosse prima tiepida, poi calda, e all'incrocio un silenzio, piú lungo di un battito, trasmettesse desiderio. C'era una tale dolcezza in quelle penetrazioni che mi immaginavo cento piccole mani sparse a inseguirmi per tutto il corpo: chiudevo gli occhi ed era il niente assoluto, l'esilio delle immagini, e al fischio di un treno, al muoversi del letto, all'intolleranza del clacson giú per strada rispondeva la mia pelle, il cullato dondolio, serenità di bimba che guarda il cielo dall'altalena.

– Ma lo fanno tutti cosí? – gli chiesi una volta.

– Tu cosa dici? – rispose distratto.

– Io mai, e tu...?

Si era messo a sorridere, uno slungarsi rettilineo di labbra quasi inesistenti. Aveva scosso la testa facendomi felice: stava dicendo «no».

Parlavamo senza mai approfondire, senza mai romperci i coglioni, era quasi un patto. A volte confrontavamo le infanzie, le paure, gli splendori e le miserie dei genitori. Avevamo fabbricato un mazzo di carte: mio padre era la matta, suo padre il due di picche. Julian non amava suo padre, per le sue idee politiche, per la sua tracotanza, per il cinismo.

– E tuo padre com'è?

– Non c'è piú, non lo vedo piú.

– Non c'è o non lo vedi?

– Fa lo stesso. È partito, è scappato, qualche anno fa.

– Scappato?

– È un grande musicista. Vive in Sudamerica.

Non si accontentava, chiedeva dettagli.

Gli raccontai che mia madre era fuggita di casa giovanissima, per correre dietro a lui, che allora era un suonatore di be-bop dedito a bersi l'anima. Abituata com'era a un padre democristiano della serie «Dio ci guarda» e a una madre deamicisiana della serie «conto un cazzo», la prima volta che «Dexter Gordon» la portò al mare e suonò per lei tutta la notte sulla spiaggia, senza che le fosse chiesto niente, si abbandonò con fiducia.

Fu un amore di addii, che cominciarono dal giorno dopo. Quando lui se n'era andato già da un bel pezzo, improvvisamente una sera disse: «Me ne vado, per sempre».

Lo disse dopo un concerto memorabile sul lago di Bolsena. Quella sera fu unica, intoccabile, definitiva e disperata; come una lettera, come un testamento. Bolsena contribuí non poco a mettere i brividi a tutti: c'era in alto una luna offuscata che spandeva intorno una luce diffusa e riempiva di riflessi l'intero cerchio del lago. In quell'alone mio padre intonò un *Summertime* che rotolava sulle dominanti senza concedere l'avvisaglia, la speranza di una fine, e lasciò tutti a fiato sospeso fino al cambio di tono dove imperlò sedicesimi che erano pioggia, scroscio e infine grandine su e giú per il cielo, su e giú per la pelle, la nostra pelle, a scuotere i sensi: e fummo dentro, tutti noi fummo dentro quella grandine, quella pioggia.

Nelle pause in cui staccava e lasciava gli assolo al basso e all'elettrica, restava là fermo, impassibile a occhi chiusi, la testa appena reclinata a trasmettere una tale forza anche in quei silenzi da far impressione. Non abbandonava mai il sax, non lo appoggiava in nessun posto, nemmeno per un istante: lo premeva al petto, incrociando le braccia, come un bambino enorme da tenere stretto perché non piangesse, non si sentisse solo, non dimenticasse il respiro che si agitava sotto la T-shirt nera nella notte. Finí con le sue improvvisazioni, volutamente noioso al principio, come in gara, in ingaggio con se stesso per sondare il punto da cui partire, sviluppare il riff, il refrain. Pareva provasse e basta. Ma a poco a poco, inesorabile come il pifferaio di Hamelin ci prese a uno a uno, scaricò sull'erba le nostre giacche, gonne, pensieri e succhiò l'anima nostra nella sua, come sempre aveva fatto: e ce la distrusse, ce la frantumò fino all'«esisto solo io» della sua meravigliosa *Conversation with the blue woman blue*, soffiata, strizzata, insinuata, sfilata dalla magia di un sax che diventava cilindro e noi conigli, noi che ne uscivamo disperati non per la nostra, ma per la sua disperazione, immensa, infrangibile lama di un *re* bemolle a turbinare sul lago, e sconvolgere la notte.

E se ne andò.

Mia madre l'aveva guardato, non aveva detto niente. Mi aveva preso per mano e mi aveva riportata a casa, a Roma.

– E di tua madre che ne è stato? Cosa fa, che tipo è?

Difficile raccontarla, per me, allora. Adesso forse saprei cosa dire. Direi che vive in uno spazio impermeabile al bene e al male, al vero e al falso, al dolore e alla gioia. È come se non le importasse niente di quello che succede intorno: e infatti non la tocca minimamente. L'ho vista cavalcare in mezzo ai disastri, casa che crollava, amori che si sbriciolavano, soldi che evaporavano, come niente fosse, come se quanto stava accadendo non riguardasse lei, ma la tettonica dell'esistenza sociale. Vivere è per lei un aggiustamento continuo, un intervallo fra terremoti che per altro, mentre tutti scappano in piazza con il cuore in gola, non avverte nemmeno, continuando a dormire.

Sta in un suo spazio corazzato, difeso, e da lí partorisce idee, elabora progetti, fertile come un coniglio. Non è laureata, non è specializzata in niente, non conosce una lingua, non sa nulla, o poco, comunque meno di me, di politica, società, cultura, ma riesce a insinuarsi in tutto, rendersi credibile con tutti, osannarsi, compiacersi e vincere quasi sempre.

È bella: al contrario di me è davvero bella. Alta, flessuosa, col vezzo di muoversi, ancheggiare, vestire da bambina, e con l'astuzia di non truccarsi mai ed evidenziare le poche bellissime rughe che ha e che la rendono ancor piú sensuale. È un piccolo meraviglioso bulldozer che sparge terra a destra e a sinistra, pur di andare dove vuole, incurante di sussulti, fango, temporali, fracassamenti del motore. Ignora ogni diniego che riceve: dimentica e ricomincia. Ogni fallimento, piccolo o grande che sia, è sempre dovuto all'incomprensione, alla pochezza immaginativa, all'invidia altrui.

Il suo moto perpetuo ha avuto inizio con una lettera a una rivista femminile in cui descriveva il dolore, la trasformazione, il riscatto, l'orgogliosa solitudine di una donna abbandonata. Piacque cosí tanto che il settimanale le propose di tenere una rubrica su quel tema. Da allora non la finí piú. Quando facevo il ginnasio, tornavo a casa e la trovavo sommersa sotto buste, bustarelle, cartoline postali, imperturbabile, eretta sulla sua sedia da lavoro a batter risposte nel computer. Negli anni successivi è dilagata: non c'è stato giornale, programma televisivo, talk show, conferenza urbana, commento radiofonico che si sia lasciata scappare, su qualsiasi argomento: dall'educazione dei bambini alla tossicità dell'aria.

Questa escalation era infine culminata nel delirio creativo. Si era invischiata e intruppata, dio sa come, nelle sfere Rai, tra autori, dirigenti e capistruttura. Inventava un programma al giorno, lo rimaneggiava, lo infiocchettava, lo riproponeva. In casa non c'era mai, o quando c'era stava sdraiata in salotto a tener concioni davanti a illuminati professionisti dello spettacolo, commentando, correggendo, fumando, furoreggiando. C'incontravamo cosí a ore assurde, scambiandoci saluti che sembravano grugniti o mugolii, a seconda che volessimo dire «Non è il momento» oppure «Ti adoro, ma non è il momento». Eppure mi amava e mi ama. E voleva invischiarmi, anche di sfriso, nelle sue cose. Voleva che ci fossi anch'io. Non di rado, sentendomi tornare, mandava una voce dall'altra stanza: «Hai da fare?» E io sapevo bene cosa significava. Dovevo correggerle un intervento, stare a sentire un copione o usare per lei il computer, questo sconosciuto, che al contrario del frullatore era «cosí poco, cosí poco creativo».

I miei amici del cuore erano Filippo e Chiara.

Filippo, che io chiamavo Fip, avrebbe potuto essere mio fratello. Era l'unico a sopportare veramente i miei sbalzi d'umore, gli scazzi; ed era l'unico capace di ascoltarmi quando partivo a ruota libera e passavo di palo in frasca tra invettive e tirate varie.

Chiara era la mia amica di «cornetta», la mia «Novella tremila», la mia portinaia, la spia, la delatrice, la congiurata con cui sparlare di tutto e tutti. Niente le sfuggiva: teneva un bollettino aggiornato dei flirt e dei possibili flirt, con quote da allibratore. Sapeva sempre chi aveva scopato con chi e a che livello di goduria o strazio; aveva tracciato l'identikit dei membri di tutti i ragazzi: lunghezza a riposo e in erezione, durata, sezione, capacità di sfogo, coefficiente di resistenza. Non le andava bene nessuna coppia, criticava ogni incontro, provava un sottile camuffato piacere agli addii e ai ripensamenti, ma raggiungeva l'estasi quando qualcuno metteva le corna a qualcun altro. Eppure era buona, buonissima, indifesa perfino.

All'inizio dell'estate io, Filippo, Chiara e naturalmente Julian cominciammo a vederci piú spesso. Qualche volta si aggiungeva un altro compagno, Max. A scuola me l'ero scampata con due recuperi, il che corrispondeva pressappoco a un miracolo.

Certe notti si prendevano i roller-blade e si andava a pattinare in un silenzio assurdo per tutta Villa Borghese. Max era irraggiungibile, Chiara si distraeva sempre e andava a sbattere ovunque. Ricordo lo stridio di lame, il fiato, i richiami: «Ci sei?» «Son qui, dietro di te, ti prendo!» «Provaci!» «Eccomi!» «Mollami!» (*... No, non lasciarmi mai, tienimi piú che puoi, che è cosí poco, dopo, il tempo*).

Ci si trovava a dir stronzate a casa di uno o dell'altro. A volte si finiva per passare da un Blockbuster, o ci si sdraiava sul Pincio a guardare il cielo e far filosofia.

Oggi penso che quel nostro dialogare fosse una schermaglia, una continua ricerca di effetti speciali. Nessuno veramente ascoltava quel che diceva l'altro, a meno che non fosse una stronzata piú grossa della sua.

– Perché ci sono le previsioni del tempo e non del modo?

E saltava fuori un dibattito che s'interrompeva subito, perché ognuno seguiva il filo dei suoi pensieri e a tratti li esternava. C'era un grande uscir di tema e tornarci per altre vie.

– Perché si dice «cascata», se in realtà sta ancora venendo giú? Bisognerebbe chiamarla «cascante».

– Perché quella del figliol prodigo si chiama parabola?

– Già, in realtà è una parabola che si fa iperbole: è l'altra curva della morale, dove il cattivo trionfa.

– Ma vaffanculo.

Julian era un enigma vivente: calmo, in apparenza sicuro di sé nell'amore, nelle cose di tutti i giorni, diventava delirante fino allo sconcerto nelle discussioni, anche le piú stupide.

– Sarò schizofrenico, – diceva, senza badare a Max che schizofrenico lo era davvero: schizo, alcolizzato e con manie di persecuzione.

Una sera era fuggito, nudo come si trovava, da una festa, con la boccia di sangria stretta sottobraccio per non farsela rubare da nessuno: era terrorizzato al solo pensiero che qualcuno gliela portasse via. Si era rifugiato nella chiesa d'angolo e appostato dietro una colonna a bere col mestolo, durante compièta, alle spalle di sette o otto vecchiette ignare.

– Max, sai dove sei? – gli aveva detto Fip, trafelato, dopo averlo raggiunto.

– Sono in chiesa.

– E che cazzo fai?

– Bevo la sangria.

– Ma sei nudo!

– Lasciami stare, Fip, non mi vede nessuno.

E invece lo videro.

Fui io ad accompagnarlo, pochi giorni dopo, fino alla porta del consultorio psichiatrico.

– Non mi lasciare, nonna!

– Sto qui fuori, Max, non preoccuparti, andrà tutto bene.

La psichiatra era sulla cinquantina, gonna cortissima, viso cascante truccato di viola, dei grandi cerchi alle orecchie, sguardo irto, da topo, continuo movimento sussultorio del corpo. Max aveva inteso che si dovesse fare cosí e aveva cominciato a sussultare.

– E allora? – disse lei fermandosi di colpo.

– Ho dei problemi, – aveva timidamente risposto Max.

– Caro mio, sapessi quanti ne ho io di problemi che devo stare a sentire i cazzi vostri ogni giorno. Sai cosa facciamo adesso? Mentre tu rifletti ben bene sui tuoi problemi io vado a prendermi un caffè e torno –. E se n'era uscita.

Max aveva aspettato qualche minuto. Poi si era alzato, era andato a dare uno sguardo fuori nel corridoio: c'era un andirivieni di gente sghimbescia, catatonica, che parlava da sola e mimava nell'aria con le braccia oggetti sconosciuti. Era scappato, trafelato, spallinato; mi era corso incontro abbracciandomi, tenendomi stretta, e tremava: – Oh, nonna, non diventerò mica come quelli? Nonna, dimmi che non sarò mai come quelli!

E mentre son qui, a scrivere del mio passato, qualcuno bussa alla porta.

– Dottoressa Mastrogiacomo! – È il rettore.

Il dipartimento di Sociologia differenziale è un gioiello, l'invidia di tutti. Siamo soltanto in sette, ma sembriamo un esercito. L'«affastellatore» è Gregori, un vero mago. L'affastellatore deve procurare rapporti, immagini, citazioni, notizie su qualsiasi argomento e deve essere un razzo e non deve sbagliare niente. Hickmet è lo «sfoltitore», Zaccaria il «cri-

teriante», primo livello di concetto, grosse responsabilità. Quel che Zaccaria giudica irrilevante ed elimina è perso per sempre. Cosí come quello che Hickmet giudica fuori tema. I due «compositori», Zabrowsky e Villa, collegano e incasellano in griglie di tempo-spazio-concetti tutto ciò che è uscito dalle prime selezioni, poi presentano il materiale a me e a Ursula che prepariamo le monografie. Dei siti internet è responsabile McMurray. Siamo praticamente indipendenti ed è raro che il rettore passi da queste parti.

– Il dipartimento di Antropologia culturale sta lavorando al vostro stesso argomento. E per giunta ha cominciato per primo. Lei capirà che non possiamo permetterci questo spreco di tempo e di idee...

Questo è il vantaggio di non aver piú rapporti precisi all'interno di una facoltà.

– Sí, lo so, ma io sto ripercorrendo il «mito» alla luce della diversa interpretabilità. Loro, invece, unificano. Stringono dove io allargo. È tutt'altra cosa.

– Sa com'è, il professor Rospigliosi... è un'eminenza, un senatore. Non gli va di creare disordini.

– Non gli va di farsi mettere i piedi in testa!

– No, no, non è questo...

– Ci vado io da Rospigliosi, ci vado io!

– Ma... ma... Mastrogiacomo...

È lí che sta ancora dicendo «...como» che ho già spinto la porta di Rospigliosi, emerito titolare di cattedra alla facoltà di Scienze umane. Urlo come un'ossessa:

– Tu sai la differenza tra uno stronzo e un coglione?

– Ma... Mastrogiacomo...

– Non c'è perché se no saresti già diviso in due. Ora ascoltami bene, perché parlerò una sola volta: fatevi il vostro compitino scopiazzando dove volete, tanto del «mito uguale per tutti» hanno scritto anche gli analfabeti in tutte le salse. Ma se vi permettete ancora una volta di mandarmi un messaggero di idiozie ve lo spedisco indietro a calci nel culo e vi sputtano in atenei piú seri di questo e davanti all'opinione pub-

blica. Quando i vostri studenti avran fatto aeroplanini con la vostra tesi o ci si saranno puliti ben bene il sedere, se farete i bravi, se sarete molto bravi, può darsi che vi lasceremo sbirciare nel nostro lavoro. Non voglio piú sentire il tuo nome, né vederlo scritto, anzi levalo pure dalla porta, che è un insulto a tuo padre. Ci siamo capiti? Mi hai rotto i coglioni.

Mentre percorro il corridoio per tornarmene dalle mie parti sento il mormorio crescente degli studenti accalcati per elemosinare una firma o un appello. Son quasi alla fine che si leva il primo applauso: mi volto, faccio un cenno di ringraziamento: l'applauso diventa ovazione.

Forse ha ragione Rospigliosi. Lui è un mito unitario, indifferenziato: lo odiano tutti allo stesso modo.

Il fatto è che io mi scaldo tanto perché credo nel mio lavoro. Non mi sarei mai innamorata a tal punto della teoria della diversificazione, dell'eccezionalità di ogni uomo e della sua refrattarietà a qualsiasi regola oggettiva, universale, consensuale, se non fossi incappata, otto anni fa, nell'uomo migliore che io abbia mai conosciuto e nel suo modo di vivere. Ma otto anni fa non sapevo ancora niente di tutto questo, e dovevo ancora risolvere una montagna di problemi che mi tenevo nascosti per vigliaccheria o incoscienza.

Cominciai le vacanze camminando sulle nuvole. Non mi resi subito bene conto di questo straniamento, ma c'era. Con il corpo sembravo lí presente tra gli altri a ripetere le stesse puttanate e rifare gli stessi gesti.

Ci eravamo fiondati in massa al concerto di Vasco e avevamo preso la cosa per quel che era, cioè una semplice serata di libertà, di liberazione. Ma io non mi liberavo con gli altri, cantavo per me, facevo mie quelle parole come se appartenessero soltanto a me e solo per caso le sentissero tutti.

O cosí ero sempre stata. Ma peggioravo. Fu Fip a farmelo notare: – Nonna, stai andando via.

– Via dove, Fip?

– Per distanze tue, per straducole tue. Ti stai difendendo, stai chiudendo il cerchio, e non è per Julian, sai. Julian è il tuo pretesto.

– Cioè... – chiesi intuendo la risposta.

– Sono cose non dette, non risolte, aggrovigliate dentro di te. Hai sempre questo spaventoso bisogno di metterti lí, davanti agli altri, di farti dire brava. Julian è la tua difesa, Julian copre tutto, non ti lascia vedere...

– Sono egoista, troppo innamorata di me?

– No, è tutto il contrario... tutta questa smania di pubblicità, silenzi, stravaganze, scene madri... come se ti mancasse... ti mancasse...

– Vuoi dire che non sono una buona amica?

– No, no, non è questo: tu «sei» una mia amica ma, non so come dirtelo, non so spiegare...

Forse avrebbe dovuto continuare. Forse cosí avrei perso meno tempo o forse no. E invece finí a stronzate come sempre e a vaffanculo tu, no tu che ce ne hai piú bisogno.

Non lasciai piú Julian un solo istante. Andavamo in posti insulsi che solo noi conoscevamo. Fabbricammo una mappa fantastica della città, davamo nomi nuovi alle strade, alle cantine, alle *caves*. Fu allora che cominciammo a frequentare localini per ascoltare jazz. Incontrai qualche vecchio amico di papà, perduto nel tempo e nell'alcool, non fortunato come lui. Cominciai anche a bere birra: imparai il rutto artistico, il rutto a comando e quello d'amore.

E l'amore non aveva soste, non si concedeva sonni, cancellava il giorno passato e cresceva su se stesso diventando furbo, esperto, curioso, nemico giurato dell'ovvio. E quanto piú l'amore prendeva il volo, si moltiplicava e reinventava l'abbraccio, lo sbatterci insieme, tanto piú il sentimento del tempo quotidiano diventava rituale, ripetitivo, a immagine delle cose certe e acquisite.

Mi colse e mi frastornò il progetto del futuro, di un immediato impegno che ci facesse piú vicini: uno spazio comune dove sigillarci e tenerci al riparo come due cose belle.

– Anch'io voglio una casa, – disse Julian, – la troveremo.

E girammo Roma in Gilera, notte e giorno, segnando a dito balconi, abbaini, sottotetti, loft, stamberghe. Fu soprattutto un gioco, un gioco senza tregua: davanti ai prezzi, alle difficoltà, ci ritiravamo ridendo, sganasciandoci come due guitti.

Fu Roma a farci da casa, con i suoi patii, i giardini, i labirinti conosciuti, quelli scoperti, il tufo, l'arenaria, l'apparire misterioso e istantaneo di una, due, cento chiese, gravi, severe, accolte come segnapunti di una riscoperta confusa e infantile di una città dove a ogni budello di vicolo infido, notturno, rasente i muri avevano tramato gli avversari dei Gracchi, si erano abbattuti i bastoni di Clodio e Milone, erano corsi urlando gli uomini di Cola di Rienzo e dove, proprio quando non te l'aspettavi piú, dopo l'ultimo braccio cieco, strozzato, si apriva sempre uno slargo di sole, una piazza che respirava, azzurra di riflessi, a perdita d'occhio sotto lo scorcio di un colle, persone e cose mischiate per caso, per scelta, per amore del giorno.

Puntavamo allora il dito ed era una cupola, un argine, un pullman di turisti, un crocchio di seminaristi, una coppia abbracciata. E quel simbolo era nostro, apparso per noi dal buio di un tunnel, quasi preparato, disposto in fretta e furia per il nostro passaggio, perché solo poco prima non c'era, e solo a noi e a nessun altro era dato vederlo e fonderlo in una memoria che l'avrebbe stretto come un dono, in altre paure.

L'ultimo giorno cominciò con un nano e non finí piú.

Il nano era del Circo Palmiri e cercava mia madre per uno di quei suoi progetti che si sa da dove si parte, ma non si sa cosa succede poi. Da quel che capii doveva trattarsi di un kolossal di Rai, Caritas, jet-set vario e circo per l'appunto, dal carismatico titolo *Cerco circa circo*. I vip avrebbero dovuto far spettacolo travestiti da domatori, pagliacci, acrobati, giocolieri in un serial televisivo a scopo benefico, «divertendo gli spettatori grandi e piccini», come disse teneramente lui, il nano, e «accattandosi un bel po' di figure di merda», come pensai io.

Comunque mia madre non c'era, e lo pregai di telefonare, prendere un nuovo appuntamento.

Vidi che era rimasto deluso: stropicciava fra le mani un berretto da fantino e mi guardava con occhi cavi, persi nell'alveo delle orbite e come imploranti. Purtroppo non c'era nemmeno Escamillo, Andrea Dell'Agguato, l'uomo fisso di mia madre, dal giorno in cui si erano incontrati davanti a una slot-machine a Saint-Vincent, nel periodo delle «grolle d'oro». Un incontro memorabile. Mia madre aveva appena sprecato mezz'ora di vaffanculo e gettoni di fronte a una serie infinita di frutti e verdure inesorabilmente diversi tra loro, e si era appena spostata lasciandogli libera la macchinetta. Escamillo al primo tentativo sbancò. Il titic e titac era durato un'eternità: si erano ovunque accese luci natalizie, tra squilli e campane a festa di tutto il casinò, e gran ressa di curiosi, invidiosi, croupier in pausa, villeggianti, vigili e quant'altri. Mia madre fuori di sé aveva aggredito Escamillo dandogli del ladro, del cialtrone, e insinuando che in realtà il gettone vincente fosse l'ultimo dei suoi, lasciato lí per sbaglio, nei fumi dell'incazzatura. Escamillo, che era ed è un signore, ma che soprattutto colse al volo le prospettive future, non fece una piega: divise la vincita, portò a cena mia madre e non la lasciò piú. Oggi è un apprezzato manager, paziente, incrollabile, molto innamorato e dignitosamente servile, grande umorista e capace di prestigiose e sottili rivincite su mia madre.

Il nano fu un presagio. Suonò come una nota falsa, imprevista, indipendente dalla melodia. Ebbi l'impressione, sedendomi sul divano, di essere in un'altra casa, in un'altra città; che qualcuno avesse spostato gli oggetti; che le stanze fossero sempre quelle, sí, ma come buttate giú e ricostruite durante la notte, che so, piú piccole, piú larghe, divise in altro modo. Nel flusso del sogno, di quel sogno che durava da mesi, ebbi un avvertimento di realtà o durezza, o inversione del sentire: si materializzarono lí, davanti a me, tutti insieme, chiari, precisi, i piccoli segnali degli ultimi giorni, quelli che avevo minimizzato o nascosto.

Fu come quando ci si ferma dopo una corsa a perdifiato, e solo allora lo senti, il fiatone.

Feci un gesto con la mano davanti alla fronte come per dirmi «via, via», lo rifeci, spostai i bicchieri lasciati in giro da mamma ed Escamillo, mi alzai, rimisi a posto la mia stanza con una cura ossessiva per i particolari: l'allineamento dei libri, la squadratura dei poster, le pieghe del tappeto, il minuto spaccato della sveglia; pulii il bagno, togliendo capello dopo capello dal lavabo, scrostando i resti di shampoo rappreso, accanendomi col water; spensi tutto quello che era rimasto acceso in sala; riempii d'acqua fino a farli traboccare i due vasi che avevamo sul balcone e lí rimasi a guardare Roma, a perdermi per i tetti.

Ma la sensazione che all'improvviso mi aveva uncinato non se ne andò.

L'ultimo giorno era cominciato dal penultimo e da quello prima. Adesso tornava tutto alla mente, tutto prendeva forma, significato. Piccolezze, minuzie, mezze parole ritenute insignificanti, sguardi meno diretti, frette, equivoci sul luogo dell'appuntamento, scuse plausibili ma tardive e sempre piú frequenti, cosí quanto erano meno frequenti le risate. Tutto ciò, mi dicevo, era normale. Pensai anche qualcosa del genere, che esistono momenti divampanti, che atterrano, lasciano senza fiato, nell'amore: grandi deliqui che sopprimono le parole e la ragione. Ma esistono gli assestamenti: quel sedersi, sdraiarsi come sul prato di una valle lontana, appena raggiunta; e allora non fai, non combini, non rinnovi, ma ti fermi e ascolti. Eravamo lí, adesso: si dava per scontato il passato e l'accrescersi dei silenzi; era come giocare una partita facile contro l'ultima in classifica dopo aver vinto con la Juve o il Milan: da qui forse la deconcentrazione, quello scorrimento piatto da fiume arginato, obbligato nel percorso.

Ripensai agli occhi del nano. Non avevo mai visto occhi cosí; ecco, forse era stato quello, l'inaspettato, l'astruso, un lampo rosso che abbaglia l'uniformità della notte, sconvolge la posizione delle cose che credevi, ricordavi al loro posto e invece erano altrove, spiazzate al rimando della memoria.

Ripensai all'amore con Julian, agli ultimi abbracci. Era stato diverso il piacere, l'orgasmo? Era cambiato qualcosa in lui? Mi sforzavo di rivederlo lí, sopra di me, con i suoi lunghi sottili occhi cinesi e l'ansito conosciuto, il suo movimento mai frenetico, sempre attento, troppo attento, lucido, ma dio, dio mio, non meccanico, e non pensato. Era cosí difficile combattere con me stessa! Appena trovavo un possibile errore, una variazione, una crepa, ne chiudevo subito i varchi, facevo quadrato, mi ergevo a difesa. Farnetichi, sei pazza, mi dicevo. Ma quant'era che non facevamo l'amore? Giorni, parecchi giorni. Era cosí ad aprile? Aveva quella voce al telefono? E quelle parole a vanvera, quei monosillabi stanchi, conclusivi?

Ci ero passata su, fino a quel momento, senza il minimo sospetto o timore. Oggi so che il nostro incontro è stato un gigantesco inconsumabile abbaglio. Fuori da quel che succedeva nella realtà, nei giorni e nelle cose, l'amore, il nostro amore, era cresciuto su di sé in una dimensione ideale, era andato a isolarsi, a staccarsi, a farsi creatura a parte. Era come se l'avessimo gettato, proiettato nell'aria caricandolo di tutte le passioni e i sogni che sentivamo nostri e lo guardassimo non piú dal di dentro, ma da una distanza celeste. L'amore era diventato mito, l'atto straordinario accaduto una volta per tutte: a noi restava l'imitazione, la ripetizione per ricordarlo, la cerimonia.

Ma c'era ancora? C'ero io? C'era Julian?

Io ero appesa a quella creatura, a quell'immensa mongolfiera, come un bambino stupito trascinato nell'aria senza sapere dove, senza voglia di tornare indietro. Julian no. Julian era già sceso da tanto tempo. Lo vedevo da lassú corrermi dietro nella pianura: faceva gesti, saltellava, mi indicava il pericolo, urlava «scendi!», mandava baci che a quell'altezza non arrivavano, deviavano, stortati dai colpi di vento.

L'ultimo giorno non fu nemmeno nelle sue parole o nel suo viso. Io sapevo già cos'avrebbe detto e con che lacrime. L'ultimo giorno fu la fatica degli occhi aperti, lo scappamento di un autobus, lo starnuto di un bambino che passava di lí: fu il lembo della camicia viola fuori dai suoi jeans, il bicchiere di cartone sul tombino, la chiave in tasca che mi feriva la mano, l'orologio, tutti gli orologi che cominciavano allora a segnare il tempo.

Papà,

quella storia è finita. Ed era più di un incontro, più di una storia d'amore, credimi. Stavo crescendo, stavo diventando più forte, più sicura; mi è mancato come un appoggio a metà strada. Non ho voglia di tornare indietro, ma non posso nemmeno andare avanti: davanti a me non vedo niente, non c'è niente. Mi ha insegnato, mi ha fatto credere di essere la migliore in tutto, ma lo ero per lui e con lui. Da quando non c'è mi sento inutile, impotente anche nelle più piccole cose. Prima di lui scherzavo, mi imponevo a vanvera come a schermarmi e proteggermi. Con lui non ce n'era bisogno. Era lui a impormi, a proteggermi. Non sono più nessuna di quelle due. Non sono niente. Passo le giornate stesa sul letto a non pensare, mangio quando capita, non voglio vedere nessuno. Ho sempre un groppo in gola che non va giù, non va giù questo stronzissimo, fottutissimo groppo in gola. È un dolore inimmaginabile. Non sapevo, non sospettavo che si potesse soffrire così e così tanto. Vivo come in un dormiveglia continuo dove confondo tutto e non capisco e il tempo non passa mai. Non so quando finirà, papà, non lo so, non lo so.

Ti voglio bene.

Vera

2.

Avevo davanti la falesia.

La base di roccia della montagna era maestosa, perfettamente verticale. A mento in su, stringendo gli occhi per la luce improvvisa, scorsi gli spits, i ganci lasciati da altri sulla parete. Posammo gli zaini e cominciammo a leggere i nomi delle vie incisi sulla roccia: chi li inventa ha sempre una bella fantasia.

– Quella, – disse Pablo additandola, – quella è «La poderosa»: non sono mai riuscito a finirla con meno di tre voli –. Succhiava liquirizia. – È una vecchia stronza: ti fa sentire un imbranato, ma ti premia sempre.

Pablo era un entusiasta. Aveva mantenuto lo stesso sorriso di quand'era bambino e giocavamo insieme durante le vacanze a Thyes. Suo padre gestiva la funivia che porta su al Col di Speranza, ed era stato lui a insegnarmi a sciare, tanto tempo addietro.

– La prima parte è semplice, Vera, ma comunque un 6B senza scherzi. Dopo sono cazzi tuoi. «La poderosa» lassú è tutta una placca... vieni qui... guarda: l'unica risorsa è quella lunga fessura verticale che si allarga a camino verso l'alto. Da lí in poi devi andare a culo, non c'è un appiglio.

Con l'imbragatura addosso valutò la posizione migliore per farmi da sicura. Pesava molto piú di me, per fortuna. Gli chiesi di non allontanarsi troppo dalla parete: c'era il rischio che ci sbattesse contro per il contraccolpo. Mi sfilai la tuta e rimasi in fuseaux blu tagliati sotto il ginocchio e canottiera, per lasciar libere le spalle. Indossai le scarpette e la mia imbragatura. Pablo stese lo zaino a telo e vi mise su la corda controllando che fosse libera. Ne presi un capo, lo passai nel mio moschettone e strinsi il nodo della guida inseguendo la corda. Lui, un po' piú in là, infilò l'otto e lo agganciò, bloccando la ghiera.

Controllai se avevo tutto: rinvii, discensore, cordini, fettuccia, magnesite. Ero pronta, strofinai sulle dita la magnesite e iniziai a salire. Il momento peggiore è proprio questo: finché non si raggiunge il primo spit, la corda non può proteggerti. Lo raggiunsi, chiesi corda, la bloccai tra i denti e ne tirai ancora, fino a guadagnare il rinvio. Clack, tutto okay. Proseguii. Era proprio come aveva detto Pablo. Cercai un appoggio per un allungo. Lo trovai all'altezza del bacino, posizionai il piede, divaricai le gambe piegate, spostai il peso, ma non c'era spazio per le mani. In questo caso si richiama l'altra gamba, quella esterna, e ci si mette a rana per riposare e riflettere. Decisi per uno scarto laterale ed ecco il secondo spit. Rinvio, corda, ancora corda, clack e avanti cosí. Fessura verticale. Troppo grande per le dita, troppo piccola per il braccio. Ci infilai la mano aperta e la strinsi a pugno: l'incastro era perfetto.

Ed ecco la placca. Era spaccata in due da un lungo taglio ascendente. Optai per la tecnica «Dulfer», però dovevo prima arrivarci. Mi facevano male le braccia, mi tremavano le dita, sentivo il corpo pesante e mi era impossibile scaricare il peso sulle gambe. Tentai il tutto per tutto lanciandomi verso la fessura. Persi la presa, urlai: «Blocca!» e cascai nel vuoto. La corda si allungò e ammortizzai l'urto alzando le gambe verso la parete. Cadere, in questi casi, è la cosa migliore. Si resta penzoloni, si rilasciano i muscoli, si studia il problema. Al secondo tentativo feci bingo: mani e piedi alternati in fessura, le prime a tirare, i secondi a puntare, e corpo di lato. Strisciai salendo lentamente e raggiunsi lo spit.

Accadde l'imprevisto. Mentre infilavo il rinvio sentii

una mobilità sospetta. Diedi uno strattone per fare la prova e lo spit mi restò in mano con tutto il rinvio.

Non mi era mai successa una cosa del genere.

Pablo faceva gesti, da sotto, come per dire: «Cosa sta succedendo?» Pensai: «Dietro lo spit c'è una cavità nella roccia, e non ha tenuto». Pensai; certo, per pensare pensai, ma ero nella merda.

Pablo mi urlava di lasciar perdere, di scendere. Solo allora mi accorsi di non avere portato né nuts né friends. Brillante idea.

Guardai sotto di me: il primo rinvio era a tre metri. Guardai in alto: tra me e lo strapiombo, cioè la cima, c'erano due metri. Voleva dire che se fossi caduta avrei fatto cinque metri di volo piú altri cinque: dieci metri. E dieci metri di volo sono troppi. Dovevo rinunciare, tornar giú, e ricominciare da capo. Dovevo. Ma non lo feci, contro ogni regola, contro il buonsenso, contro le grida disperate di Pablo.

Entrai nel camino sostenendomi su appoggi millimetrici. Sudavo. Il tempo non passava mai. Il camino era davvero minuscolo. Opposi gambe e schiena per passarmi una mano sugli occhi. Oltre il camino mi spostai verso l'alto, adagio, fin sotto lo strapiombo. C'era un appoggio solo e minimo: ci caricai tutto il peso, rimanendo su di un'unica gamba; allungai il braccio al di là dello spunzone e in quell'equilibrio precario tastai l'appiglio, lo presi con entrambe le mani, portai la gamba libera oltre lo strapiombo e mi ancorai col tallone. Ora dovevo tirarmi su, non potevo temporeggiare: per i muscoli, per le ossa, per il cuore. Dovevo decidermi, e in fretta. Pensai ai dieci metri di volo, che erano l'alternativa piú probabile, strinsi i denti, mi dissi: «Crepa!» e mi sollevai. Era fatta. Finii sul balcone con la catena a un palmo dal naso, e la catena è il termine, la fine. Da sotto Pablo urlò: – Stronza! Sei una stronza! – Lo guardai: aveva le mani nei capelli. Recuperai la corda e gli gridai: – Vai pure! Ci penso io a scendere. – Non farlo nemmeno per scherzo, vieni giú per i campi, che è anche una bella giornata –. Rise, prese le sue cose, mi salutò e cominciò a tornarsene indietro, saltellando.

Caro Pablo, caro, caro Pablo.

Mi appoggiai a qualcosa di solido e stesi finalmente le gambe: era troppo presto per tornare giú in albergo e troppo tardi per andare da qualche altra parte.

La verità era che arrampicavo ormai da giorni, per tenere mani e piedi impegnati, e il cervello con loro. Per non concedermi il tempo di riflettere e ricordare, insomma.

Ma era una parola. Me n'ero andata, quasi scappata da Roma, che non era piú Roma, né un posto qualunque dei miei, ma un'entità irriconoscibile e nevrotica, senza sole, senza piazze, persone. Dall'ultimo giorno con Julian in poi non avevo contato né le ore né le pagine dei libri né i passi corti, casuali, né gli squilli del telefono né i panini lasciati a metà; non aveva voce il barista, il salumiere, l'amico frettoloso, quello in ansia, l'altro a disagio.

Come se tutto fosse ripartito da capo, da zero: sorridevo al giornalaio, ma non era lo stesso che ieri diceva: «Come va?», «Ti tengo io "Focus"», «Sai, mia moglie non sta bene». Era sparita la cortesia, la messinscena indebita, il palchetto del «volemose bbene». Lui era le 1500 lire e il resto, se capitava. E come lui tanti.

Erano stati piccoli fantasmi, riflessi di attimi costruiti come persone mie, appartenevano alla mia vita, erano stati lí per me. Io avevo fantasticato sulla loro umanità e li avevo fatti buoni o cattivi, felici o infelici partendo da impressioni saltuarie, vaghe: era dipeso tutto dal mio umore, dalla mia disponibilità a condividere. Finita quella, era finito tutto. La gente era gente e basta, un sottofondo inutile, generalizzato di lamentazioni a papera e sorrisi muscolari, a reazione condizionata. Erano stati personaggi del mio cuore, della mia fantasia: non mi appartenevano piú, non sapevo inventarmeli piú.

Cosí anche per gli amici. Li avevo abbandonati uno alla volta, senza dirlo, senza dichiararlo. Avevo lasciato che tutto decantasse, che cessassero gli incontri, s'interrompessero i saluti. Qualcuno era stato trattato malamente, qualcun altro con tenerezza, ma sempre e comunque con la ferma malinconia dell'abbandono.

Mia madre mi aveva lasciata stare per un po'. Poi lemme lemme, come sa fare lei, si era insinuata con argomenti vaghi e poi sempre piú precisi. Io rispondevo a monosillabi e, d'altronde, non avevo risposte. Non si trattava, per dire, solo di un amore perduto, questo no, questo non dovevano pensarlo, perché era offensivo, riduttivo, perché non era cosí. No, no.

Ero, mi sentivo in un punto qualunque dello spazio, dell'universo, nell'assoluto buio di stelle spente o spaventosamente distanti, senza sapere di terre, di luoghi, di pianeti, senza avvertire la scia di qualche passaggio o il segnale di un'onda radio. Quel che avevo conosciuto come rabbia, emozione, trasporto, sospetto, terrore, gioia, attesa, inganno, delirio, sonnolenza, offesa, rimpianto, carica, nostalgia non c'era piú, non mi diceva piú niente.

Arrivai a scoprire l'inutilità degli occhi, delle mani, e a non fargli arrivare piú ordini; provai il pensiero perdente, la metodica sconfitta dei ricordi. Negai, riviste in luce nuova, le giornate piú belle, negai gli entusiasmi, tolsi la magia ai Natali e l'alone alle feste, agli incontri: mi rimase la stupidità delle attese, l'inspiegabilità del ridere, e il vuoto, insomma, a cui diamo senso noi soli, senso e figura, per non restarne ubriachi.

Si era alzato un po' di vento e il sole cominciava a digradare: ce l'avevo in faccia a largo specchio, accecante. In quel controluce sfalsato, l'erta, la discesa, la rotondità dei colli sparivano e apparivano in corsa surreale all'arrivo della sera. E in quello scenario piú immaginato che concreto, privo di profondità, a pelo di prospettiva l'apparizione fu improvvisa e tragicomica. Sulle prime mi parve di aver di fronte qualcosa di sovrumano, indistinguibile, senza contorni, tutt'uno con il cielo che aveva alle spalle. Pensai a un gigante. O, per un attimo, anche se ridendone, a un dio. Sussultai e misi la mano su un moschettone, cosí, meccanicamente. Poi lo vidi, tutto, bene.

Era un vecchio, alto, immenso, fosforescente nel sole. Mi colpí subito il vestito, un pied-de-poule impeccabile d'altri tempi, completo di panciotto e pantaloni alla zuava; ai piedi, due scarponi da alpino della seconda guerra mondiale. Teneva in una mano una piccola bisaccia di pelle scamosciata e nell'altra un bastone ripulito ad arte: metà del viso era nascosto da un mastodontico paio di occhiali, la bocca era grande, i denti bianchissimi. Il vento gli aveva scompigliato tutti i capelli, modellando qua e là ciuffi incontrollati. Il respiro era largo, ma senza affanno.

– Qualcosa non va, signorina?

Mi accorsi solo allora che avevo le lacrime agli occhi. «Ma chi diavolo è?» pensai. «Dio, ma quanti anni avrà uno cosí?», «Come faccio a dirgli di andarsene?» Pregai che fosse un miraggio, un'allucinazione, un ectoplasma.

E invece restò lí, sublime, in assoluto silenzio.

Mi disturbava, mi metteva a disagio. «Accidenti, – pensai, – quante probabilità ci sono che uno cosí sia lí?»

S'immaginò che avessi paura e cercò goffamente di tranquillizzarmi: – Sono un cliente del suo stesso albergo. Mi chiamo Otto, Otto November.

– Che nome del cazzo! – e mi accorsi di averlo pensato ad alta voce.

– Quale nome, scusi?

– Non volevo...

– No, mi dica, quale nome l'ha colpita al punto...

– Otto, è un nome buffo.

– Otto non è il nome, signorina, è il cognome.

Stava cosí, nell'opacità dell'aria, visibile a tratti, a seconda che entrasse o uscisse dalla luminescenza.

All'improvviso si mosse, appoggiò la bisaccia sul prato e senza sforzi si sedette vicino a me. Non lo degnai di un'occhiata.

– Mi perdoni, ma ho una debolezza congenita, non posso vedere le persone soffrire –. Sorrideva. Era un sorriso a scatti, faticoso, tutto muscoli della bocca.

– No, guardi, mi scusi lei, ma non ho voglia...

Ficcò le mani nella bisaccia.

– Ha sete? Ho solo orzata e tamarindo.

Avrei voluto dirgli dove poteva metterseli.

– Non ho sete e... mi scusi, ma queste sono cose mie, e lei non può...

– Mi permetta di usare una sua espressione, – disse versandosi l'orzata da un thermos: – questa è una risposta del cazzo.

– Me lo merito, sono stata scortese. La ringrazio dell'interessamento, ma davvero: non ho niente di serio, non si preoccupi. Non un male fisico, comunque. Solo un po' di tristezza, quei problemi che si hanno alla mia età, direbbe lei...

Si illuminò tutto e sentenziò: – Non è l'età che fa importante o futile il dolore: si soffre in misura di quel che si crede di soffrire, sempre, a venti come a quarant'anni, come a ottanta.

Cascai male nel tranello e nella sfida.

– Ma che ne sa lei del dolore? – Ero spazientita.

– In che senso, signorina, mi scusi?

– Come, in che senso?

– Se si riferisce a cosa serva il dolore, non lo so, e non m'interessa per niente saperlo. Io *so* cos'*è* il dolore.

– E come lo sa? – Stavo grattando l'erba con le dita, mi ero sporcata di terra e continuavo a guardarmi la punta dei piedi.

– Nel momento in cui lo dico, in cui lo pronuncio, io so perfettamente cos'è, – e marcò la frase, la rese solenne come un salmo.

«Ecco il pazzo. A chi poteva capitare di imbattersi in un pazzo a duemila metri, in una landa desolata, impervia, dimenticata da dio e dagli uomini?»

Lo guardai in faccia. Grinze, fossi, scavi, intemperie. Ma chi era? Un paranoico? Il capo di qualche strana setta? Un filosofo del giovedí? O solo un arteriosclerotico, un mitomane?

Paraculo però.

– Ma chi è lei? – chiesi sconcertata.

– Gliel'ho detto, Otto November.

– Ma che fa? Da dove viene?

– Ah, in questo senso!

Si alzò lentamente, spazzolandosi via i fili d'erba dal pied-de-poule. Raccolse la bisaccia. Mi tese la mano come per tirarmi su – si era fatto tardi. Per arrivare all'albergo ci avremmo messo piú di due ore e cominciava a far fresco davvero.

Radunai l'attrezzatura, come faccio quando ho fretta, infilando tutto alla rinfusa. Otto si stava stiracchiando con metodo: le gambe prima, il capo e le braccia poi.

– Si dia una pettinata, – gli buttai là. Passò la mano tra i capelli, poi prese un fazzoletto a scacchi dalla tasca e pulí gli occhiali.

Iniziammo a scendere piuttosto veloci. Il vecchio non aveva nessuna difficoltà a starmi dietro. Sentivo il clic clac pesante dei suoi scarponi.

– Sono un glottologo, o meglio, come si dice oggi, un linguista.

– Lei fa il linguista? – avevo cominciato a dire pensando a cosa potesse significare, concretamente, un termine del genere.

– No, io non faccio il linguista, *sono* un linguista.

Non capii, allora, la sottile distinzione. Pensai che con qualcuno, allievi o parrucconi della sua età, di lingue avrebbe dovuto comunque trattare. Pensai che forse era a riposo, un teorico. Ma non era quello il senso, non era cosí.

Le parole. Mi venne in mente all'improvviso che io le parole le dicevo cosí, come venivano, senza pensarle, senza fermarmici su. Ma che importanza poteva avere? In fondo le parole le avevamo inventate per capirci, erano un patto, una convenzione: le parole erano le cose che dicevamo. Sparite quelle cose, che senso potevano avere piú le parole?

– Le parole non servono a niente, – gli buttai di rimando, sgarbata com'era stato lui, sempre senza voltarmi e continuando a scendere.

Veniva giú una sera viola striata d'arancione. Non ricordavo un tramonto simile. Avevo un freddo bestiale. M'infilai il maglione tenendolo un po' sui capelli e sulle orecchie che cominciavano a ronzare. Tutto era surreale, natura e persone; sentii che avevo la febbre, febbre alta.

Scendevamo con la val d'Ortega sulla destra e a sinistra la scarpata che digradava in un ammasso disarmonico di pietre, lastroni, radici, tronchi accumulati pezzo a pezzo nel tempo da fiumi scomparsi, da ghiacci sciolti. Ardesia e granito, selce, forse rimasugli di marmo, quarzo in quantità si appoggiavano l'uno sull'altro rubandosi lo spazio a perdita d'occhio. C'era probabilmente qua e là anche qualche paglia d'oro. «Sai dov'è la fabbrica dell'oro? – mi raccontava mio padre. – Sulla cima di tutte le montagne, sotto i ghiacci. Lí l'hanno nascosto gli elfi, i nani, tanto, tanto tempo fa, prima di essere sterminati dagli uomini. L'hanno nascosto per non farglielo trovare, perché gli uomini non sapevano che farsene del suo luccichio. Un giorno, quando tutto cambierà, quando tutto sarà di nuovo come una volta, Dio farà venire un gran caldo, il ghiaccio si scioglierà e l'oro tornerà a brillare, a mandar luce fino al cielo».

Eravamo arrivati a un falsopiano, molto piú giú. C'erano le mucche. Il colore dell'erba era cambiato, il sentiero facilmente percorribile e senza sorprese.

– Vede quella malga? – fece all'improvviso Otto dietro di me. L'avevo quasi dimenticato.

– Certo che la vedo. Avrebbe dovuto dire «guardi quella malga», lei che è un linguista eccetera, eccetera.

– Ho detto «vede» perché non è la malga che m'interessa, ma chi ci abita. E poi anch'io prendo cantonate, grazie a Dio.

Si era fermato. Lo capii dalla sua voce, era piú lontana. Mi girai. Si era seduto e si passava un fazzoletto sulla fronte.

– Là ci vive un ragazzo, anzi un uomo di trent'anni. Non è mai potuto andare a scuola, perché ha perso il padre presto, perché ha dovuto occuparsi dei fratelli, perché era un problema scendere e salire nel freddo, con le mucche e i vitelli da accudire, e poi per tanti altri motivi che le risparmio. Qualche anno fa una mia amica, un'insegnante di Gemona, passò per caso quassú e lo conobbe. Trovò che era una persona straordinaria, geniale, dotata d'intuizioni solitarie magnifiche, e capace di tutto con le mani. Da allora, per due mesi all'anno lo porta giú a valle nel suo laboratorio. Stefano, cosí si chiama, ha paura del chiasso, delle strade, della gente in genere; conosce poco il denaro, diffida di tutto e di tutti. Capisce qualsiasi discorso su qualunque argomento, ma usa pochissime parole: un centinaio. La professoressa Tentori gli ha fatto conoscere la musica, l'arte, l'astrazione matematica: cose che non sapeva esistessero. Oggi Stefano ascolta fughe, sonate, ouvertures, ma anche musica leggera, canzoni. E canta. Si è comprato dei libri di storia, geologia, cataloghi d'arte. Ha imparato a suonare. Ora è presto, ma se fossimo passati verso le nove o le dieci, avremmo sentito il suo piano. Suona bene e compone, compone tantissimo ma... – e qui fece una pausa ad arte, – ... ma usa sempre quelle cento parole o poche di piú.

– E perché? – chiesi. Ero davvero curiosa.

– Vede, – cominciò alzandosi e riprendendo la discesa, – lui usa le parole che ha visto, diciamo cosí, nascere, che ha collegato spontaneamente alle cose, alle azioni, ai suoi sentimenti. Quelle hanno un vero senso, quelle *sono*. Non esiste per lui differenza tra parola e cosa, sono un tutt'uno: la parola è come un oggetto, come un'emozione. Tutto quello che ha sentito dopo, tutti i termini nuovi, sono per lui niente di piú che un legame di comodo per associare voce e realtà, non gli evocano nulla, li usa per farsi capire, perché cosí fan tutti e basta.

– E allora? – dissi, mentre sentivo che non era un'impressione, che la febbre saliva.

– Lui ha cento parole sacre, signorina... a proposito: signorina...

– Vera, Vera Mastrogiacomo.

– Queste parole sono il suo mondo. Badi bene il *mondo* e non una rappresentazione del mondo. Tutto ciò che non ha nome non esiste.

– Basta! – gli dissi voltandomi, in tono deciso, supplichevole. Basta perché avevo la testa piena, basta perché non me ne fregava niente. E basta perché volevo solo arrivare all'albergo e buttarmi sul letto e non pensare.

Non parlammo piú per tutto il resto della discesa. Intravvedemmo le prime case che era quasi ora di cena, ma non avevo proprio fame.

Otto mi aveva sorpassato e filava deciso, senza cedimenti. Imboccammo la via principale di Thyes: in giro neanche un'anima. Sul pavé i suoi scarponi rinforzati facevano un rumore assordante. Strascicava un po' i piedi. Finalmente fummo davanti all'*Hotel Miramonti*, davvero non ce la facevo piú. Alzai lo sguardo e nel contempo tornai alla mia realtà, alle cose di tutti i giorni. Sottratto a quell'aureola di sole, visto cosí in una hall abitata da altri esseri, normalmente umani, Otto mi sembrò uno stupido intruso, un pomeriggio perso, un incidente.

Ero di nuovo sul mio terreno, quello dove i conti si fanno con le declinazioni regolari, non con le eccezioni; ero tornata nella mia confusione, nel mio rammarico; risentivo, come il colorito dopo un gran freddo, tutto il mio piccolo dolore vero, e insieme al dolore la certezza che vivere non è un vaneggío, ma qualcosa di inafferrabile. Altro che verità: altro che parole e cose.

– A che servono, a che servono le parole? – gli domandai all'improvviso. Gliela buttai là come un saluto, nella suprema convinzione di conoscere la risposta.

– Professoressa Mastrogiacomo!

Sono quelli del secondo anno. Sto seduta al centro del piccolo campus. Leggo frivolezze.

Mi raggiungono e si sistemano a semicerchio.

– Ma com'erano gli insegnanti ai suoi tempi?

Ai miei tempi? Oddio!

– Molti come Rospigliosi, – dico, poi mi riprendo: – No, non è vero. Cosí mi sembravano allora: un po' lontani, un po' pallosi.

– È difficile, sa, il suo corso. Bello, affascinante, ma il mondo... Là fuori si corre, e bisogna trovar lavoro e bisogna far presto.

– Dipende. Voi avete fatto una scelta, che non è quella di correre. Siete come delle sentinelle.

– Sentinelle?

– Una nave. Il mondo, il nostro mondo di uomini è una nave. Ma ogni cent'anni cambia equipaggio e la nave è la sola a restare. Ho poco tempo, abbiamo poco tempo per spiegare a chi è appena salito com'è, come si manovra questa nave. Anch'io quel poco che so l'ho appena imparato...

– Va be', che ci vuole? Le macchine funzionano cosí, cosí si lava il ponte, cosí si getta l'ancora, si fa il «punto», la rotta...

– Non solo quello. Quello è importante, ma non basta. Dobbiamo anche indicare come si guardano le stelle, quali luci da riva ingannino e quali no. Questa è la parte piú difficile, ed è la vostra.

Ho improvvisato la metafora. Ma ora ci penso. Mio Dio, questo è il senso: la notte, la solitudine, la disperazione. E se van via le stelle? E se io, un altro, se un giorno, se mai non si facesse in tempo? Ma le stelle esistono. E io sto contandole e raccontandole, quelle che posso, prima di scendere, quel poco prima dell'alba.

– Sia buona all'appello. Non ci chieda la parte storica.

Questa stella non l'avevo contata, questa no. Ma si fa presto a rimediare.

Quando salii in camera mi sentivo una merda.

Lasciai cadere l'attrezzatura sul pavimento senza preoccuparmi di riordinarla. Mi svestii soltanto perché ero bagnata fradicia di sudore e volevo cambiarmi in fretta. Tremavo, battevo i denti. L'acqua della doccia, caldissima, al contatto della pelle gelava; le gocce che strisciavano sulle gambe mi davano i brividi. Non avevo termometro con me, ma aspirine sí. Ne presi due e mi cacciai a letto. Mi addormentai quasi subito.

Mi svegliai con la sensazione di aver dormito chissà quanto, e invece erano solo le dieci.

Mi sentivo come se fossi divisa in due tronconi: di là le gambe e le braccia a pezzi che non rispondevano ai comandi; di qua la testa, stranamente lucida, riposata, in attesa.

La mia testa. Se n'era stata attaccata lí, inerte, inutile per tanto tempo, tutto il tempo in cui mi ero costretta a non pensare, a dimenticare.

Per la prima volta da quando avevo avvicinato Julian, segnato di bava il ritorno, stonato tutte le parole successive, per la prima volta la mia testa dava segni di risveglio, d'indipendenza.

Ma la colpa non era di Julian. Ha come due facce la vita, e finché percorri strade e scrivi segni conosciuti, finché puoi stendere note a margine per spiegare e spiegarti, collezioni certezze o scuse per restare. Ma sull'altra faccia, le stesse cose, nella stessa scrittura, con le stesse note, non bastano, non giustificano piú. È sufficiente un piccolo errore di calcolo, una riga a sproposito, e tutto il resto frana, non significa o significa altro. Julian letto sul fronte era il mio nome e il mio desiderio, ed era tante altre cose che piccoli gesti, sapienza e assurdità colmavano. Julian sbavato sul retro macchiava d'inchiostro tutte le altre righe, le lasciava leggibili ma incomprensibili.

Quella resa improvvisa, imprevedibile aveva fatto riemergere il male, il peggio di tutto il resto. Avevo scontato le illusioni protraendole nel tempo: scrivevo a mio padre sperando in una risposta, giocavo con mia madre minimizzando la tremenda distanza tra me e lei, vedevo film, ascoltavo rock con Fip, Mattia, Chiara, Max pensando sempre «parleremo dopo, capiremo dopo», leggevo giornali e libri deducendone un puzzle di miserie che lasciavo sparse nella mia memoria per non essere costretta a guardare un quadro insopportabile.

L'addio a Julian era stato l'ultimo secondo del tempo concesso. Da lí in poi avevo cominciato a leggere sull'altra faccia, a vivere il consuntivo, e non le attese. Tutto quello che di me, preso a brani e spizzichi, mi era sembrato sempre accettabile, guaribile, diventava, a figura piena, insostenibile.

Io non mi ero mai chiesta se amavo, se capivo per cosa ero lí o là o in nessun posto. Non c'era ragione di farlo, le situazioni del momento erano il senso: il flirt, il viaggio, il concerto, il bidone tirato, il filone a scuola, i nervi di mia madre, la macchia sulla camicetta, il brufolo nuovo.

La storia con Julian era stata una storia seria. Era stata una coincidenza di dolcezze, un annullamento di noia, di diversità sessuale, un grande ventaglio dischiuso, un imbuto rovesciato di attese. La storia con Julian era un fior di storia.

Con lui vicino le imbecillità, gli smarrimenti, le delusioni, i lontani affetti dei miei, del mondo, erano restati in *pause*: c'erano ma non contavano, sarebbero in qualche modo entrati nel quadro, si sarebbero assestati. Erano come un grande sfondo di figure riuscite male, abbozzate, in attesa di forma e colore: l'incontro con Julian, al centro, riempiva tutto e nascondeva tutto.

Poi fu diverso. Capii d'improvviso che mio padre, perso a suonare il suo jazz in Argentina, in Uruguay, non avrebbe mai ricevuto una mia lettera, perché io le indirizzavo a caso, sperando nel destino, nel calcolo delle probabilità. Capii che mi stavo dando un alibi, che baravo («se non mi risponde è perché non ha ricevuto niente, non perché non mi ama»).

Capii, certo allora in un modo tutto mio, che mia madre era una bambina smarrita in un mondo di sorrisi finti, passioni finte, successi finti. Capii che aveva bruciato la sua sensibilità per costruirsi un'intelligenza artificiale e riempire di copioni, di cartoline a nessuno, le emittenti televisive. Non era un hobby, non era un gioco, era una tragedia della solitudine. E capii altro, altro ancora della mia vita e di quella di tutti. Sentivo il buio come un blocco: a ogni sospiro, risata, meraviglia seguivano noncuranza e risposte indebite, inutili.

Mi ero detta: «passerà». Tutti intorno avevano detto la stessa cosa.

Quello che avveniva in me, lentamente, inesorabilmente, era una sorta di «spettrizzazione», un'evanescenza progressiva non delle persone in sé, ma del senso che avevo letto in loro, del potere che avevo loro attribuito. Cosí a poco a poco, una dopo l'altra, si sgonfiavano di quel che gli avevo messo dentro e rimaneva solo la pelle attaccata ai muscoli. E i muscoli si muovevano dando forma a pianto, gioia, e io non capivo piú perché.

Mi davano noia le attenzioni e le disattenzioni della gente per diversi e uguali motivi. E tutti, tutti pensavano che fosse soltanto «mal d'amore».

Ma non era cosí. Julian passò nella memoria, nei sensi, nelle attese. Julian non ci fu piú, non ebbe piú posti riservati nella mia anima, né porticine socchiuse da spingere, né immagini a ripeterlo: sparí dal quadro che riempiva e andò a collocarsi con tutte le altre figure sbiadite sullo sfondo.

Dimenticarlo non fu come tornare indietro, tornare a prima di lui. Fu correre avanti, troppo avanti in un posto dove tutto era già finito o mai cominciato e comunque sconosciuto, fuori di me.

E cosí, quella sera, in quella stanza d'albergo a mille chilometri da casa, con la febbre addosso, vidi confusamente, poi rividi e infine afferrai con chiarezza, cos'era stato in me. Avevo vissuto per anni come in difesa di un territorio; avevo negato quel che vedevo e ascoltavo, per sopravvivere, per non schiantarmi; avevo dato nome di gioia, amore, riconoscenza, rancore, impegno, speranza a cose che non valevano cosí tanto, non erano la *mia* gioia, la *mia* speranza. Avevo inventato un vocabolario del cuore che non rinviava piú a nessun significato, che non corrispondeva piú a nulla. Era stato un vivermi dentro, in traduzione esclusiva e personale, cose che erano altre e non volevo vedere nella loro vera luce, per non inquietarmi, mettermi in discussione.

Forse questo era crescere; forse questo era quell'imparare la vita che qua e là si legge nei libri, che ogni tanto i «grandi» sbandierano. Ma se era cosí, mia madre e mio padre non erano mai cresciuti. Possibile che nessuno dei due si fosse mai trovato faccia a faccia con le cose come sono veramente, triturate, avvilite, scarnificate del tutto da quel grande ammasso di sogni, assurdità, giochi a vivere, a restar bambini in cui erano immersi?

Presa in un girotondo imitativo, avevo costruito pensieri credendo di pensare, avevo scherzato credendo di competere, pianto credendo di piangere. Tutti i termini, tutti i pesi, i litri, i metri per misurare la vita mi erano stati consegnati tarati male e non ne avevo altri per riprendere ogni cosa da capo.

Ma c'era poi un altro senso? C'era in qualche modo un senso? Era cosí sicuro che al di là delle scappatoie, degli inganni, delle storie che uno s'inventa esistesse un senso nelle cose?

No. Il mondo è un'interpretazione, una lettura, non una verità. Non è un problema di unità di misura piú o meno giuste, credibili: è questione di come stai, di come ti puoi difendere, delle forze che hai per tener su la tua costruzione, e nel momento del dolore non c'è scambio che tenga, non c'è alternativa. Il mondo che ti crolla dentro è l'unico che esiste perché ha il tuo senso, la tua faccia.

Era quella, me ne accorgevo, la vera disperazione: l'inconciliabilità, il bordo spezzato, sfilacciato da non consentire piú riparazioni a nessun filo. Come quando si estrae un pianetino della fortuna: quello è, non altri. O come quando si gioca a rincorrersi intorno a delle sedie, e le sedie sono una in meno delle persone, e a un cenno, finita la musica, bisogna occuparne una in fretta, e finite le sedie c'è sempre chi resta in piedi, e finiti i destini possibili non ci sono altre sedie, né altre stanze, né altro senso del gioco.

Avrei voluto telefonare a qualcuno, cosí, per niente, per ascoltare una storia non mia, per non dover pensare a me. Avrei voluto, ma non l'avrei mai fatto: sarei rimasta a braccia conserte, a gambe rannicchiate, persa a osservare il filo di ragno sul soffitto per creare immagini e tracciare volti o inventare situazioni e parole mai avvenute, mai dette. Sarei rimasta come al solito a rifare il passato, a immaginarlo come avrebbe potuto essere, a mo' di consolazione ed esasperazione, per adattarlo a me, e fingermi serena.

Cosí, quando sentii bussare, pensai a un errore, credetti che i colpi fossero nella mia testa. Poi bussarono ancora e mi prese una specie di panico: non volevo vedere nessuno; non volevo esser costretta a spiegare, confessare, dar via l'anima tra smozzicamenti e silenzi, non ne avevo la forza, né il cuore. «Per pietà, – pensai, – fa che sia un cameriere, l'idraulico, uno qualunque che dica la sua stronzata in fretta e se ne vada». Rimasi zitta nella speranza che, chiunque fosse, lasciasse perdere. Ma da dietro la porta venne una voce che riconobbi subito.

– Vera... sono il professor Otto... come si sente? Posso entrare un attimo a salutarla?

Il vecchio. Il pazzo. Il rincoglionito che a duemila metri vestiva come a Regent Street e scambiava le parole con le cose. Ma sí, in fondo sí. Era innocuo, era *altro*.

Si parò nello spazio della porta inflando ritmicamente nelle guance. Le gonfiava e sgonfiava come preparandosi a un gargarismo. Teneva le mani unite per le punte delle dita e picchiettava pollice su pollice, indice su indice.

– La vedo male, – disse scuotendo la testa.

– Sto male, infatti.

– Ho scoperto che non ha nemmeno mangiato... una bella febbre...

– Non è quello.

– Lo so.

– Ma non voglio parlarne, la prego... – biascicai girando il capo dall'altra parte e invitandolo a entrare.

Otto cominciò a lottare con una sedia che non lo conteneva tutto. Si alzava e si riabbassava, portava il peso ora a destra ora a sinistra, senza trovare un punto d'appoggio.

– Non ho nessuna intenzione di parlarne: non sono né un altruista né un confessore, né, dio me ne scampi, uno psicologo. No. Sono venuto perché domani parto e le dovevo una risposta... ricorda? Il nostro dialogo, prima, è rimasto interrotto.

La sedia scricchiolò ferita a morte. Otto non si mosse piú: ci si era incastrato debordando da ogni lato.

– «Il linguaggio è un canto orfico senza fine che governa con dedalica armonia un filo di pensieri e di forme che altrimenti sarebbero senza senso né figura» –. E si fermò.

– Be'... bello, – risposi, – bello cosí... da sentire –. Lo vidi sorridere. – No... dico sul serio, mi è piaciuto... non ho... non ho... canto orfico? Detalico?

– Dedalico. Un labirinto, come quello costruito da Dedalo per imprigionare il Minotauro.

– E allora in che senso, «dedalica armonia»?

– Be', anche nel senso di labirintica. Un autore, un dio, un eroe diventa per sempre attributo eterno della sua opera, del senso del suo pensiero. Come pirandelliano per ambiguo, ermetico per oscuro, dionisiaco per frenetico, maniacale. Ma questo non c'entra. Il poeta di quei versi è Shelley. Sono bellissimi. Dicono: tutto ciò che senti in te, dentro di te è senza forma e figura. La parola riunisce quel guazzabuglio di segnali, impulsi, picchiettii, reazioni, formicolii che ti farneticano dentro; ne fa un fascio e li collega a un suono, a tanti suoni che, zac, buttan fuori quello che in te è misterioso, intraducibile, orfico appunto.

– Orfico? – Ricordavo vagamente.

– Sí, insomma quella storia di Orfeo che le donne fanno a pezzi perché non s'innamorava mai... che poi è diventata anche una religione piena di formule impenetrabili per i profani...

Non mi chiesi, non volli nemmeno provare a chiedermi cosa ci stessi facendo io lí con tutti i miei cazzi ad ascoltare quelle puttanate aneddotiche. Fu forse quel moto di riso che mi prese dentro a farmi stare al gioco. O forse ne avevo bisogno. Un crack, un grande intervallo, un gap surreale. Come se durante la rappresentazione di una tragedia strappalacrime fosse entrato in scena per sbaglio un guitto con i calzoni calati a parlare di maccheroni cadutigli in testa.

– *Profani?* – azzardai.

– Il *fanum* è il tempio, luogo della verità. *Pro* significa «davanti». Chi sta davanti al tempio e non ci sta dentro non conosce la verità, è profano, è impuro.

– Ma mi sta prendendo per il culo?

– No. Le parole, tutte le parole, sono segni, trasformati, a volte irriconoscibili, delle prime antichissime sensazioni umane. Le parole sono soffi dell'anima davanti all'ignoto per definirlo e non averne piú paura. Quello che si può nominare diventa conosciuto, diventa nostro, non è piú inspiegabile e quindi nemico.

– Tutte le parole?

– Tutte, anche quelle che non si sa piú da dove vengano, cos'erano prima, perché sono cosí uguali o cosí diverse in altre lingue, per altri popoli. Nella poesia di prima, Shelley dice che il linguaggio ordina il caos del pensiero. Parlando costruiamo un'armonia: mettiamo ordine nelle note sparse, stonate, dentro di noi. Lei che scuola fa?

– Io? Il liceo classico.

– Non mi sembrava. Va be', allora sa che il verbo *légo* in greco significa sia «raccogliere, collegare» che «parlare, dire». E infatti parlare è collegare parole. Faccia un po' caso a quante parole, nei due sensi, derivano da lí: lezione, collezione, legamento, collettore, collegio, colloquio, leggenda, il lego, che è un gioco di costruzioni, e l'intelligenza, soprattutto, che viene da *intellegĕre* (*inter-legĕre*), cioè unire tra loro una causa e un effetto.

– Ma son nate prima le parole o i verbi?

– Non lo sappiamo. Ma nella mente dei primitivi ogni cosa era viva[1], ogni oggetto un'azione. Era inimmaginabile pensare a una qualsiasi creatura separata dalle sue azioni: la luna prima di «essere bianca» «biancheggia», prima di «essere luminosa» «illumina». Credo proprio che le prime parole siano state dei verbi.

– Parlavano a verbi?

– Be', questo no, questo non è proprio vero. Noi non sappiamo niente del primo linguaggio. Quasi tutti i primi suoni umani devono essere stati imitazioni del rumore, dell'odore, della velocità, dello sgomento, del piacere che le azioni cui si riferivano ispiravano. Onomatopee. Ne abbiamo ancora tante di queste parole che hanno resistito al tempo: farfugliare, chiacchierare, schioccare, rombare, sussurrare, eccetera. Ma la mente dell'uomo è un fulmine. Una volta arrangiatasi con i suoni, passò subito a nominare le azioni e le cose seguendo altre categorie. L'uomo è un incasellatore, un archivista, un organizzatore meticoloso della sua vita: su tutto deve porre un segno di possesso; la potenza di tutte le cose è costituita dal nome che esse portano[2], perché qualsiasi cosa esiste solo in virtú del fatto di essere stata nominata.

Stava approfittando di me e della mia solitudine. Sventagliava le sue penne da pavone, i suoi colori sconosciuti a spiegarmi ancora una volta, come tutti, cos'è la vita: bellezza, dolore, pensiero e compagnonerie simili. Eppure lo stavo seguendo: al limite dell'incoscienza, a metà di un sonno in cui non decifri le immagini. E non capivo come.

– Ma perché... – gli chiesi.

– Perché l'uomo ha cominciato a parlare? Per intendersi, per non esser solo, per guadagnar tempo; ma soprattutto per essere al sicuro, non aver paura. Le cose ignote sono Dio.

Ricordo ancora oggi che fece una pausa lunghissima, storceva il naso in continuazione. Mi sentii di colpo meglio. La febbre mi aveva proiettato in una dimensione dolce, onirica. Un coccolamento. Capivo benissimo, mi sembrava tutto chiaro, semplice. Otto, graspando graspando, con la sua voce stanca e bella mi metteva le idee su un tavolo, senza costringermi ad alzare la testa. In verità non sapevo ancora niente, cominciavo ad accorgermi, intuivo vaghe corrispondenze a cui non avevo mai fatto caso. Provavo, ecco sí, curiosità, un piacere sollecito a seguirlo per vedere dove voleva portarmi, perché queste erano premesse, solo premesse. Otto era scivolato ancor piú giú nella sedia. Aveva pantaloni svolazzanti intorno a gambe magrissime e agitava in continuazione la mano destra, mentre la sinistra, abbandonata lungo il fianco, tremava impercettibilmente. La poca luce e gli occhi che tenevo bassi per il dolore non mi permettevano di mettere a fuoco le pareti e il silenzio faceva tutto piú grande e lontano.

– Dio? Perché, lei crede che Dio esista? – chiesi a bruciapelo.

– È una questione secondaria, – rispose. – Non stiamo parlando di questo. Se un giorno ti arriva una lettera d'amore senza firma, non importa chi l'ha mandata. Se stai pensando al tuo ragazzo, ti affacci alla finestra e passa una nuvola che gli assomiglia, non crederai mai a una coincidenza. Quando sei impegnato in un videogioco non ti sfiora nemmeno l'idea che sia falso quel che vedi e fai. Se ti commuovi per un film, no, non è il film che ti ha commosso, il film è solo il pretesto. C'è in noi una sterminata voglia di dar voce a tutto ciò. Come oggi, su, al piano della Rocchetta... Il suono è vita: ci dà la misura, le coordinate, le distanze, le presenze dentro e fuori... il disordine scompare: si stagliano i confini, s'avvertono i tramonti, le maree, il corso del sole, della luna. Pensi a un film a cui sia stato tolto il sonoro: non solo non si intendono i dialoghi, e quindi le ragioni della rabbia, dello sfogo, il motivo dell'ilarità, certi giochi facciali; ma tutto, tutto il resto, tutto quel che è in scena appare inspiegabile: perché bolle l'acqua? Che ruolo ha il cane? E la cintura trovata nel cassetto? Dove va la gente per strada? Che ora è? Chi deve arrivare? E quando? Pensi a un mondo immerso in un silenzio totale smisurato, impalpabile, solenne. Tutto è fermo, indistinto, né bello né brutto, né caldo né freddo, né vicino né lontano. C'è ma non vive, è lí ma non serve, non conta, non ha nozione di sé... finché dura il silenzio.

– E... quando comincia a muoversi?

– Quando Dio parla, emette un suono qualsiasi, o canta, o batte un albero, una canna, o fa scricchiolare le ali di un uccello, mugolare un fiume. Tutto si muove quando Dio spezza il silenzio. Dio stesso nasce con la sua prima parola.

– Quale?

– La sillaba *om* oppure *aum*, secondo la *Nadabindu Upaniṣad* che è poi la rivelazione religiosa piú antica, quella vedica, indiana, indoeuropea.

– *Om*? Cosí poco?

– Cosí tanto. *Om*, ma ancor piú *aum* sono «sonanti», profonde, tonali, baritone, avvolgenti. Provi a pronunciare *aum*, sentirà la bocca piena, la *m* che penetra nella gola e va giú fino alle viscere, fino al cuore, e dall'altra parte s'invola per la stanza, rimbomba, fa eco sulle pareti...

Cominciai a produrre una serie di *aum*, per rendermi conto. Poi mi venne voglia di altre sillabe simili: *aur*, *ra*, *aul*, *og*, ma non c'era lotta, contavano molto meno. Otto mi guardava tra lo stupore e il divertimento, facendo ampi gesti per spiegare come dovevo alzare e abbassare il diaframma, come dovevo tenere le labbra, soffiare il suono.

Aum era bellissimo. Conteneva una forza, un senso d'appagamento che non mi sarei mai immaginata. Continuavo a ripeterlo, mutandolo, vezzeggiandolo, rendendolo ridicolo o tragico, e sentivo di esprimere ogni volta, in ogni caso, quello che m'immaginavo dentro. Era come se fossi entrata in possesso di una formula universale, capace di significare tutto. Pensavo a Julian, alle sue mani, al suo sorriso storto, al suo addio, ed era un *aum* tesissimo, lacerante; pensavo a mia madre, ai suoi vaneggiamenti artistici, alla sua dabbenaggine dolce, e l'*aum* mi usciva comico, ammiccante, elusivo. Pensavo alla notte, al ladro, all'ospedale di Baral, alla passiflora che nasce nel segreto, e l'*aum* spiegava, proiettava, sbalzava a tondo tutto questo.

Quando mi fermai avevo il fiatone. Otto era rimasto imperturbabile.

– *Aum* è il primo suono emesso da Brahman, da Dio. Il suono diventò un uccello bellissimo con la coda a *m* e le vocali *a* e *u* sopra le ali.

– Il suono diventò un uccello? Diventò una cosa?

Otto si tirò su con uno sforzo tale che pensai «ecc'a paralisi». Sentii lo scrocchio di varie ossa. Temetti che non ce l'avrebbe mai fatta. Ma una volta in piedi diventò altissimo, come uno jedi, la testa volteggiava lassú, imprendibile.

– Nella notte fonda, grassa, vischiosa, nera, impeciata, affocante e senza tempo, senza battiti d'ali, fruscii di foglie, bave di vento, senza gocce di pioggia, il dio dei Dogon africani pronuncia un suono, un suono umido, bagnato di saliva fresca, un suono prolungato, monodico, quasi un lamento sottile, un'ouverture di canto interminabile che accende l'aurora, la parvenza di luce. È musica. È solo un segno dell'inizio. «La musica sta tra l'oscurità della vita inconscia e la chiarezza dell'intelligibilità»[3]; la musica è sogno, visione verosimile nel dormiveglia dell'alba. Lentamente, molto lentamente, arrivano altri suoni e diventano luci diverse: atonali, semitonali, intermittenti, decise. «Ma via via che i suoni si precisano ecco che il linguaggio si divide: alcuni di loro restano musica e cioè aurora, infiorescenza, evocazione; altri, piú distinti, in una luce piú ferma, si fanno parola chiara intelligibile; altri ancora si trasformano a poco a poco in materia, come scorie sublimi, come rifiuto divino di ciò che non è né sogno né realtà»[4]. La parola, la parola cantata ha inventato il mondo, i pensieri, le cose, gli uomini.

Mi prese un brivido di sgomento. Mi vidi Mosè sul Sinai: gli sbattono in mano le Tavole e cosí dal niente in una tormenta infernale salta fuori il fulmine a scriverci sopra quel che deve e non deve fare.

Otto aveva assunto una certa solennità, parlava a voce bassa, ritmata, scandendo i termini con esasperante lentezza. In piedi, riempiva tutta la stanza. Alla fine gli prese un convulso di tosse. Tirò fuori uno spray e cercò di togliere il cappuccio. Nella concitazione, lo spray gli sfuggí di mano e si perse sul pavimento. Otto, sempre tossendo, si sdraiò per cercarlo. Vidi solo allora che s'era messo un principe di Galles.

Mi tirai su dal letto, dov'ero rimasta per tutto il tempo della nostra conversazione. Feci una fatica del diavolo a sollevare le coperte e non percepii subito il pavimento. Mi misi carponi per aiutarlo, ma era un gran casino senza luce, nel disordine della stanza, tra maglioni, libri, corda, arpioni, mutande, cd sparsi ovunque.

La tosse gli passò all'improvviso. Si sedette appoggiandosi all'armadio e sorrise per tranquillizzarmi. Mi sedetti anch'io. Non sentivo piú freddo. Anzi al freddo era subentrato un tepore vago e bellissimo, diffuso in tutto il corpo.

– È tosse nervosa, – disse Otto, sentendosi in dovere di darmi una spiegazione. – Non ho nessuna malattia. Quando mi prende l'emozione tossisco: tutto qui.

Attesi che si riprendesse ben bene.

– E cosí i Dogon fanno cantare Dio...

– Mica solo loro. In tutte le religioni Dio crea il mondo solo pronunciandone il nome, oppure è un suono qualunque a crearlo: come una campana a Giava, un tamburo in India, un tam-tam fra i Lioto, un flauto di bambú tra gli Zulú... e poi vengono le cose, le cose... Il mondo dei Cheyenne nasce dal tuono e dal tuono quello degli Ewe, dei polinesiani, degli indigeni della Nuova Guinea. Per gli Yuki, Dio batté le mani dicendo: «Che esista», per altri schioccò le dita, o soffiò tre volte o tirò su col naso... per i Lango era un albero parlante e tra i Warramunga addirittura vomitò gli uomini. Thot, dio egiziano, creò il mondo ridendo per sette volte: ridendo, capisci... che meraviglia!

E parlò ancora a lungo, si disuní e si riprese, s'infervorò e si commosse, si stupí e s'instupidí tra il vecchio e il fanciullo che era.

Un insetto bianco e nero o forse verde prese a camminargli sulla manica della giacca. Io ascoltavo e seguivo lo sforzo delle zampette, le piccole soste, le ripartenze. Quando gli arrivò al colletto, cominciai a confondere oggetti e parole, sentii la testa pesante, mi addormentai.

Non vidi e non saprò mai se schiacciò lo scarabeo o se lo prese delicatamente per poggiarlo altrove, perché continuasse a essere una parola.

3.

L'anno scolastico 1996-97 cominciò il 18 settembre. Come al solito le ore del primo giorno furono di cazzeggiamenti vari e verifiche improbabili di sconosciuti compiti delle vacanze. Tutte le ore tranne quella del professor Pitticuso, filosofo ed entomologo a tempo perso.

Pitticuso prendeva la vita come una dépendance della filosofia; fin da piccolo era stato incerto se essere o divenire, e nel dubbio era diventato quel che era, cioè niente. Entrava in classe una mattina sí e una no con un pacchetto misterioso che poggiava sulla cattedra e si riportava via alla fine della lezione, senza che nessuno, in tutto l'anno, riuscisse a capire cosa ci fosse dentro. Piccolo e curvo, testa a pera, labbro superiore esagerato, andatura da lemure, era di Messina e, ovviamente, pronunciava *tr* come se non ci fossero né la *t* né la *r*.

Per Pitticuso, se il 18 settembre cominciava la scuola, la scuola cominciava il 18 settembre. E ci consegnò infatti una bella pagina di sant'Agostino, in 24 fotocopie, da commentare, per vedere se «la giuggine (ruggine) delle ggiacançe (vacanze)» aveva lasciato il segno. La riporto pari pari, perché l'ho conservata:

> Ma come fa a essere lungo o breve ciò che non è? [...] Del passato dunque non dovremmo dire «è lungo» ma «è stato lungo» [...]. Ma questo passato che è stato lungo, lo è stato una volta che era già passato o quando era ancora presente? In effetti per essere lungo doveva essere: dunque poteva esserlo solo finché c'era. Ma il passato non era piú, e non essendo affatto non poteva nem-

meno essere lungo. Perciò non dovremmo dire neppure del passato «è stato lungo», proprio perché non è, dal momento che è passato, ma dovremmo dire piuttosto: «è stato lungo quel tempo presente, perché era lungo mentre era presente».

Nessuno si sognò di prendere la cosa sul serio.

Appena uscito Pitticuso col suo pacchetto sotto il braccio, confrontammo le risposte.

Poldo: «Un lupo aveva sette zampe e tre orologi: un rolex, un tissot e un ray-ban. Siccome il ray-ban non è un orologio, se ne deduce che l'assunto è falso e il tempo perso a dimostrarlo non è mai esistito».

Piú in carattere Sara, che d'altronde era la prima della classe: «Parmenide incontrò un cinese di nome Non Hè e si suicidò. La pallottola non impiegò un tempo né lungo né breve: è ancora lí tra la testa di Parmenide e la canna».

Fip scomodò *Le mille e una notte*: «Il tempo non passava mai e il governatore Azul el Krim lo mandò a chiamare. Lui si difese dicendo: "È inutile che io venga, perché se vengo, sono già passato". "E allora non venga", sentenziò Abdul, convinto che solo se non veniva sarebbe passato».

Max, in una pausa tra una canna e l'altra: «Il passato per Agostino non è. E, ciò che non è, non può essere quindi né lungo né breve, né viola né Valeria Marini, né vero né falso. Mi tengo le tue diecimila».

Gran sfoggio di logica la risposta di Manuel: «Dimostriamo per assurdo che esiste un tempo passato lungo o breve. Se è stato lungo, possiamo dividerlo in segmenti piú brevi: Tn-(Tn-1)=Tx-(Tx-1)=Ty-(Ty-1)=Tz ecc. Si presumono operazioni infinite e quindi il tempo lungo non esiste. Se è stato breve si dovranno sommare Tx + Ty + Tz ecc. Si presumono operazioni infinite e dunque il tempo breve non esiste. E bravo Agostino».

Di tutt'altra opinione fu invece Chiara: «Cominciamo dal passato di verdura. Se fosse "passante" non lo starei mangiando: siccome lo mangio, il postulato richiede che o nel tempo o nello spazio sia comunque passato. Dimostrazione che il "passato" non è passato nello spazio: preso un passato x, lo si collochi in un piano formato da quattro semirette a, b, c, d, che s'intersechino a formare un quadrilatero. Gli si urli "olè!", oppure "fallo per me, ti prego!" Il passato non si muoverà. Una volta escluso che il "passato" passi nello spazio, si postula secondo l'assioma "o l'uno o l'altro" che esso passi nel tempo (Tn), lungo o breve che sia. Agostino era un finocchio».

Lapidaria Sandra: «Le assicuro che il tempo per leggere questa puttanata è stato lungo».

Ma di gran lunga la piú riuscita, per acclamazione popolare fu: «Il passato è passato, mettiamoci una pietra sopra», di Mattia.

Mattia stravinse l'«Agostino d'oro» e si vedeva benissimo che ci teneva. Mattia ci teneva sempre a vincere. Era rappresentante d'istituto, maestro di political correctness, e faceva le carte. Ma soprattutto parlava: sempre, di tutto, a proposito, a sproposito; parlava e basta.

Nelle assemblee gli altri prendevano la parola, lui ce l'aveva, non la mollava mai. Noi tutti, tra microfoni che fischiavano e comprensibile emozione, cominciavamo farfugliando: se poi per strada non trovavamo un verbo, ci mettevamo un «cazzo» e tutto andava a posto. Lui partiva diritto, e qualsiasi argomento gli avesse ammollato chi aveva parlato prima, lo girava cosí bene da farlo tornare sempre dove poteva sguazzare lui. Ma non erano stronzate: incantava tutti, e se eravamo partiti con un'altra idea, con una mozione diversa dalla sua, ce la smontava, la sezionava, la smantellava e ce la restituiva a catorcio come per dire: «Rimettetela un po' a posto, ora, se siete capaci».

Era stato cosí fin da piccolo. Faceva le gare con i nonni a chi parlava piú a lungo di trenini, ad esempio, o di gelati o di foruncoli.

Aveva un anno piú di noi: si era perso la quinta elementare perché gli era venuta l'«afasia di Wilkens» (o Wernicke, non ricordo). Quando s'annunciava alla presidenza per chiedere un'assemblea o minacciare un'autogestione, il preside Cepparulo si faceva negare: usciva dal balcone, rientrava in segreteria dalla finestra e scappava al bar. Gli concedeva tutto, bastava che non cominciasse a parlare. I genitori gli avevano insonorizzato la camera, perché anche di notte continuava a farfugliare da solo.

Era un provocatore, un sognatore, un idealista: non sopportava la violenza, i soprusi, le ingiustizie e la Lazio. E non parlava soltanto: dava battaglia, e tosta. Non si abbatteva, non si arrendeva, non mollava mai la presa: individuato il nemico, il bastardo, lo perseguitava fino a farlo a pezzi. Ma anche Mattia aveva il suo tallone d'Achille: un'Harley Davidson rosa. Dove gli apparisse, dove fosse diretta, chi fosse lo stronzo che la guidava non era chiaro a nessuno, nemmeno a lui. Fatto sta che la incontrava nei posti piú strani, quando meno se l'aspettava, quando non era preparato.

– È salito sul marciapiede, è passato tra i tavolini, ha gridato «facce di merda» a tutti ed è scappato via.

– Ma chi è, com'è fatto? – gli chiedevamo.

– Non lo so, ha sempre su il casco, rosa naturalmente.

Non ci poteva pensare, deperiva, s'ingrifava e l'odiava sempre piú: quello e la sua fottutissima Harley rosa.

– Sta sulle palle pure a me, – gli diceva Sandra, – che non l'ho visto mai.

Sandra era la piú bella della classe, della scuola, di Roma, del mondo. In realtà si chiamava Patrizia, ma era uguale spiccicata a Sandra Bullock: alta, bruna da tutte le parti, piena di labbra e di occhi e di ciglia e di cosce. Soprattutto di cosce.

Nei giorni d'interrogazione in storia dell'arte era sempre la solita manfrina:

– Dài, Sandra, fallo per noi, fagliele vedere solo un po'...

– Ma sarete stronzi...

– Quello non aspetta altro: gli fai un volteggio alla Sharon Stone e gli vengono gli stranguglioni. Cosí non interroga.

Quello era il professor De Petris.

– Porci e maschilisti, ecco cosa siete. E dovrei fare la scema per voi?

E qui un coro di «ma no!», «ma su», «cosa ti costa?», finché non interveniva Sara, che era la prima prima della classe con la media del sei.

– Non è lui a usare te, Sandra, sei tu che lo usi. Gestisci la figa per rincoglionirlo, non per soddisfarlo. Vai cosí, fidati: è politicamente corretto, te lo dice la tua socia.

Si dava inizio alla prova generale: Max si accucciava e stabiliva due o tre posizioni di gambe, le piú provocatorie possibili. Poi si metteva in cattedra e provava e riprovava l'effetto. «Un po' piú su... muovile ora... Cristo, Sandra, il reggicalze, fallo vedere, fallo vedere!»

Lei per noi l'avrebbe fatto comunque, ma le piaceva farsi desiderare.

Sandra era anche un'eccellente «donna dello schermo». Quando qualcuno dei ragazzi doveva far ingelosire una tipa o far teatro con una sguincia che gli andava, faceva montare Sandra in motorino e si presentava con lei. Era un bel passaporto, una garanzia, un assegno in bianco, un *tarlo parlante* che pareva dicesse all'altra: «'O vedi come sta ppiazzato questo? Te rode er culo? E allora arzalo e ddatte da fà, perché cce ne vole p'esse mejjo de me».

Avevo ripreso la solita vita nei soliti posti, con i soliti amici: ero tornata alle vecchie abitudini, ma sentivo di trovarmici dentro quasi per caso, di strisciare, rasentare, muovermi di sbieco. Non ero stata colpita da un male incurabile, no, ma non conoscevo piú l'inerzia dell'allegria: coglievo la battuta nell'attimo in cui veniva pronunciata, ma non sapevo piú prolungare quello stato magico fino alla battuta dopo, fino al nuovo gioco d'intese; c'era tra un sorriso e l'altro un senso di ricaduta, un torpore, un'indifferenza cui era impossibile sfuggire.

Fip, Chiara, Max, perfino Mattia mi trattavano come

se niente fosse, niente fosse stato: nessuno si sognava di prendermi da parte, di far quello che «ha capito», come se fosse un dovere. Dentro di me li ringraziavo per questo: era l'atteggiamento piú giusto e per loro il piú difficile.

Chiara soprattutto. Si era innamorata e l'avevo saputo da altri, anche se si vedeva benissimo dal suo comportamento, dalle sue frette, dalle occhiate all'orologio, dalle scuse surreali. Non me lo disse mai, non mi telefonò mai, non mi mise mai a parte di quello che per una come lei doveva essere un sogno senza misura. E chissà cosa avrebbe pagato per farlo, e con me per giunta, che avevo passato una vita a sorbirmi i suoi veleni, le sue frecciate che erano invidia mascherata e desiderio folle di avere qualcuno.

Chiara era scurissima, di occhi e di capelli. Bisognerebbe interdire i genitori che fanno previsioni anatomiche con il nome dei figli. Non era bella, non era nemmeno quasi bella. Piccola, corpulenta, sempre un po' sudata e in continuo affanno, vestiva sgargiante e non aveva ancora trovato lo shampoo della sua vita. Il suo amore l'avrebbe voluto gridare dodici ore al giorno. E invece tacque per paura di ferirmi, di farmi male, di sembrare indelicata, inopportuna. Anche per questo le volevo bene.

Mi trovavo ogni tanto a passare per posti che mi ricordavano delle cose, e provavo sensazioni diverse: rincrescimento, dispiacere, fatalismo, amarezza, mai veramente dolore. Quei luoghi non li sentivo piú miei e di Julian e neppure miei soltanto, e questo sí che mi feriva. Non riconoscersi nelle strade, negli angoli, nelle svolte, negli slarghi è perdere un'identità, perché noi siamo gli odori, le canzoni, le finestre, i ponti che abbiamo attraversato e ci portiamo appiccicati addosso. Noi siamo svezzati dai paesaggi: amiamo come l'oca, come l'anatra, il primo ramo che abbiamo visto in «quel» cielo, con «quella» pioggia o «quel» sole, e non un altro; l'inizio di quel che abbiamo visto, non altro. Ma io allora dovevo rifare tanto, rifare tutto.

C'era stato un vecchio posteggio, ora abbandonato, uno

spiazzo largo e ingombro di macchine dove mi portava mio padre a guidare quando avevo 12 anni. Lui lo chiamava «il percorso di guerra». E io sterzavo, controsterzavo, ridevo, mi sentivo importante e importante per lui. C'era stato, non c'era piú, ma questa è un'altra cosa, perché il posteggio me l'aveva portato via la città; era stata la città a cambiare, non io a non riconoscerla.

Stentavo a uscire dalla solitudine, perché il rischio era grande e io mi sentivo troppo debole per accettare gli scontri o gli incontri. Avevo però ripreso a leggere, ad ascoltare, e non era poco; qualcosa stava tornando: era un segno piccolo, ma preciso.

– Professoressa... professoressa!

Chi mi chiama? Perché?

– Professoressa... scusi, ma la domanda?

Quale domanda? Cosa ti devo chiedere?

È un esame, Vera, è solo un esame. Svegliati, fa' finta di niente. Questa è una candidata, la vedi? Ma dove sei con la testa?

Questa qui ha una faccia trista, storta, impenetrabile. È una secchiona. Questa qui ha una faccia antipatica, scostante. E non lo sa. E non dovrei saperlo nemmeno io.

Questa è una che vincerà sempre, comunque, perché se ne sbatterà di tutto. Questa, a metterla nel giardino ti mangia le mele, le ciliegie, ti tira su tutta l'erba.

Ho mal di testa. Tutta la notte a piangere. Si piange ancora per amore? Si piange. Non la mettiamo a posto, stavolta, stavolta no. L'abbiamo già evitata per un pelo, quando? Tre mesi fa. Stavolta no.

Questa qui è proprio una stronza. La conosco. Ma è inattaccabile. Si sarà fatta tre mesi sui testi. È qui che muore dalla voglia di far vedere quant'è brava. Se comincia a parlare va avanti due ore e non aspetta altro, basta toglierle il tappo.

Se le è guardate tutte le compagne come per dire «State qui e vedrete: imparate, imparate da me come si fa, asine, mezze calzette, tutte sedute lí a mangiarvi le mani per l'invidia, a sperare che io tonfi: state qui, ascoltate, ascoltate come si fa, razza d'incapaci».

Questa se non parla muore.

– Non ho nessuna domanda. Vada pure.

– Ma...

– Se ne vada ho detto: trenta e lode.

– Ma io avevo... volevo...

– Venga la prossima... Tornabuoni.

Però forse no. Forse la mettiamo a posto anche stavolta. Forse è giú ad aspettarmi.

Me ne mancano solo tre; poi lui è giú ad aspettarmi.

Naufragato il progetto di *Cerco circa circo*, mia madre aveva avuto una pausa di riflessione. Lei ed Escamillo si vedevano piú spesso, uscivano di piú la sera. La casa ci guadagnò parecchio: la cucina tornò a vivere e le cose cominciarono a essere proprio nei posti dove pensavi di trovarle. Il computer restò miracolosamente coperto, quieto; la sala non puzzò piú del fumo degli operatori culturali che fino all'alba discutevano del gap fra la genialità sprecata e il rincoglionimento causato dai media.

In quel beato periodo in cui mia madre si dedicava a «curar cara casa», una sera se ne venne in camera mia e mi buttò il giornale sul letto:

– Marco Bragadin... ti ricordi, no?

– L'amico... l'amico di papà, – risposi concentrandomi.

– È morto –. Si voltò e uscí come se avesse annunciato che era pronto a tavola.

Lessi. Sí, si trattava proprio di lui. Era caduto nel Canal Grande a Venezia, per un malore forse, o forse per altro. Papà mi aveva raccontato che era stato suo compagno, nell'infanzia della loro musica; andavano per cantine, per aie, suonavano sogni; non c'erano contratti allora, né note obbligatorie, né successo; l'orizzonte era sgombro fin là dove si poteva vedere e oltre. Sfidavano la sorte ben sapendo di poter essere anche fischiati o cacciati, o accolti a sbadigli, sbattendosene i coglioni, perché la notte – diceva papà – era una risata continua, un dar di bicchiere o un ubriaco attendere, invincibile nella sua libertà.

Poi si separarono, non so perché, non so in quanto tempo. Marco restò nelle cantine, non uscí piú da quella infanzia dove bastano i versi istintivi o te li fai bastare, perché le parole non le hai volute imparare, le parole che atterriscono. Mio padre divenne quel che è. E Marco non lo abbandonò mai. Gli telefonava, sempre su di giri, per chiedergli di vederlo, magari non subito, magari piú in là, perché, diceva, stava per realizzare un disco, aveva già pronta una tournée tutta sua. Mio padre stava al gioco, lo ascoltava, lo incoraggiava, gli rinnovava gli inviti, ma Marco si scherniva, «piú in là, piú in là», «vedrai», «ti farò sapere». Telefonava sempre e non veniva mai. E allora capii che telefonava solo per assicurarsi che mio padre fosse quello della loro giovinezza, quello di sempre, perché se mio padre era ancora lí, ancora in quel posto, come allora, anche lui, Marco, era quello di allora e cioè qualcuno con i sogni intatti e inattaccabili. Telefonava e basta perché la distanza gli restituiva solo la voce e nella voce c'era il suo amico di un tempo. Aveva fermato il passato e lo percorreva come l'unico tempo possibile per continuare a bluffare. Poi non trovò piú mio padre, e smise di chiamare.

Stavo per rimettere via il giornale, quando l'occhio mi cadde su un trafiletto a fondo pagina: «Vecchio avvelenato in un McDonald's».

Come sono i labirinti della mente. La curiosità, certo fu anche la curiosità, ma sotto pelle c'era qualcosa che mi tornava familiare. Sentii come un passaggio di corrente nello stomaco. Lessi:

> Increscioso episodio oggi nel McDonald's di via Cavour. Erano appena passate le 13 quando un anziano avventore, November Otto, accomodatosi per consumare il suo hamburger, ha cominciato a urlare e si è accasciato di lí a poco al suolo. Subito soccor-

so, si è constatato che il malore dipendeva da un prodotto presumibilmente guasto. All'arrivo della Croce verde, il signor November Otto ha rifiutato di farsi accompagnare al pronto soccorso. Sul McDonald's di via Cavour si aprirà un'inchiesta dei Nas.

Otto! Povero vecchio matto, l'avevo quasi dimenticato. Sentii per un attimo il cuore in gola. Otto e le sue stronzate sulle parole! Cos'era quel versaccio di cui mi aveva parlato a Thyes? *Mo*? *Mau*? Esisteva, esisteva sul serio! Mi colse una gioia comica, un improvviso sbotto di buonumore. Dovevo trovarlo, dovevo sapere dove abitava, forse aveva bisogno, forse stava ancora male...

Poi mi scossi, a un tratto. Ma che stai facendo? Che te ne frega di quel visionario? E invece no, e invece no. Piú di tutto mi colpí il fatto che per la prima volta da tanto tempo avevo voglia di qualcosa, avevo un desiderio. «Sono grottesca, da cartone animato, sono alla frutta se mi faccio prendere da una puttanata simile», pensai. Ma buttai subito via il pensiero. Se cominciavo a pensare era finita. Dovevo seguire l'istinto, andar di nervi, di battiti, d'ispirazione.

Cercai sulla guida telefonica e non trovai niente, né sotto Otto né sotto November. Allora chiamai la Croce verde. Sí, avevano l'indirizzo, sí il vecchio si era ripreso; no, non sapevano niente dell'avvelenamento: qualcuno intorno aveva parlato di vermi nell'hamburger.

Vermi nell'hamburger? E cosa ci faceva uno come Otto in un McDonald's?

Segnai l'indirizzo sul diario e passai a salutare mia madre.

– Su questo giornale ci sono solo disgrazie, – dissi.

– Domani non lo compro, cosí spariscono.

– Cosa fai domani? – le chiesi.

– Metto a posto la sala, che è uno schifo.

Il periodo di «curo cara casa» continuava in bellezza.

Aprí un ragazzo che non aveva né naso, né bocca, né occhi. In realtà li aveva, ma era come se non ci fossero perché non si muovevano. L'unica concessione alla vita erano due brufoli sul mento. Mi guardò. Sarebbe stato lo stesso se avesse aperto al lattaio, al Papa o a Schumacher. Stavamo lí, parli tu parlo io, e intanto lo studiavo. Taciturno, introverso: brutta razza, da evitare. Presi il sopravvento.

– Sono qui per il professor Otto. Mi chiamo Vera... gli dica quella delle vacanze a Thyes...

– Aspetti –. Sorpresa. Aveva una voce bellissima. Mi piantò lí e infilò la porta a vetri che gli stava alle spalle. Tornò in un attimo.

– Il professore l'attende.

Spostai la porta a vetri. Dentro non c'era praticamente pavimento: ovunque libri, fogli sparsi, notes di appunti; cercai d'individuare spazi liberi per poggiare i piedi, ma era fatica sprecata. Ci camminai sopra.

Tre delle pareti erano stracariche di altri libri, pubblicazioni, tesi, tesine, brogliacci legati a mano, contenitori di ogni tipo. Niente era allineato: tutto era lasciato al caso, all'«ultima volta che», al «per ora mettiamolo lí». Alla quarta parete stavano appesi una miriade di poster, tazebao, foglietti volanti zeppi di frasi scritte, liriche, brani d'opera, citazioni. Non c'era un quadro, un tappeto, un vaso: su tutto dominava il color ciliegio della libreria, delle teche e dell'immensa scrivania, anche quella piena di libri.

Sulle prime non lo vidi; pensai che dovesse ancora arrivare. E invece con mio stupore sentii la sua voce, proprio da dietro le pile sulla scrivania: – Che bella sorpresa, Vera, vieni, vieni –. Alla voce seguí l'uomo. Si alzò quel tanto che bastava per emergere e rividi i grossi occhiali che coprivano la faccia e l'immensa testa. Era in veste da camera. Alla sua sinistra una grossa finestra dava su via Giulia, cosí credetti: di scorcio mi colpirono gli ontani e in fondo intravidi il traffico, i lavori in corso.

– E cosí l'hanno avvelenata! – sparai subito. – Come sta ora?

– Non mi ha avvelenato nessuno, Vera, – disse in tono rassicurante.

– Ma come, sul giornale...

– Siediti. Ti sto dando del tu, ma ormai... Be', ho finto di essere stato avvelenato per rovinare quel McDonald's. I McDonald's sono la morte della coscienza, dello sviluppo, della libertà di scelta. Sono la fine della lentezza, che per me vuol dire civiltà. Sono il freddo spacciato per calore, la regola venduta per fantasia. Li odio. Scelgo McDonald's abbastanza lontani tra loro, meglio se in città diverse, e ci entro, da anni, con un barattolino di vermi in tasca. Poi faccio la fila, ordino, mi siedo, do un morso al panino, lo apro, infilo i vermi nell'hamburger, mi strozzo, urlo e chiamo aiuto. Sono scene da alto teatro elisabettiano. Ne ho già fatti chiudere quattro.

– Ma... ma... – non mi veniva la parola, – ma se la beccano?

– Finora non è successo. Quando mi scopriranno ci penserò –. Si sedette. Dietro i libri si vedeva solo metà faccia.

Hai capito il vecchio? Altro che pazzo, è un genio, uno con due palle cosí.

– Si ricorda il nostro incontro, nella mia stanza di Thyes?

– Quasi scandaloso!

– Be', non mi pare tanto. Lei non si alzava piú da terra e io avevo 40 di febbre.

Rise. – Sí, sí, ricordo, e allora?

– Ogni tanto mi sono chiesta... Perché *Mau*, perché il primo suono di Dio sarebbe proprio *Mau*?

– Fammi un suono, il primo che ti viene...

Grugnii.

– Bella schifezza. Questo è un rumore, un richiamo animale. Non puoi unirlo ad altri, non puoi formare una catena. Il suono parte dalle corde vocali, dal naso, dalla gola, dalle guance, dalla lingua, dai denti, dal palato, che sono un po' il nostro piano, sassofono, chitarra, violino. Riprovaci.

Mi venne una lunga *mmm*.

– Ecco, ti sei risposta da sola. La *m* è tra i nostri primi suoni intelligenti e ci viene d'istinto. È un appello, un bisogno, una preghiera. Pensa a «mam-ma», «am-ore», «mangiare», «mam-mella».

– Sarà. E se dicevo *nnn*?

– Faceva poca differenza. La *n*, come con le vocali, e allo stesso modo della *r* e della *l*, la puoi tenere finché non schiatti.

– Sono sonanti, – dissi, impettita, raspando nella nebbia del ginnasio.

– Sí, perché ri-suonano parecchio. Gli altri suoni, secchi e duri come *t* o *p*, o caldi come *d* o soffiati come *f*, sono venuti dopo. Ce ne sono anche di quelli che si producono con il palato e alcuni che sibilano. Ma comunque, tra loro, ci vogliono sempre pause a bocca larga.

Non capii subito. – Le vocali?

– Sí, un tantinello ballerine all'inizio, però necessarie.

Respirò profondamente.

– Bene, c'è tutto, possiamo cominciare.

– Cosa?

– La storia: questi erano solo i personaggi. La vera, grande, unica storia ha origine quando un suono s'incolla a una pausa a bocca larga e a un tratto, Dio sa come, quel tintinnio, quel sussurro di una sola sillaba, rullo di tamburi, si trova a significare l'andata e il ritorno del tuo rapporto con le cose; l'emozione dell'incontro e dello scontro; quel che rifletti in loro e quel che suscitano in te: è la radice.

– Lo so, lo so cos'è.

Aveva alzato le sopracciglia che adesso gli uscivano completamente dalla montatura degli occhiali. Stava osservandomi con una faccia da orango.

– No che non lo sai. Tu hai in mente quella cosa fredda, glaciale, immutabile che t'insegnano nelle grammatiche, la morte della parola. No, no, no. La radice è una scintilla, un germe, un seme: palpita, si muove, s'assesta, formicola, respira, ha colore e assomiglia all'uomo che l'ha pronunciata. È l'anima, il germoglio, l'orologio, il motore della consapevolezza di un universo che non dorme piú, non è piú intoccabile; è il fuoco, l'origine, la battaglia vinta e l'applauso dell'uomo a se stesso –. Finí in un crescendo rossiniano. Per un attimo temetti che Tommaso, il ragazzo senza espressione che mi aveva condotto in quello studio, gli chiedesse il «bis».

– Voliamo piú bassi, – riprese. – La radice è la rappresentazione liofilizzata dell'azione. È il Dna di quel che si prova a compierla.

Cosí era piú chiaro, ai miei livelli. Avevo già orecchiato quei concetti, ma li avevo relegati nei meandri della memoria.

– Gli indoeuropei furono i primi a nominare il mondo. Chissà quando, chissà come, chissà se, – si riaccese Otto. – Le radici... Avevo poco piú di vent'anni quando le incontrai. Jakobson non era ancora impazzito tanto da credersi De Saussure. Io divoravo Bopp, Curtius, Grimm, e loro le avevano scoperte tutte, ammucchiate tutte quelle perle minuscole, partendo dal sanscrito e intuendo il passato: **as*, cioè «essere»; **pa*, che suonava «proteggere» e in cui io vidi il «pa-dre» e il «pa-store»; **dha* cioè «porre» come nel greco **the* di «tesi», di «tema»; e **ga* per «andare», il «go» inglese; e poi **bhar* dove risentii «fero», rivissi «porto». E ancora **ma* che era «misurare», come faceva la «ma-dre» in epoca matriarcale (oh, la madre-metro!); o **dra*, «correre», come in «ippo-dromo», in «auto-dromo»; e poi la sublime sottile finezza di **kuk*, «gridare»; **kug*, «lamentarsi»; **kud*, «strepitare», dove la forza o la tenuità delle consonanti finali variavano l'intensità dell'esternazione. E **dak*, «mordere», che imita il rumore dei denti, o **kar*, «tagliare», «radere», che scimmiotta il raschio. Per avere i brividi alla fine con **ank*, l'irrompere del

* L'asterisco indica una forma radicale i.e. presunta o ricostruita.

concetto di «curva», «curvare» che si fa «ang-olo» e quindi spazio ristretto («ang-usto») e per transfert definisce lo strozzamento, l'acutezza del dolore («angor») in «ang-ina», «ang-oscioso», «ang-ioma». Questo era creare al contrario, creare il mondo all'indietro, sfrecciare dall'altra parte del tempo; era diventar invisibili e spiare di nascosto il mistero; era, per me ragazzo, veder nascere la gemma millimetro dopo millimetro, sentire, voltandomi, il profumo del fungo che solo un attimo prima non c'era e insieme capire le luci dell'alba e le stelle...

Questa volta lo seguii, sul serio. Ero incantata. Quell'uomo amava di un amore straripante e disperato quello che stava dicendo. Era l'inizio di un canto di sirene.

Restammo tutti e tre in silenzio per un bel pezzo. Poi allentai la tensione.

– Ma gli indoeuropei parlavano cosí?

Rise. – Nemmeno per sogno. Te lo immagini un dialogo del tipo: «Mangiare!» «Mangiare?» «Mangiare...»

– E allora?

– E allora dillo tu, Vera. Di cosa avevano bisogno?

– Intanto di dare un nome alle cose e poi... rendere piú chiara l'azione.

– Sí. Era necessario indicare chi compiva l'azione della radice, quando e in che modo.

– E come?

– Aggiungendo dei pezzettini, prima o dopo. E cosí **dha* che ha in sé il concetto del «porre», ma non spiega chi caspita lo fa e quando, diventa *da-dha-mi* in sanscrito e *tí-thē-mi* in greco. *Mi*, cioè io, sono quello che «ora» (è *ti* a dare il presente) pongo, ovvero *the*. Voilà, tre pezzettini al posto giusto ed è tutto piú chiaro. E poi? Ah, sí, l'oggetto, la cosa, come hai detto tu. Anche gli oggetti, le cose che contengono l'idea del «porre» partono da *the*: ma i pezzettini che si aggiungono non determinano piú tempo e persona (che non servono), bensí l'ambito e la funzione. E cosí *thé-sis* è «l'azione di posare», ma *thé-ma* è «questione posta»: *thé-mis* è «legge», «ciò che qualcuno ha stabilito» e *the-smós* addirittura «precetto divino». Non solo. I pezzettini ci dicono anche se la parola, nella frase, è un soggetto o un complemento, se è singolare o plurale e tante altre cose. Ma vogliamo strafare? Via con gli aggettivi! Perché, sempre tenendo fisso *the*, con altri appropriati pezzettini, noi di questo *the* possiamo indicare ciò che è variabile: qualità, quantità, modo. E quindi *themélios* è «fondamentale», *thé-meros* è «saldo», *thé-smios* è «legale». Verbo, nome, aggettivo: una serie. Come amare, amore, amorevole; o leggere, lettura, leggibile[5].

– Quei pezzettini non sono suffissi?

– Meglio affissi perché possono anche precedere la radice, non solo seguirla. Sono morfi, forme. Ma noi chiamiamoli «pezzettini», che vien meglio.

Spostò la testa di lato e abbozzò un sorriso di compiacimento.

– I tuoi suffissi, come mi hai ricordato, non sono messi lí a capocchia[6]. Classificano le categorie delle cose e delle persone: *-zione*, per esempio, crea un nome da un verbo, come in «finzione», «palpitazione», allo stesso modo di *-mento*, vedi «inserimento», «inseguimento»; *-ore* ci dice chi compie l'azione; *-iere* indica professioni, contenitori; *-oso*, quantità; *-logo* e *-filo* l'esperienza e l'amore per una scienza e via andare. Prendi un po', vediamo, «incommensurabile». Si può dividere in tanti pezzettini: *in-con-mensura-bil(e)*. Ora *in* è negativo a inizio parola (pensa a «incapace»); *con* è una preposizione di maniera; *mensura* è la modalità (*ura*) di misurare (*mens*, *metiri*) e infine *bile* è il suffisso che indica la possibilità, la capacità. Concludi tu.

– Non è difficile; vien fuori «non con misura possibile», che non si può misurare.

– E cioè «grandissimo». Questo è il significato odierno. Molti significati odierni sono evoluzioni di quelli originari.

– Fantastico, – mi scappò di dire. Rimasi a bocca aperta come un'orata. – Ma tutte le lingue derivano dalle radici indoeuropee?

– No, no. Questo viavai di radici, di pezzettini, finali che cambiano, viene dal sanscrito, dall'indiano antico. Ed è dell'italiano, del francese, di tutte le lingue romanze.

– E le altre?

– Vedi, una lingua non si studia come una specie d'insetti. Una lingua è lo specchio di un popolo, del suo mutar di pelle, o della sua immutabilità. Ogni popolo parla come vive. I cinesi e i coreani hanno parole che non puoi segmentare, non puoi dividere in pezzettini: ogni parola è a sé, isolata. I turchi uniscono i pezzettini ma flettono poco le desinenze, le parti finali delle parole. I semiti hanno un rigore nell'uso della parola che coincide col loro monoteismo, cultura di difesa, continuità del passato.

– Ma allora in tutte le lingue che derivano dall'indoeuropeo le parole dovrebbero coincidere o quasi, no?

– Non è cosí, per molti motivi. Prova a immaginartene qualcuno.

– Non so, la lontananza geografica.

– Anche, ma non è il piú importante.

– Allora... la pronuncia.

– Sí, centrato. Ci sono popoli che nella gamma di suoni ne preferiscono alcuni ad altri, perché gli vengono meglio. E cosí una *p* può diventare una *t* o anche una *f*. Ma non può diventare qualsiasi altro suono. Ci sono precise limitazioni. E poi dipende dai suoni che finiscono vicini. A volte si mangiano fra loro, a volte uno diventa come l'altro, a volte spariscono del tutto. Senti l'evoluzione della parola «caldo». All'origine è g^{u}*hormo*, da cui *gharmah* in sanscrito, *thermós* in greco, *furnus* (← *formus*) in latino, *warm* in inglese. Oppure «neve»: *snaez* in indiano antico, *nipha* in greco, *nix-nivis* in latino, *snow* in inglese, *neige* in francese.

– Che gran casino! Ma ci saran pure delle regole...

– Piano, piano. Qui abbiamo a che fare con uomini, mica con atomi o numeri. Gli uomini si svegliano, gli gira storto e cambiano accento; gli uomini si spostano, scendono dalle montagne, si accampano, in pianura, al mare, e la pianura gli detta altri rumori, e il mare gli mette in bocca le sonorità dell'onda, le consonanti raddoppiate che danno l'eco dell'impatto sullo scoglio. Gli uomini incontrano altri uomini, li vincono, perdono, si mischiano, prendono in prestito parole che non conoscevano, o piú belle delle loro. E poi ci sono i fonemi.

– Che sono i fonemi?

Allora non potevo immaginare quanto dovesse risultargli comica quella domanda, rivolta proprio a lui. Otto stava maneggiando un rompicapo del tipo «la fuga dell'asino». Sentivo il clac dei tassellini che cambiavano posizione per permettere all'asinello di salire e raggiungere la stalla.

– Vedi, Vera, la gamma dei suoni che possiamo emettere è piuttosto vasta, ma ogni lingua ne ha un numero limitato: i suoi foni, le sue, chiamiamole cosí, unità di suono. I suoni diventano foni quando entrano in relazione con altri suoni e formano parole. I foni non solo variano da lingua a lingua, ma anche da persona a persona e, ti dirò di piú, anche nella stessa persona. Pensa a come pronunciamo noi la *r* e a come la pronunciano i francesi. Pensa a come è diversa la *b* di «buono» dalla *b* di «bevo» o la *n* di «sano» da quella di «anfora».

Feci qualche prova, ma non trovai tutte 'ste gran differenze.

– La differenza la coglie piú chi ascolta di chi parla. Senti.

Era vero, detti da lui, erano proprio suoni diversi.

– E poi, Vera, c'è il tempo, che è il piú bastardo di tutti. Un filologo lotta a ritroso contro il tempo, ricostruisce come un gambero il cammino dalla spiaggia al mare e trova intoppi, scogli, secche e torna indietro e prova da un'altra parte dove ha visto balenare qualcosa che *assomiglia* al vero, e di nuovo s'accende di desiderio, di passione: è il grande gioco, la grande utopia di ricostruire la storia umana, il senso dell'uomo, ripercorrendo la creazione delle sue parole, in tutti i popoli, in tutti i momenti. Il tempo e la cultura. Perché le parole cambiano quando cambia la vita. Anzi le parole cambiano insieme alla vita e vanno a significare la tragedia e la commedia di quello che vivi tu, ora, e non gli altri, prima. Le parole perdono la memoria di sé, della loro storia e finiscono col rappresentare tutt'altro. Immaginati un amico colto da amnesia che si costruisce un'altra esistenza. Tu lo incontri un giorno per caso alla fermata del metrò e gli fai: «Ehi, Sergio!», e lui ti risponde: «Guardi che si sbaglia, io mi chiamo Carlo Valtolina». E tu sai che è Sergio, dagli occhi, dal sorriso. E lui sa di essere Carlo dalla sua professione, dalla sua carta d'identità. E gli altri, tutti che se lo coccolano, Carlo di qua, Carlo di là, e tu lí come un coglione, tu che sei il solo a sapere chi è veramente. Sai cosa dice Lyons?

– E chi è Lyons?

– Uno di quelli che batte le pacche sulle spalle di Carlo Valtolina. Dice che non abbiamo nessun bisogno di rivolgerci domande sulla storia del significato delle nostre parole. E Wittgenstein?

– Un altro amico di Carlo?

– Sí. Dice che il significato di una parola è il suo uso nel linguaggio. È il suo ruolo nella società, non la sua vera natura.

– E hanno ragione?

– Ahimè, credo di sí –. Gli passò sul viso come un'ombra.

Avevo un po' di confusione in testa. – Di... cosa stiamo parlando?

Nessuno rispose.

Tommaso era appoggiato allo stipite della finestra. Teneva un libro fra le mani all'altezza delle palle e rifaceva, ripeteva una per una le espressioni di Otto.

– Sei tu Carlo Valtolina? – gli chiesi a bruciapelo. Non capí subito.

– È... era un esempio, uno scherzo, – rispose imbarazzato. Chinò la testa, non mi guardò piú. Provai a fargli cenni e boccacce. Gli tirai palline di carta. Niente.

Otto si schiarí la voce.

– Prendi l'aggettivo «rivale». Voleva solo dire «quello che sta sulla stessa riva». Ma tra vicini si sa che per l'acqua prima o poi si fa a botte. Ed ecco perché oggi «rivale» vuol dire «avversario», «nemico». O «egregio». «Egregia» era la pecora che stava fuori dal gregge, e si distingueva perciò dalla massa. E quindi oggi «migliore». E «bravo»? Tu sai cosa significa bravo?

– Chi non lo sa? Uno che ci sa fare.

– Esattissimo. Ma oggi lo usiamo come contrario di cattivo, *n'est pas*?

– Sí, certo.

– E invece «bravo» all'origine significava proprio «cattivo», cioè esattamente il suo contrario.

– E come?

– *Pravus* in latino vale «feroce», «senza pietà». Al gladiatore che uccideva piú avversari il popolo gridava «Pravus! Pravus!» cioè «sei proprio un gran figlio di puttana, sei proprio il peggiore di tutti». E quindi il migliore nel tuo sport: il piú bravo a essere cattivo.

– Che giro!

– Quanto a giri non scherza nemmeno «artico».

– Il circolo polare?

– Sí. «Artico» deriva da *árktos* che in greco è indifferentemente «orso» o «orsa». Gli antichi videro questa forma nella costellazione piú a nord, e per estensione il nome passò a designare la zona polare sottostante. Per inciso, già che ci siamo, «settentrione» ha una derivazione concettuale simile: sette (*septem*) buoi da tiro (*triones*), ovvero il «grande carro», altro nome che si dà all'Orsa Maggiore. Questa è una pensata di un visionario come Varrone. Ma c'è anche il tocco di un dandy: Aulo Gellio.

– I percorsi sono sempre cosí tortuosi?

– A volte il significato moderno è una metonimia. «Tienda» in spagnolo significa «bottega» dal greco *apotéke*, perché in un preciso momento storico si è identificata la tenda d'ingresso con il negozio stesso. La parte per il tutto. *Faticà* a Napoli vale «lavorare»: l'effetto per la causa. Sai cosa significa «genuino»?

– Naturale, senza conservanti, non adulterato.

– Ascolta un po' da dove viene. Nell'*Odissea* la vecchia nutrice presenta il piccolo Ulisse al nonno perché lo riconosca, lo giudichi legittimo, come vuole la tradizione. E cosa ti fa il nonno? Per garantire che è veramente della sua famiglia se lo mette sulle ginocchia. «Genuino» significa «figlio del ginocchio», quindi vero, originale –. Fece una breve pausa. – Non è un granché attestato, ma mi piace, – finí sorridendo.

– Sí, però lei mi faccia qualche segno quando non ne è sicuro... che so, strizzi l'occhio. Se no credo a tutto quello che mi dice.

– Va bene, strizzerò l'occhio. Ecco, queste sono trasformazioni semantiche, trasformazioni di significato nel tempo, nella cultura. *Hospes*, ospite, diventò *hostis*, nemico, al mutar di condizioni politiche. *Valet* diventò *vierge* ribaltando le due figure, donna e fante, nelle carte napoletane. E poi una chicca: *recke*, «eroe» in tedesco, eroe nel senso nazionalistico, passò a «ribelle» durante il Romanticismo, perché il masnadiero era appunto l'eroe romantico. Ma in inglese la parola gemella, «wretched», significa «miserabile», perché solo tale può essere chi si ribella al re.

Tacque, si sedette, si tolse le lenti, si stropicciò gli occhi vigorosamente con le mani.

– Ma sí, – disse quasi fra sé e sé, – anche queste sono magie, emozioni. Anche questa è umanità. Non essere gli stessi da sempre, per sempre, disperatamente uguali a sé. Forse Carlo... come l'ho chiamato?

– Valtolina, – replicai a razzo.

– Forse Carlo Valtolina è vero, importante, bello come

quell'altro, Sergio, che conosco solo io. Gli uomini sono come parole, vanno all'infinito, cambiano all'infinito. Ma dimenticare no. No, no. Questo no.

Non lo lasciai finire.

– Ma stringendo stringendo, Otto, come sono state inventate le parole?

– Stringeremo un altro giorno, – rispose stiracchiandosi, – ora sono stanco, Vera. Ho bisogno di un bagno e di un'orzata, e tu di tornare a casa, perché ce l'hai una casa, no?

Feci cenno di sí. Tommaso gli corse incontro premuroso e gli porse il bastone. Infilò una mano sotto la sua ascella e lo aiutò ad alzarsi.

Notai, mentre mi passava davanti, che una faccia, ora, ce l'aveva e mulinava gli occhi qua e là per accertarsi che non ci fossero ostacoli per Otto.

Quando furono usciti da quel bordello di studio, capii due cose: che mi avevano già salutato e non me n'ero accorta e che il bagno a Otto lo avrebbe fatto Tommaso.

4.

Papà,

ti ho sognato. Eravamo al mare, un po' Ischia, un po' Lipari. Tu venivi giù da due scogli ripidi. Era pericoloso. Non ti vedevo bene la faccia, forse addirittura non avevi testa. All'improvviso ti sei accorto che c'era qualcuno in acqua e sei sceso, troppo in fretta, per buttarti. Io ho guardato verso il mare per capire chi c'era là dentro: e là dentro c'eri tu, ancora tu, ma col viso, con gli occhi, con la bocca. Ti ho gridato: «Attento, attento papà, è ripido, scivoli, lascialo stare quello là, fai piano!» Tu non mi hai ascoltato, sei inciampato, sei ruzzolato fino al mare, tagliandoti sugli scogli e scompigliando l'acqua. «Papà! - ho urlato, - ti sei fatto male?» Ti sei tirato su, mi hai mostrato una piccola ferita sul fianco: «Appena un po'», hai detto, ridendo.

Appena quello che basta per essermi lontano.

Vera

Verso metà ottobre, mia madre cominciò a mostrare chiari segni d'insofferenza. I bei tempi di «curo cara casa» dileguavano all'orizzonte. Escamillo si adoperava come un martire, ma la battaglia, capimmo subito, era già persa in partenza. Comunque anche lui con mia madre non se ne faceva scappare una:

– Stai attenta, adesso! – disse una mattina presto, in

cucina, per richiamare la mia attenzione. Spense la fiamma sotto la moka e versò un po' di caffè, apposta, sul piano dei fuochi.

– E perché? – chiesi ridendo.

– A tua madre piace. È convinta che io faccia sempre casini. Ci tiene a rimproverarmi, mi ama per il mio disordine, non posso deluderla.

– Ma ne fai tante di queste stronzate?

– Quelle che si aspetterebbe da me: mi deve sempre correggere, se no si preoccupa. Stamattina le ho lasciato i calzini fuori dal cesto e due armadi aperti.

– Bella performance, – commentai bevendo il mio caffè.

– So far di meglio, – disse uscendo a passo trionfale.

Il tempo, nel frattempo, passava.

Si susseguivano piccoli fatti, riemergevano ricordi sepolti in fondo alla coscienza: prendevano senso cose che nel momento in cui erano accadute mi erano sembrate accidentali e avevo scartato, messo da parte. Piano piano era come se riprendessi il filo interrotto, il capo smarrito di un gomitolo pieno di tagli e nodi. L'apparizione di Otto, le sue lezioni erano porte su altre stanze, o ancora sulla mia, vista con altri occhi però. Cominciavo a distinguere dov'erano i mobili e le finestre e il giorno.

Piú di tutto mi aveva preso quella serenità abissale, quella capacità che aveva Otto di guardare dentro, in forma stupefatta, nascente, l'atto di parlare, come una creazione continua, rotatoria.

Da un bel po' ero portata a pensare che i fatti, le vicende degli uomini fossero in fondo sempre gli stessi: un triangolo di «inizio-centro-fine». Fine piú o meno allegra. Ma non era lí che andava cercato il senso. Il senso era forse nelle infinite variazioni dell'approccio e del distacco, nell'assoluta unicità di ogni gesto e, nel contempo, nel frazionamento incalcolabile di quella unicità. E le parole. Ogni parola, diceva Otto, era la storia e la tua storia, un universo concentrato nella percezione di un suono. Forse, pensai (ma allora non ne ero certa, non ero ancora entrata nel gioco), le parole per lui contenevano il mistero svelato di quel triangolo eterno «inizio-centro-fine» e lo mostravano nella loro patente assonanza con i riflessi del vissuto: la gioia, il dolore. Non un senso, quindi, ma i mille, diecimila sensi. Ogni attimo della vita come un possibile dipanarsi, ramificarsi di strade. Mi venne in mente *Il giardino dei sentieri che si biforcano* di Borges, che avevo letto e non capito.

– Hai presente la schedina del totocalcio? – mi aveva spiegato Mattia. – Mettiamo che tu faccia dodici e non tredici perché hai messo un 2 al posto di una x. Se anche avessi messo quella x non avresti mai fatto tredici lo stesso, perché il solo mutare di un segno avrebbe cambiato tutto il resto, scombussolato gli altri dodici. Ogni evento diverso fa diversi tutti gli altri.

Mattia era troppo intelligente e questi discorsi erano troppo grandi per le mie capacità, per la mia età. Allora ne sentivo il frastuono, ma alzavo la radio perché la musica lo sommergesse. La mia geometria mentale era ancora piana, fatta di rette e punti conosciuti.

– Ho incontrato uno strano tipo, – feci a Fip un giorno che eravamo tutti in gita a Fregene.

– Strano come questo posto? – si intromise Chiara, pronta a spararla grossa: – Fregene d'autunno è come il viso di una donna dopo una notte passata a scopare, quando l'uomo se n'è già andato, ed è sola nel letto.

Due vele solfeggiavano il fango del mare: strana cosa è anche il vento, pensai, quando non ci sono altre distrazioni ed è lui il protagonista.

– Hai incontrato chi? – Fip era sdraiato su una barca marcia.

– Un professore, un glottologo. Ho chiesto un po' in giro. Nessuno lo conosce, nessuno sa chi è.

– Ti starà dietro. Te se vo fà.

– Ma se ha ottantacinque anni... no, no, è uno... uno che ama le parole.
– Ama cooosa?! – squittí Fip, saltando giú dalla barca.
– Troppo lungo spiegartelo. Lui trova mille sensi in una parola, come se fosse una specie di prisma.
– È toccato? Stai attenta, nonna!
– No, è buono, è inoffensivo. Per lui ogni parola viene da qualcosa e significa cose diverse, vicine o lontane tra loro: dipende da chi la dice, quando la dice. È come se ogni parola fosse viva, cosciente di sé, quasi un sentimento.
– Pure vaffanculo? – rise, poi si alzò e si uní agli altri.
Anche il professor Pitticuso fu piuttosto evasivo. Lo bloccai alla fine dell'ora mentre usciva con il suo pacchetto sotto braccio.
– Otto November? E cos'era, un lunedí? – rise come un tacchino, rise solo lui.
– La parola? *Flatus vocis*. Ha ragione Occam, ggiasoio (rasoio), ggiasoio (ancora rasoio) ci vuole.
– Occam è un luogo, non un nome, – dissi secca.
– Di grazia?
– È come se dicesse: «Ha ragione Bologna», – replicai.
– Signorina, io non la capisco. Studi, studi, invece di far la spiggitosa.

L'evento piú volte paventato si verificò con catastrofica precisione il 25 ottobre. Mia madre, che si chiama Stella, mi buttò là con la piú beata indifferenza:
– Cosa ne pensi di «Roma amor»?
La mattinata era già stata al limite del disastro. Il professor Trimurti, tornato alla grande, si era accorto della mia casellina vuota, intonsa, vergine e aveva pensato bene di interrogarmi in latino e greco, congiuntamente.
– *Árchomai légōn*: che valore ha questo participio, Mastrogiacomo?
Ci misi un po' a capire quale dei due era il participio. Regnava il silenzio.

– Pre... pre... pre... – fece Trimurti. Ora, già quando i professori tentano di aiutarti causano spesso danni irreparabili: in piú, nel caso di Trimurti non si sapeva mai se stava suggerendo o se stava balbettando.

Mi venne subito in mente «precotto», suonava bene: «participio precotto». Ma non in greco. Prefissato, prelogico, presunto...

– Prestigioso, – dissi inarcando un sopracciglio in attesa di un cenno d'assenso.

– Co... co... co... – Stavolta balbettava davvero. Tirò fuori di tasca il portachiavi e lo lanciò in aria. Lo aveva appena riafferrato che riuscí a finire: – Cos'è un participio *prestigioso*, signorina Mastrogiacomo?

– Uno che si comporta in modo superiore, che si distingue tra gli altri participi, – risposi.

– Si com... si comporta? – Il portachiavi volò di nuovo. – E allora, – riprese ironico, – come si *comporta*, mi dica, una protasi di periodo ipotetico del secondo tipo con l'apodosi all'infinito? – e incalzando, – eh, come si comporta?

«Da gran zoccola, come tua madre», pensai, ma non lo dissi. Strisciai piena di vergogna al mio posto considerando che forse era piú difendibile il «participio precotto».

– Roma amor? – dissi rivolta a mia madre. Dentro di me pensavo: «Ecco, ci siamo». – E cos'è, un indovinello?

– No, è un titolo. Costanzo ha avuto l'incarico di assemblare una grande strenna natalizia per il Banco di Roma. È una strenna a temi: «Roma e la storia», «Turismo a Roma», «I servizi a Roma», eccetera. Gli mancava un'indagine, una finestra su com'è l'amore oggi a Roma... – Vide che la fissavo stortissima. – No... no... guarda che io non c'entro, me l'hanno imposto. Sai, la Colajanni... e poi c'è di mezzo anche il vicepresidente del Banco –. Quello se la sarebbe fatta subito, mia madre. – Insomma, è una bella occasione, pagano pure bene...

– Mamma! – mi uscí dal cuore. – Come se a te importasse... – Poi misi a fuoco. – Per Natale? Ma quanto tempo ti hanno dato?

– Due settimane, ma ce la faccio.

«Dio, Dio, Dio! Ce la facciamo», pensai. Roma amor, dunque: ma come diavolo le venivano certe idee?

La pace finí del tutto: ci avventurammo in un vortice oscuro di frette nevrotiche, notizie tendenziose, occhiaie, veramon e «'sto stronzo di computer».

Escamillo intensificò le sue ripicche dimostrative. Si trovavano cicche dappertutto. Il bagno pullulava di calzini. Comunque le cose si stavano muovendo: anche a volerlo, non sarei piú riuscita a coltivare la mia apatia. Me la stanavano tutti; per caso, dicevano, per coincidenza, niente di personale. Stavo riprendendo colore contro la mia volontà. La malinconia non era piú quella bella, grassa e dolorosa di mesi prima, ma quasi di maniera. Mi accorsi piú volte che dovevo richiamarla, evocarla di proposito, che da sola non veniva piú.

Poi ci fu la storia di Chiara. Era un po' che se ne stava zitta, stranamente appartata. Non era da lei. D'improvviso, un giorno chiamò Mattia, lo fermò, cominciò a piangere.

– Ci ha provato, ci ha provato quel porco... quello stronzo... me l'ha sbattuto addosso... – Tremava tutta. Mattia la scrollava, la stringeva.

– Calmati, calmati: chi ci ha provato?

Fece il nome di un supplente del corso D.

– Mi ha messo contro il muro del cesso e ha tentato di strusciarsi e... e... mi baciava... che schifo... mi baciava il collo e...

– Quando, Chiara?

– Tre pomeriggi fa, dopo i corsi di recupero: non c'era nessuno in giro... sono andata dal preside, non mi ha creduto... Mattia... tu devi credermi... tu mi credi, vero? Non ho avuto nemmeno il coraggio di dirlo ai miei, ma tu...

– Io ti credo, Chiara. Non ho il minimo dubbio –. Mattia corse subito dal preside. Lo bloccò mentre stava uscendo dalla finestra del balcone per scappare al bar e lo costrinse a sedersi, incombendo su di lui con tutta la sua mole.

Sí, rispose Cepparulo, la studentessa in questione era venuta. Sí, era stato convocato anche il professore. No, assolutamente, si era trattato di carezze innocenti, affettuose. No, la ragazza aveva dato versioni discordanti e poi... e poi... E poi c'era purtroppo quel precedente. Ai tempi del ginnasio Chiara aveva accusato delle compagne di furto. Era risultato tutto falso. L'aveva fatto per attirare l'attenzione. Una mitomane.

– E poi, – continuò Cepparulo, che ormai ostentava sicurezza, si era anche alzato in piedi e respirava normalmente, – e poi la ragazza è un po' scossa negli ultimi tempi, perché le cose non le vanno bene né qui né a casa. Non posso aggiungere altro, Croce, perché sono storie delicate e segrete. Tenetela su, provate a farla uscire, aiutatela a studiare.

Mattia era furibondo: aveva appena iniziato una delle sue filippiche tostissime, pronto a lasciar morti e feriti sparsi ovunque in quella presidenza, quando due bidelli, richiamati d'urgenza, lo portarono via di peso. Non voleva arrendersi. Provò altre volte a forzare il blocco, a rientrare nella stanza. Urlò per tutto l'androne del Caterina Cornaro; barrí epiteti irripetibili senza risparmiare nomi, cognomi e indirizzi; strappò dai muri i bandi di concorso, le foto di classe, i crocefissi e li fece volar via per le scale, finché Poldo, Fip e altri non lo presero con le cattive e lo trascinarono fuori dalla scuola, infilandogli in gola il collo di un'absolute vodka e costringendolo a bersela.

Fu piú o meno a quei tempi che io e Mattia cominciammo a uscire piú spesso, a parlare delle nostre cose, anche se in realtà parlava sempre lui. Nessuno di noi due provava una particolare attrazione per l'altro, non ci passava neanche per la testa di metterci insieme.

Era difficile non starlo ad ascoltare: ti riempiva di storie dove esistevano ancora i buoni e i cattivi; e i buoni erano immagini lontane, lunghe file di gente senza lavoro, che perde l'identità, il cuore, che è costretta a scambiare la felicità con un televisore, la rabbia col compromesso, la propria gioia con la vittoria di una squadra. E a chi gli diceva: «Mattia il mondo non è bianco o nero, ci sono pure i grigi», rispondeva: «Il mondo non è bianco o nero. È giusto o sbagliato». Ma se sul bianco e nero non aveva dubbi, sul rosa, quello della Harley, continuava a perdere colpi. Era imbestialito. L'aveva vista ancora: sempre arrogante, presuntuosa, violenta.

Nei tre giorni di sospensione, in seguito alla sua sfuriata in presidenza, setacciò tutti i Parioli: garages, rimesse, benzinai, bar, ritrovi, discoteche; interrogò portieri, pizzicagnoli, vigili urbani, stràdini, conducenti d'autobus. Si appostò negli incroci piú in vista, sui viali di raccordo. Domandò nelle chiese, ché quello era capace di presentarsi col casco rosa anche lí. Niente, non ne cavò niente.

– Perché ai Parioli? – gli chiesi.

– Quello è un fascio, è peggio di un fascio. Son sicuro, me lo sento che è di lí.

Chiesi a Escamillo se aveva mai visto in giro una Harley rosa. Mi guardò come una deficiente.

– Vuoi comprarla?

– Io!?

Non lo domandai a mia madre. Ci incontravamo ormai solo per brevi pranzi e spuntini. Aveva registrato quattordici cassette, intervistando tutti: da Alessandro Gassman al garzone del lattaio.

– Come va l'amore a Roma? – provai a indagare.

– Non scopa nessuno, non si mette insieme nessuno, non si pianta nessuno.

– Il che lascia tutto com'era, – constatai.

Si andava verso l'inverno, anche se l'inverno a Roma è soprattutto uno stato d'animo. Si va in giro solo un po' piú coperti e si prende la scusa del freddo, che in verità non c'è, per stare un po' piú insieme, piú stretti: perché in primavera, in estate è tutto cosí largo, cosí esagerato là fuori che tra la gente finisce per esserci troppo spazio e si urla, si fa un gran tirar moccoli e coglionate, ma ci si guarda poco negli occhi. E mentre arrivava quel po' di freddo sentivo tornare quel tepore che avevo dimenticato, e mi aveva fatto star cosí male. Dovevo rivedere Otto. Cosí una sera gli telefonai e fissammo per il giorno dopo: lo sentii allegro, quasi euforico.

– Ti devo una risposta. Ho interrotto io il discorso l'altra volta.

– E com'è andato il bagno?

Sembrò non capire.

– Ah, quello. Tommaso è un incapace. Mi fa sempre entrare il sapone negli occhi.

– Un giorno o l'altro glielo faccio io, il bagno, – dissi prima di riagganciare.

5.

Quando Fip arrivò sul pianerottolo della casa di Max c'era una ressa da stadio. Da sotto la porta usciva un fiume d'acqua che s'allungava ovunque e si scaricava nella tromba delle scale. In testa a tutti il portiere, che a piedi nudi e calzoni tirati su batteva, picchiava gridando: «Apra, apra, apra, per amor di Dio». E poi voltandosi verso i condomini: «'Sto gran figlio d'una mignotta». I condomini, tutti rigorosamente a piedi nudi, se ne stavano un po' ritirati a gridar consigli che tanto era gratis e le stronzate le fanno sempre gli altri. Pareva un presepe di pastori ubriachi. Fip si fece largo a manate e navigò fino al portiere.

– Da quanto è chiuso dentro?

– Non so, ma mo' chiamiamo i pompieri.

– Se lo scordi, – disse Fip sedendosi a gambe incrociate davanti alla porta. L'acqua gli entrò nelle mutande, la sentí sui testicoli.

– Max, sono io, Max, apri!

Nessuna risposta. Gli inquilini avanzarono di un metro.

– Max, stai allagando tutto il palazzo!

Silenzio perfetto.

– Max, se non apri, qui ti vengono a prendere e sono cazzi.

– Lasci stare, – s'intromise il portiere, – che buttiamo giú la porta.

– Lei non butta giú proprio niente! – urlò Fip. – Max, Max, ti voglio bene, Max.

– Sei tu, Fip? – Era un filo di voce, da dentro.

– Sí, sono io, ma che cazzo stai facendo?
– Ho aperto tutti i rubinetti.
– Ma perché?
– Per vedere se finisce prima l'acqua o s'allaga prima la casa.
Il portiere si toccò la fronte con l'indice.
– Chiamo un'autoambulanza, altro che i pompieri.
Fip gli staccò l'indice dalla testa e gli comandò di star zitto. Gli inquilini si ritrassero di due metri.
– Fai entrare anche me, Max; è un dubbio che ho anch'io da sempre!
– No, ognuno lo deve fare a casa sua, ogni casa è diversa.
– E com'è la tua, Max?
– Vuota.
Fip sapeva perché, sapeva cosa intendesse dire.
– Facciamo cosí: fammi entrare che costruiamo delle barche di carta e le facciamo andare...
Il portiere e i condomini avanzarono di due metri.
– Fip –. Silenzio. – Ehi Fip, ma mi prendi per scemo? E secondo te io allago la casa per fare le barchette?
– No, lo so che non è cosí, ma tu lasciami entrare, Max, perché ti voglio bene.
– No, Fip.
– Cosa vuoi, Max, dimmi cosa vuoi, qualunque cosa.
– Non voglio.
– Qualunque cosa, Max –. Fip aveva le lacrime agli occhi e parlava rantolando. Passarono istanti e istanti. Poi l'acqua cominciò a diminuire, il flusso rallentò, il rumore degli scrosci, là dentro, non si sentí piú.
– È piú forte la casa, Fip, è piú forte anche dell'acqua.
– Cosa vuoi, Max, – singhiozzò per l'ultima volta Fip.
– Voglio mia madre, Fip, mia madre.

Il professor Lojodice, supplente mensile nel triennio del corso D al liceo classico Caterina Cornaro, aveva appena comprato un pacchetto di Diana e due di Menta polo e stava ancora contandosi il resto col dubbio che gli avessero dato duecento lire in meno. Camminava nel buio, tenendosi lontano dalla strada. Passò davanti alla saracinesca abbassata della vetreria Fantoni, scrollò il capo alla vista dell'immondizia abbandonata contro il lampione, svoltò in vicolo Claudio Quadregario, dove abitava da tre anni.

Il ragazzo sbucò dal niente e in una frazione di secondo gli fu alle spalle.

– Professor Lojodice? – domandò gentile. Il professore si voltò: il pugno gli arrivò dritto sul naso, lo sollevò di netto e lo mandò a sbattere contro i sacchi dell'immondizia. Alzò appena la testa premendosi la mano sulla faccia; era stupito, incredulo. Poi arrivarono i calci ritmati, metodici, fortissimi, lancinanti, infiniti: tutti invariabilmente sui coglioni.

Il ragazzo continuò finché il professore non smise di urlare. Allora prese da terra i grossi occhiali, li spezzò, glieli infilò in bocca, si girò, tornò alla sua Ducati, l'accese e partí senza voltarsi indietro.

Quella sera non vide in giro la Harley rosa. E per la Harley fu davvero un gran colpo di culo.

Questa volta Tommaso mi salutò. Se andava avanti cosí la terza volta mi sarebbe saltato addosso.

Non aveva piú brufoli sul mento, ma ci passava la mano sopra lo stesso, come se ne fosse dimenticato.

Otto sbucò dal nulla.

– Andiamo, – disse.

– Dove?

– Fuori, per strada, camminiamo, guardiamoci intorno... insomma muoviamoci.

Sembrava Sherlock Holmes: completo a scacchi e mantellina. Appena usciti mi prese sotto braccio.

– E allora? – esordí.

– Allora cosa?

– La scuola, gli amori?

– Lasciamo perdere –. Gli risparmiai gli amori. E per fortuna era un bel po' che stavo risparmiandoli anche a me.

A bruciapelo disse:

– È un falso problema, ormai.

– Cosa? – domandai, sospettando che mi leggesse nella mente.

– La tua domanda, la tua ultima domanda dell'altra volta. La parola. Per secoli c'è stato chi ha parteggiato per un'origine naturale, chi per una costruzione convenzionale.

– E chi ha vinto?

– Nessuno veramente. C'è un'opera di Platone, il *Cratilo*. Lí Socrate dialoga, paziente, con due fresconi, Cratilo appunto ed Ermogene. Il primo sostiene la tesi dell'origine naturale, l'altro quella dell'origine convenzionale.

– E Socrate?

– Socrate li fa a pezzi tutti e due, piú il primo in verità. Non esiste nessuno, dice, che abbia inventato i nomi imitando la natura o tirandoli fuori di sana pianta. Socrate crede nell'uomo, non nel divenire e mutare incessante del «tutto», e quindi anche delle parole, come l'eracliteo Cratilo[7]. Ma nel contempo non può nemmeno parteggiare per il testa o croce esistenziale dell'eleatico Ermogene, per il quale solo «quello che è» è vero, come i nomi, dati, lui dice, da un saggio inventore. «E se l'uomo si chiamasse cavallo e il cavallo uomo?» gli spara lí Socrate. «Se fosse cosí, non potrebbe che essere cosí», gli risponde Ermogene che ha gli occhi foderati di Parmenide. «No, no», fa Socrate, tirando le orecchie a tutt'e due. Il linguaggio è sí una convenzione, ma nessuno l'ha imposta. È nata fra uomini di uno stesso tempo e luogo per comunicare.

– È vero?

– È un'illuminazione: ci vorranno altri duemila anni perché De Saussure confermi la tesi di Socrate, sostenendo che lo studio del linguaggio conta solo se innestato in una data cultura, in un preciso momento storico e sociale.

– E lei la pensa come De Saussure?

– Io non sono lui, – fece scherzosamente risentito, – non ho la sua testa e soprattutto non sono svizzero.

Risi.

– E allora?

Eravamo entrati in un bar. Otto ordinò il solito tamarindo, io una birra. C'era un gran discutere tutt'intorno per Roma-Lazio. Avrei fatto giocare questo, avrei fatto giocare quello...

– Be', sí, – riprese Otto, – De Saussure ha ragione, ma a metà. Roma... Lazio... il linguaggio è per lui come una squadra di calcio. Se fai entrare un giocatore cambia per forza l'assetto di tutta la squadra. Basta una variazione per variare tutto. Sai cosa diceva Braque, il grande pittore? Diceva: «Io non credo nelle cose, ma nelle relazioni tra le cose». Una persona da sola può guardare soltanto avanti e indietro, non vive il presente. Una parola non conta per la sua storia, ma per il posto che occupa fra le altre.

– Mi sembra bello, e vero.

– Lo so, non sarei innamorato delle parole se non lo sapessi, ma...

– Ma...?

– Ma vedi, io non credo che il linguaggio serva solo a comunicare. Anche i simboli comunicano. No, il senso della parola non può finire qui. C'è altro.

– E cosa?

– La bellezza. Nella parola c'è una bellezza intima, indimenticabile. Io posso benissimo capire uno che mi chiede «dov'è il ristorante?» o «quanti spiccioli ti restano?» Ma capire non mi basta, non basta.

Si era appoggiato al bancone. La tifoseria intorno si era parecchio riscaldata. Volavano «vaffanculo» e parenti linguistici.

– Capire è un limite, – riprese Otto come se niente fosse, – è fretta di arrivare, passar oltre, concludere, non guardare dentro a quella magia della parola in sé: scartarla, spazientirsi alla sua levità, inutilità, al tempo che appena sei stato già sei di un'altra fretta, di un'altra occasione. Capire è fermarsi solo a una reazione condizionata, è usare le parole come biglietti da mille, da diecimila lire, come tessere per entrare, per passare e basta.

Eravamo usciti. Otto umettava le labbra per raccogliere i residui di tamarindo. Per un pelo non ci investí un ragazzo in motorino sul marciapiede. Lontano si sentí una sirena dei pompieri.

– Mettiamo che uno dica «cavallo». Certo che me lo figuro subito, eccolo lí: zampe, criniera, corsa, natura. Ma quello è un cavallo qualunque, un cavallo, diciamo cosí, visto dal di fuori: non è l'essenza del cavallo, di quel cavallo che io ho «dentro», perché è mio, di tutta l'umanità, della storia scritta nel suo nome.

Entrammo in una cartoleria. Otto aveva preso a gesticolare, infervorato. Due signore si voltarono, si guardarono. In faccia un'espressione di compatimento.

– Quando io dico «cavallo», – continuò alzando sempre di piú la voce, – ci sento dentro l'*acva* degli indiani e l'*agalu* degli accadi, cosí lontani e cosí fratelli nel suono di gola impolverata, incitante di soldato al galoppo in una piana arida, senz'acqua; e ci sento l'*eqbu*, lo zoccolo babilonese, una sillaba che batte sul terreno secco, l'altra sillaba che affonda nel fango e subito, senza pausa, anzi contemporaneamente l'*hip-hip* dell'*híppos* greco, l'*eq* dell'*equus* latino, ancora uno zoccolo, che ritorna nell'*ech* irlandese e nell'*eqlu* accadico, cioè il pascolo, la pianura sconfinata, l'erba, la vita. E poi finalmente il giogo mal sopportato, il faticoso trascinar sacchi per i campi, correre fino all'aia, alla scuderia, la nobiltà perduta, la pena proletaria del *Ka* (*kòs*) *bállo* (*mai*), l'ingiuria servile di essere cavallo, e insieme come per miracolo il riscatto, la rivincita che risuona come un'eco da lontano, da molto lontano nel sanscrito *kbala*, cioè «veloce», «rapido», come a sentir dire: per questo son nato, per questo correre e schiumare, tagliare il vento e farne armonia. E dimmi: non è magnifico tutto ciò? Sono coincidenze queste? Sono stronzate queste?

Si erano voltati tutti. La cartolaia sospettò forse di essere su *Scherzi a parte* e continuò a legare un pacchetto. Due bambini, veramente brutti (e pensai che era meglio portarne fuori uno alla volta), si misero a urlare «banzai», «attack», «tuoni rotanti».

Otto stava lí a fremere, tremava per l'emozione. Aveva composto il viso in una maschera, una via di mezzo tra Pulcinella e Pierrot; il labbro inferiore gli si muoveva da solo e le lenti erano finite sulla tempia sinistra scoprendo un occhio che mi sembrò umido per lo sforzo, per la concentrazione. Ma sbagliavo. Era gioia, un coinvolgimento arcano e mistico con la propria memoria e i suoi giardini: un risarcimento spirituale, un'intermittenza, una frazione d'infinito contro l'ombra della morte, del nulla, della paura di non essere mai stati, di aver viaggiato le cose senza conoscerle e all'improvviso sparire nel tempo di un soffio.

E invece no. Quella era la bellezza, da dire, da cantare, da urlare: la bellezza che recupera il senso, dà un senso a tutte le cose intraviste, sfiorate, usate senza conoscerle, nominate per far presto, per far prima, mentre lentezza e fatica nel tempo vanno via, la calamita si smagnetizza, non attrae, è diventata un fermacarte sulla scrivania.

Otto era, in quel momento, dentro quella bellezza, era invincibile, con gli occhiali che gli pendevano, il papillon fuori posto e le labbra che non la smettevano di tremargli.

Si voltò, girò tra gli scaffali, dando rapide occhiate alla cancelleria, ai gadget, ai libri per bambini. Tanto per far qualcosa comprai due evidenziatori, che poi chissà a cosa mi servivano, visto che evidenziavo sempre tutto, che era poi come non evidenziare niente.

Quando lo raggiunsi, notai che si era ricomposto, mi sembrò piú calmo. Provai ad allentare la tensione.

– E *horse*, – gli domandai mentre stava sfogliando un'agenda, – *horse* che posto ha in quella bella filastrocca di poco fa?

Non sollevò neppure gli occhi.

– Gli inglesi non contano, – rispose. – Gli inglesi fanno sempre di testa loro.

Volle fermarsi dal fruttivendolo: palleggiò sei o sette arance prima di sceglierne una, sicuramente la peggiore. Passò a pagarla.

– Non si vorrà rovinare? – commentò l'uomo dietro il banco.

– Posso prenderne due, – rispose Otto.

– Lasci stare, l'altra gliela regalo io, – e gliela infilò nel sacchetto. Riprendemmo la strada. A pochi metri da lí c'era un giardinetto maltenuto e piuttosto spoglio. Otto si accomodò su una panchina, poggiò il sacchetto delle arance alla sua destra e cominciò a sfilarsi penne da tutte le tasche. Le allineò in bella mostra sulle gambe.

– Paura di non finire il compito? O sono per il testamento?

– No, no, è una mia vecchia passione.

– Ma quando le ha comprate? Io non ho visto...

– Non le ho comprate, le ho prese –. Si grattò la testa.

– Vuol dire che le ha... rubate... in cartoleria?

– Non posso farne a meno, è una mania che ho fin da quand'ero piccolo. Le altre cose le compro, tutte, – disse assumendo l'aria di chi è sospettato ingiustamente, – ma con le penne no, non resisto.

– Lei ha fregato le penne in cartoleria? – Non ci potevo credere.

– Lo faccio sempre, mi fa felice...

Ero allibita, stava parlando sul serio. – E cosí lei, mentre spargeva lacrime e m'ipnotizzava con la solfa del cavallo, sgraffignava, non visto, penne biro?

– No, non allora, dopo.

Scoppiai in una lunga risata. Mi alzai, mi allontanai da lui di pochi passi per osservare meglio un cartellone pubblicitario: una figa stratosferica slappava e succhiava un grosso gelato scuro. A volte le parole non servono proprio. Otto si era rimesso le penna in tasca e stava sbucciando un'arancia con calibrata lentezza.

– Ora so, – ripresi, – ora comincio a capire cosa intendeva quel pomeriggio a Thyes. Lei mi disse: «Io conosco le parole quando le pronuncio, mentre le pronuncio».

Stavo muovendo la ghiaia col piede. Otto si mise in bocca uno spicchio.

– Con certe parole è molto facile, – farfugliò masticando, – l'associazione è immediata, perfino banale. Ascolta un po' 'sto rumore...

– Stanno suonando, c'è un ingorgo.

– Il clacson. *Klanghé* in greco vuol dire rumore, strepito. *Clac* è onomatopeico, come il *toc-toc* di toccare, di battere. Qui la radice indoeuropea è **tuk* che varia in **tuq* e quindi nel greco **tup*. *Tup-to* significa «batto». Ricordo una vecchia canzone napoletana che s'intitola *Tuppe, tuppe, marescià*. E poi c'è il coniglio di Walt Disney, Tippete, che non la smette mai di battere le zampe. La serie è pressoché senza fine: me ne vengono in mente di curiosi. In greco *gargarízo* vuol dire «ripeto gar gar» ovvero il rumore di un liquido in gola. Dello stesso genere è «tintinno». «Canto» vien da *canna*, cioè flauto, e dal *qanu* accadico che era uno strumento a fiato. Per inciso, *kanan* in antico gotico era il gallo.

– Ne so uno anch'io, *alalázo*.

– Ah, il grido di guerra, il grido di vittoria, tristemente noto. Ma la radice raddoppiata **lala* ha sviluppi molto piú belli di quello. Prova a far «la-la-la», cosa ti viene in mente?

– Quando si canta una canzone senza sapere le parole.

– È cosí. **lala* riproduce l'incertezza, la ripetitività, la cantabilità, l'ingenuità della pronuncia, del dire. È il suono di chi ha difetti, dei logorroici, dei neonati, delle ninne nanne. È il *bal* dei balbuzienti, il *bla-bla* di chi blatera, il *la-la* del *lalaghé*, la ninna nanna greca, e del *lallare* latino, del *lullaby* inglese per far dormire il pupo.

– E piangere?

– Piangere è un insolito caso di estensione di significato. Di per sé quel che noi chiamiamo «piangere» è solo una reazione con lacrime al «vero» piangere: cioè percuotersi il petto, la fronte per il dolore che si prova. Eh, sí, perché la radice **pleg* **plag* significa proprio battere, colpire. Pensa alle prefiche: per loro «piangere» è scuotersi il corpo, strapparsi i capelli. Però, Vera, sentire una parola, vivere una parola, non significa ragionarla, spiegarla, metter chiose: questa è solo erudizione o, peggio, saccenteria erudita. Una parola la vivi perché la conosci o meglio la riconosci e la festeggi ogni volta che la incontri, come un vecchio amico. È un feeling che ti ha legato una volta e ti tiene avvinto per sempre: non c'è sforzo, non c'è accomodamento quando scivola nelle tue frasi, nel linguaggio. È lei, lo è sempre stata, aveva il suo posto prenotato lí per stringersi ad altre, non per caso, ma per qualcosa di simile all'amore. Tu mi chiederai: «E come? Io non sento, non provo tutto questo, non mi viene naturale». E invece ce l'hai anche tu questo dono. Nascosto, nascente, limitato, ma ce l'hai. Basta osservarlo, coltivarlo, vezzeggiarlo. Nessuno ce l'ha dalla nascita: nessuno sa l'infamia e il potere delle sue parole: conoscerle è ricordare, anzi amarle è ricordare, nella memoria di tutti, non solo tua, nell'avventura di tutti. «Desiderio» è guardar le stelle e chiedere che da loro scenda qualcosa; perché *de* significa anche «giú da» e i *sidera* sono le stelle, come ben sai. In quella *s* dolce come un sussurro, in quella *d* che canta, lí all'inizio, in quel *des* che è anche radice di mancanza, bisogno, c'è un abbraccio di tenerezze foniche e perle di significati che non puoi analizzare, separare nel momento in cui li pronunci: quell'intreccio, quella fusione, quell'armonia è già in te e restituisce alla tua mente, al tuo sangue, ai tuoi nervi un sentire amico, la gioia nota, inconfondibile. Le parole sono già belle, meravigliose da sole, nel loro arrancare di secoli per farsi sempre piú chiare, piú vicine al tuo sentimento. Ma le parole sono ancor piú belle, divine, invincibili quando si uniscono tra loro, perché è allora che ti giochi l'esser nato e il senso del vivere, che è labile, sfugge, inganna. La paura è *pav-paj* cioè livellamento: quello del terreno, per paura, appunto che non produca. Ed è *paj*, l'abbattimento che provi quando la incontri. Ma è anche *pénthos*, *páthos*, il peso insopportabile o l'ansia di una situazione sconosciuta. Ed è infine, ancor piú straordinariamente, il suo effetto: la fuga, lo scappar via che io sento in *phobéomai* e nelle sue derivazioni lituane, russe. Come posso ridurre tutto ciò a un unico, fuggevole, abituale, stereotipato senso comune? C'è un mondo in quella paura e non entrerà mai nell'imbuto, nella casella, nel classificatore. Ancora. È un universo il sogno, il sonno, *svapna*, dove, non è cosí, ma sento tutto svaporare; *(s)úpnos* dove sotto (*upò*) la mente (*nóos*) galleggiano visioni, *oneírata*, simili al vero. E cosí il dolore, il male, l'aria, la fantasia, il gioco, la notte. Tutto come un irradiarsi infinito, un pulviscolo di luce che si fa forma e significato e, da significato, suono immortale.

Scendeva la sera e cominciava a far freddo: ricordavo un'altra sera, un altro freddo, solo un mese prima. Ma ero un'altra anch'io.

Sentivo un imbarazzo, uno sconvolgimento, avvertivo come un vuoto d'abisso e l'impulso a riempirlo di terra. Ma non sapevo quando, non capivo come. Scendeva la sera e io ero piena di cose, di immagini: cosí per un attimo mi sfiorò l'idea che le persone fossero parole incomunicate, sconosciute, usate nel loro senso piú immediato, piú conveniente e basta. E che il loro vero senso fosse tra le altre parole.

– Ma non tutte le parole, Vera, sono mie. Non tutte le riconosco, pronunciandole. Di alcune non afferro il mistero, non vado oltre un intuir luce, che è poco, troppo poco per viverle.

– Ad esempio?

– Ad esempio «Dio». Il *dyaus* sanscrito che era il giorno e la luce, la stessa di Mosè sul Sinai, dei Veda, la stessa che forse vide Edipo nell'ultimo istante a Colono. E il *dhous* piú antico ancora, che è il «soffio» e l'«alito»; o il *theos*, che è lo spirito di Jahvè sputato sull'uomo, a dargli parte di sé, una goccia, un respiro. Ma lí mi fermo. Mi fermo a una creazione (*fu*) come un lungo sospiro e a un'anima che da *ánemos* vuol dire «vento» e da *psyché* ancora «soffio» o forse «incanto» o forse «menzogna». Lí dietro non riesco a vedere, non vedo nulla, e pronuncio solo la mia miseria e la mia solitudine.

Di colpo s'alzò, prese a camminare nel tramonto. Prima che lo fermassi, si era già infilato tra le macchine che mulinavano in via Giulia. Le evitava con abilità, ora con un inchino, ora con un passo di danza, ora con una veronica da torero. Controluce, nel soprabito svolazzante fu lui: quello del primo giorno, della mia febbre a Thyes. Non mi sfiorò nemmeno l'idea che potesse venir investito: se lo seguivo con gli occhi era perché mi aspettavo che da un momento all'altro si sciogliesse, vaporasse, scomparisse all'improvviso cosí com'era venuto.

Tommaso ci stava aspettando davanti al portone. Piú che vederci arrivare, ci sentí: teneva la testa bassa e le mani sprofondate nelle tasche.

– Allora, Tommaso? – chiese Otto, con un velo di apprensione.

Lui alzò gli occhi. – Devo andare, professore, stasera non c'è mia madre a casa, mangio da solo –. Era accigliato, immusonito.

– Perché non con me?

– Pensavo... – Fece un gesto dalla mia parte e riabbassò il capo.

– No, Vera stava per andarsene.

Continuava ad armeggiare con qualcosa che aveva in

tasca. – Non è questo, – rispose, – volevo già dirglielo prima, ma m'è sfuggito. Ho voglia di tornare a casa, stasera.

– Bene, fai pure, – e palleggiò l'arancia che aveva in mano, – la cena ce l'ho già.

Aveva appena infilato le chiavi nella toppa che si voltò: – Ti vedo domani? – Attese. – Torna, ho bisogno di te anche domani –. Chiuse il portone. Attraverso il vetro lo vedemmo ciabattare nell'androne, poi infilò il cortile e sparí.

Mi rivolsi a Tommaso. Forse avevo capito male.

– Ti dispiace che io stia appiccicata a Otto?

– No, non è questo...

Gli dispiaceva. Incredibile, quel ragazzo era geloso del vecchio. Si comportava come se appartenesse a lui.

– Non voglio prendere il tuo posto, – esordii sorridendo, – non potrei nemmeno. È cosí... per essergli un po' amica. Ti sembrerà strano, ma lui mi fa sentir bene.

Strinse le mani a pugno lungo i fianchi. – Non lo sopporto piú, – sbottò, – ci sono delle volte che è odioso: sta lí, non mi parla... fa come se io non ci fossi...

Era piú grave del previsto. Smisi di ridere. – Ci sarà un motivo... sarà incazzato...

– No, non c'è mai un motivo; fa i capricci, fa il bambino.

– È vecchio dài, è un po' sclerato. È vecchio e solo.

– No, non è mai solo. Io ci sono sempre.

Gli voleva bene, gli voleva veramente bene: sentii tenerezza per tutti e due.

– Facciamo una cosa, Tommaso: qui vicino c'è un pub, insomma, una specie di pub con tramezzini e bibite. E si può anche giocare a Risiko, Monopoli o a quel che ci pare. Anch'io stasera sono sola, andiamoci.

– Ma... ma io... – era piuttosto imbarazzato, – c'è molta gente?

– Ci sono io, – gli dissi prendendolo per il braccio e trascinandomelo dietro.

Il *Point Breack* era una vecchia cantina scavata nel tufo, niente di particolare: volta a botte, mattoni a vista, pavimento qua e là sterrato, luci azzurre e verdi. Aveva una forma a T allungata e i due bracci minori, in fondo, nella penombra, erano quasi sempre occupati. Sulla sinistra, entrando, bancone self-service: tramezzini, tranci di torte varie, caffè americano e vino sciolto; piú in là, uno spazio bar con pochi mirati beveroni. Le pareti erano coperte fino a metà da un rivestimento di legno d'acero e nella parte superiore da lunghi specchi che, pur avendo cornici appariscenti, riflettevano con discrezione. I tavolini, bassi per la verità, erano sparsi qua e là senza una regola e poggiavano su rari tratti di piastrellato coloratissimo. Alla destra dell'ingresso partiva una lunga scaffalatura dove si poteva trovare di tutto: dallo Stratego al Master mind, dal Cluedo al Mint trap, e mazzi di carte francesi o napoletane.

Quella sera c'era stranamente posto sul fondo.

Tommaso si stava riprendendo; aveva scelto un tramezzino di pollo.

– Vuoi una birra? – gli buttai lí.

– Non l'ho mai bevuta.

– E cosa bevi?

– Acqua.

– Stasera vai di birra, stasera è speciale –. Gli feci versare una dose magnum.

– A cosa sai giocare? – gli domandai.

– A niente, un po' a scacchi.

– Vada per gli scacchi.

Si guardava attorno in continuazione come se da un momento all'altro dovesse entrare qualcuno e riempirlo di botte. Aprii col pedone di re.

– Abiti lontano?

– Alla Magliana.

– Bel viaggio!

Silenzio.

– Vivi con i tuoi?

– Mia madre –. Altro silenzio. Portò avanti un cavallo.

– È molto che conosci Otto?

Solo allora alzò lo sguardo. Non era conciato bene.

– Da due anni.

– Che tipo è Otto?

Pensava alle mosse, non potevo crederci, giocava sul serio.

– Otto è straordinario!

Feci cadere i pezzi con una manata.

– Vuoi parlare, accidenti, vuoi dire piú di tre parole in fila?

– Scusa, scusa, – farfugliò, – non pensavo...

E lí avvenne l'incredibile. In rapida successione si alzò, si aggiustò il colletto, prese il boccale, fece cadere di tutto, e bevve d'un fiato fino in fondo senza fermarsi. Si sedette con un'altra faccia.

– Otto, Otto è straordinario! – Gli era cambiata anche la voce. – Ha 85 anni, è cecoslovacco, – raccattò un pezzo di pollo scivolato dal pane, – e ha fatto la Storia. Vorrei, vorrei un'altra di queste, – disse indicando la birra. Mi piantò lí. Tornò dopo un niente col secondo boccale già mezzo vuoto. – Otto era ancora un ragazzo quando nel 1926 Trubeckoj e Jakobson fondarono a Praga il famoso Circolo linguistico. Jakobson veniva dal formalismo russo, conosceva artisti, letterati: aveva già esaltato la parola poetica come bella in sé, libera dalla prigionia del contenuto; Trubeckoj invece...

– Piano, piano, – lo interruppi, – non ci capisco un cazzo! Di che cosa stai parlando?

Non mi ascoltò nemmeno: non lo fermava piú nessuno.

– Trubeckoj – ricominciò ridacchiando, rosso fino alle orecchie – era un principe ombroso, pignolo e inflessibile, ma, come tutti i nobili, un po' minchione...

Minchione? Tommaso aveva detto «minchione»?

– … se l'era svignata dalla Russia e dal '22 insegnava lingue slave a Vienna. Un capoccione, una celebrità, piú che russo pareva inglese. Degli inglesi aveva le stravaganze, i pallini e la mania per gli sport aristocratici: a golf giocava solo nel green; a polo, quando cercava di colpire, cadeva da cavallo; a tennis non prendeva mai la palla, ma sapeva muovere a meraviglia la racchetta.

Fece finalmente una pausa. Non sapevo piú che pensare: aveva gli occhi stralunati. Mi trattenevo a stento dal ridere. Era un altro, era irriconoscibile.

– Quando Otto, a 23 anni, – riprese dopo aver finito la birra, – nel 1934, presentò la tesi da discutere, il suo relatore era Vilem Mathesius che stravedeva per lui e volle a tutti i costi che fosse proprio Nikolaj Trubeckoj a esaminarlo. Mathesius sapeva che Otto era un genio linguistico naturale, ma al di là delle quisquilie e pinzillacchere grammaticali, era strabiliato da come Otto dietro ogni fatto linguistico cogliesse infallibilmente l'umanità, l'uomo che lo aveva elaborato, l'uomo che lo aveva piegato a sé, al suo tempo, al suo mondo. Nelle virgole, nelle assibilazioni, nelle cadute d'aspirata, nei sistemi apofonici Otto ci vedeva, Dio sa come, l'uomo.

– Be', e non era normale? – azzardai.

– No, no, – rispose indignato, – per tutto il secolo scorso la linguistica è stata una scienza pura, come la chimica. Valutava i cambi di segni come cavie, sbattendosene altamente degli uomini. E anche lo strutturalismo, pur con 'sta geniata che uomini e segni fanno comunella in una stessa osteria, cioè la struttura, è rimasto un bel po' scientifico. No, Otto fu il primo ad avere una visione di uomini e parole legati insieme nello spazio e nel tempo. Capito? Però non mi fermare piú, ché perdo il filo. Allora… ah, sí, Mathesius andò a trovare il principe al tennis club, appena fuori Praga, sulla strada per Vyšerhad. Trubeckoj non amava queste intrusioni nella sua vita privata: quando non era di fronte ai colleghi per pontificare, aveva sempre l'impressione di essere colto in mutande. E cosí sulle prime nicchiò, mostrò indifferenza: venir apposta... l'inclemenza del tempo... per esaminare chi, poi... ma all'improvviso colpí una palla e la rimandò nel campo avversario. Gli si aprí un mondo. E accettò.

Trubeckoj non gli stava simpatico, ma allora, in quel momento, ero lontana mille miglia dal sapere perché. Tommaso ormai era in overdose di birra, in una sorta di iperspazio: ammucchiava particolari inutili, sproloquiava all'ingrosso. Descrisse l'aula magna dell'università Karlova, i lucernari, i lampadari, i luminari e i lunatici. Si soffermò sul lunghissimo corridoio che i candidati dovevano percorrere sfilando in silenzio per essere osservati e studiati già prima dell'esame. Per associazione pensai che era l'anno della mia maturità, che non sapevo un cazzo, ma meglio un bluff totale che un voto basso.

– ... Quando Otto si sedette davanti a Trubeckoj ebbe inizio un incontro memorabile. Trubeckoj, che sotto il vestito fumo di Londra indossava il completo da tennis, si mise subito l'anima in pace: sarebbe stata lunga. Lo capí dall'aplomb di quel candidato, dalla sua chiarezza, dal respiro della sua cultura, dalle profondità e dalle altezze che sapeva raggiungere in pari equilibrio. Insomma, non c'era trippa per gatti. «Quello lí» pareva li vedesse i fiumi di suoni che gli andava raccontando: non c'era verso d'insinuargli un dubbio, di invischiarlo su posizioni azzardate, men che meno di farlo cadere in contraddizione. Nessuno dei chiarissimi professori riusciva a staccare gli occhi da quel duello. Non frusciava un foglio di giornale, non si sentiva un passo, un respiro, un colpo di tosse. Passarono piú di due ore: nessuno aveva il coraggio di dire al grande Trubeckoj che c'erano altri quattordici laureandi da ascoltare. E nessuno dei quattordici laureandi aveva piú voglia di laurearsi.

Tommaso aveva due occhi come due buchi di pipí nella neve e un'espressione inequivocabilmente ebete.

– E come andò a finire? – chiesi.

– Oh, Trubeckoj non era un fesso. Capí l'antifona e la capí bene. Tirò fuori una pallina da tennis dalla tasca e la scagliò contro il lucernario. Quando tutti i pezzi furono caduti, raccattò le sue scartoffie, gli occhiali, se stesso, e rivolto agli esimi colleghi disse: «Noi due ce ne andiamo, continuate voi con gli altri».

Niente male per uno che fregava penne biro nelle cartolerie. E magari anche saponette negli alberghi.

A quel punto Tommaso ebbe un lampo di lucidità nell'euforia dell'alcool: si sedette, si passò la mano tra i capelli, realizzò all'improvviso che qualcosa non andava, di aver passato il limite. Si rabbuiò, si rattristò.

– Che c'è? – gli dissi mettendogli una mano sul ginocchio.

– Scusa, – bofonchiò, – mi... mi vergogno un po', forse, – scuoteva la testa, apriva e chiudeva gli occhi, – forse non era cosí che... non volevo dirlo cosí... e poi... – era confuso, si riconosceva a stento, – ...l'ho fatta sembrare una buffonata... e invece...

– Ho capito benissimo, – lo rassicurai, – e sei stato divertente, credimi.

– Forse... però... io... c'è un bagno? Vorrei... – Gli indicai la toilette. Si alzò, la puntò: si reggeva abbastanza bene. Partí.

C'era folla, adesso. Peter, il proprietario, il gestore, o chissà cos'altro, in tight e jeans, metà Jeeves, metà James Dean, saltellava di qua e di là a distribuire i suoi «carooo», «anche tu qui!», «ci sono le puntarelle!»

Tommaso si era lasciato andare cazzeggiando tra molte verità: la prima birra della vita l'aveva rivoltato come un guanto; ma c'era qualcosa di misterioso, di irrisolto in lui, qualcosa che non aveva detto, perché si era fermato appena in tempo. La timidezza, la scontrosità, la malinconia gli stavano appiccicate addosso come nebbia: ora che per un istante aveva forato quella nebbia, si era subito ritratto a difesa, per chissà quale paura.

Tornò dopo un quarto d'ora: si era lavato la faccia. Anche gli occhi erano quelli di sempre. Si sedette. Accennò un sorriso.

– Stai meglio? – dissi sorridendo anch'io. Reggeva una tazza di caffè.

– È come se mi fosse caduta addosso una montagna –. Posò la tazzina.

– Una cosa l'ho capita. Trubeckoj ti sta sulle palle.

– Be', sí, ma ci sono delle ragioni. Otto ne ha subíto il fascino, ne è stato soggiogato. Insomma è stato un gran groviglio di fatti imprevisti.

– Cioè?

– Trubeckoj naturalmente portò Otto a Vienna. Due anni dopo cominciarono a stendere quell'opera monumentale che è *Grundzüge der Phonologie* e poi, e poi, – sembrava non trovar piú le parole, – e poi Otto s'innamorò della moglie del principe russo. Intendiamoci, fu un sentimento profondo, puro, ideale, una vicenda da cantore medievale: Otto stravedeva per Trubeckoj, era legato a lui da un patto d'onore, da un codice cavalleresco. Fu un amore totale, ma segreto, tenero, straziante, di cui forse lei non seppe e non capí la grandezza.

Tommaso era tornato padrone di sé. Parlava senza affanno, con misurata lentezza.

– Poi Trubeckoj si ammalò. I suoi studi si arrestarono. Il libro rimase incompiuto. Lo finí Otto. Lo finí per amore di lei, per il dolore di lei, senza voler nulla in cambio, senza nulla pretendere. Lo finí per l'ammirazione sconfinata che aveva del suo maestro. Nel 1938 Trubeckoj, osannato in tutt'Europa, morí.

Lancillotto, Ginevra, Artú, pensai. Era proprio da Otto.

– E dopo? Si dichiarò, dopo?

– No. Scoppiò la guerra, Hitler invase la Cecoslovacchia, Otto dovette scappare, non la rivide mai piú. Lei morí in Inghilterra qualche anno dopo. E lui si smarrí, si smarrí in altri sogni troppo grandi, irraggiungibili –. Mescolò lo zucchero rimasto nel fondo, lo tirò su col cucchiaino e se lo portò alla bocca.

– Ehi! – Era Peter. – Volete assaggià le puntarelle? C'avemo 'e puntarelle!

Gli risposi di no con gli occhi. Non riuscivo a smettere di pensare a Otto, chiuso per ore, giorni, in quella piazza d'armi che doveva essere lo studio di Trubeckoj a sfilare e riporre tomi, a sfogliare ammassi di polvere dimenticati, a precipitarsi con la penna sui fogli, a confrontare, sezionare, sbriciolare tutte le lingue, slave e non, spremendo fessure d'occhi fino all'alba perché bisognava far presto, piú presto, perché altri erano già su quella strada, perché il suo principe era il suo dio e il suo dio stava morendo. E fuori, appena fuori, a distanza di un muro, di una parete sottile come un bacio, lei passeggiava, suonava, ricamava, si riscaldava, piangeva. E non una volta lui aveva osato aprire quella porta o soltanto accostare l'orecchio al muro.

Ma nel delirio solitario di segni che si rincorrevano tra la memoria e l'alba, nei momenti di stanchezza invincibile, o allo scorrere un'elegia conosciuta dove l'esametro precipita nel dolore, avrà desiderato qualche volta, buttato sul divano, avrà ben desiderato che tutto tacesse per un attimo, per avvertire o solo immaginare i passi di lei, un suo richiamo ai servi, il fruscio del suo vestito di là del muro. «... in altri sogni troppo grandi, irraggiungibili». Capii.

– Non se la passa molto bene Otto, vero? – dissi.

– No, non è mai voluto scendere a compromessi, non ha mai avuto una docenza né in Italia né altrove. Corregge bozze, vive di traduzioni.

Tommaso sollevò tutti i pezzi degli scacchi e li rimise dov'erano prima che li facessi cadere.

– Che memoria! – esclamai.

– Giochiamo, ti prego.

– M'hai cojjonata. Giochi bene a scacchi. Fai gare?

– No, gioco da solo.

– Da solo?

– Non ho amici –. L'uscita mi parve cosí assurda che pensai: «Vuoi vedere che stasera mi ha abboffata di palle?»

– No, dico sul serio, – ribatté, – non ho amici; non ne ho, non li so tenere, o forse non li voglio.

– Ma cosa fai, come vivi?

– Giochiamo a scacchi, adesso. È tanto che volevo farlo.

Quando mi ficcai a letto per dormire, mi pareva d'essermi appena svegliata. Non un tavor in giro, non una busta di camomilla. Provai a contar pecore e venivano cavalli. E non uno a uno, ma cinque a cinque, dieci a dieci. Su quel cazzo di staccionata c'era una ressa: nessuno che stesse in fila.

Persi la speranza, mi alzai e scrissi a mio padre. Poi stracciai la lettera e mi venne voglia di piangere.

Mi capita tra le mani l'appendice antropologica della Treccani. È appena uscita.

Leggo la definizione di «mito» che dà Rospigliosi: «Garanzia spirituale che la nostra vita ripercorre un ordine esistenziale stabilito per tutti [...]. Ogni cultura ha la sua procedura per ripetere gli atti originari del suo creatore o fondatore o eroe culturale [...]. Ricerca del sacro è questo continuo bisogno d'identificazione con la verità compiuta alle origini e trasmessa in varie forme agli uomini».

Mi vien da vomitare.

La sera, a letto, mi si avvicina Mattia. Mi scosto.

– Ma... io, – comincia.

– Te lo sogni. Tu vuoi ripercorrere l'atto originario del «tuo» creatore.

– Ma che cazzo dici?

– So io. Tu sei come Rospigliosi, – mi metto a sedere sul letto, – sei come tutti i maschi, – gli punto l'indice a due centimetri dagli occhi; stringo le labbra: – avete bisogno di una sola, implacabile, inconfutabile verità per continuare a fare i cazzi vostri. E ci avete pure propinato un dio cosí nella Storia.

– Ma cosa c'entro io con le tue beghe universitarie?

– C'entri! Secondo Rospigliosi, in «quel» preciso momento non sei solo tu a scoparmi, ma tutti gli uomini del mondo! L'amore è un rito, e, guarda un po' che strano, lo può celebrare soltanto un maschio!

Accende la luce.

– Ma fai sul serio o stai scherzando?

– Vaffanculo! – Mi giro dall'altra parte.

Si alza, si veste.

– Ma dove vai?

– A dormire da un mio amico. Quando gli altri tre miliardi di uomini son tornati a casa loro, fammi un fischio.

6.

L'inverno passò. Io mi dividevo tra le gesta di mia madre, i flirt degli amici, il teatro degli insegnanti e le prediche di Mattia. Andai pure due volte a scalare, a Sperlonga. Ma ormai la maggior parte del tempo la passavo da Otto. La sua vitalità era inesauribile. Mascherava la sua povertà con la dignità di Napoleone a Sant'Elena e continuava a lavorare a manuali che non avrebbero mai visto la luce, a stesure di lezioni che non avrebbe mai tenuto, a revisioni di gruppi fonetici che non interessavano nemmeno all'ultima delle case editrici. Mi chiedevo chi glielo facesse fare, e non potevo sapere, ero troppo lontana allora dall'intuire il motivo e la forza di quell'illusione, di quella realtà capovolta. Il suo studio sembrava un regno da operetta, una scenografia in continuo allestimento per qualcosa che un giorno doveva avvenire. Entrar lí era chiudere la porta al mondo e farne sinceramente a meno.

Aveva sogni da bambino. A volte mi raccontava storie e avventure che s'immaginava, costruiva e perfezionava tutte da solo fino a godersele come se fossero veramente accadute, come se potessero veramente accadere.

Poco prima di Natale, entrando nel suo studio incrociai un uomo in tuta che stava uscendo e pensai che dovesse trattarsi dell'idraulico.

– Era il mio avvocato, – fece Otto serissimo da dietro la scrivania. Capii al volo, stetti al gioco.

– Problemi di eredità? – dissi prendendolo per il culo.

– No, è per una «lite», – rispose e mi meravigliai che chiamasse «liti» le cause come fosse Pirandello.

– Una lite con chi?

– Con la Ferrarelle, l'acqua minerale. Abbiamo discusso la linea d'accusa.

– Facile, il giudice sviene e si vince alla prima udienza.

– Non far dello spirito fuori luogo. La Ferrarelle è in fallo e non si tratta, bada bene, di una questione da giurí della pubblicità o puttanate simili. La Ferrarelle è in torto morale, esistenziale, estetico e soprattutto logico.

– Metafisico no?

– Ascolta –. Mi fece sedere, sistemò due cuscini dietro la mia schiena. – Tu sai cos'è un sillogismo?

– Sí: tutti gli uomini sono mortali, Socrate è un uomo, quindi Socrate è mortale. Ma quella era cicuta, non acqua minerale.

– Lo so. Il sillogismo è il ragionamento che per eccellenza garantisce la verità. Perché ciò avvenga la premessa «maggiore», cioè: «Tutti gli uomini sono mortali», e la premessa «minore», cioè: «Socrate è un uomo», non possono essere messe in discussione. Solo cosí risulta corretta la conclusione: «Quindi Socrate è mortale».

– Fin qui ci sono.

– Bene, – riprese tenendo un indice alzato. – Prendiamo lo slogan della Ferrarelle: «Né liscia, né gassata, Ferrarelle», e proviamo a trasformarlo in un sillogismo. Ti accorgerai che manca la premessa maggiore, o meglio che ti costringono a pensarla come vogliono loro. Prima sorpresa: il sillogismo parte dalla conclusione e non dalle premesse. Qual è infatti il concetto che ti arriva subito dallo slogan? Eccolo: «L'acqua Ferrarelle è la migliore», e cioè la conclusione. E quale sarebbe la ragione di questa supremazia? Che l'acqua in questione non è «né liscia né gassata», cioè una premessa minore. Proviamo a tirare i conti: cosa abbiamo sul tavolo? Solo una premessa minore e una conclusione: «L'acqua Ferrarelle non è né liscia né gassata, quindi è la migliore». Tu vedi da qualche parte la prima premessa? Quella che garantirebbe la verità di tutto l'assunto?

– Non c'è, – dovetti ammettere.

– E sai perché non c'è? Perché scrivendola, palesandola, avrebbero dovuto ammettere la falsità, l'inattendibilità, la bestialità di tutto il ragionamento.

– E come?

– Perché la premessa maggiore suonerebbe cosí: «Tutte le acque né lisce né gassate sono le migliori». La premessa maggiore è falsa, falsissima. Io posso farmi il bagno nella Fiuggi o scolarmi due litri di Perrier e ruttare tutta la notte, se voglio. La premessa maggiore non c'è. Lo slogan non te l'ha data, ma ti ha indotto a pensarla, partendo dalle altre due. O meglio, te l'ha data per scontata, risaputa, da non mettere neppure in discussione: ed è questa la motivazione della mia lite: circonvenzione a livello logico di causa-effetto.

Rise, si versò un bicchiere d'orzata e bevve.

Pensai che una lite cosí, con un idraulico per avvocato, sarebbe stata meravigliosa. Strizzai l'occhio a Tommaso che sollevò il capo come per dire «lui è fatto cosí». Otto cantava, non aveva un soldo, cantava e sognava di difendere la verità, di far causa a Ciarrapico, uno per cui Socrate è prima di tutto un giocatore del Brasile.

E cosí cominciai a cantare anch'io.

In quel periodo mi capitava di passare da lui un po' a tutte le ore, cosí, per ascoltarlo, qualsiasi cosa mi dicesse.

Ogni giorno, ogni volta, dopo ogni incontro, ricostruivo una parte di un grande quadro, aggiungevo un nuovo pezzo.

Era sempre allegro, su di giri, padrone dei pensieri e delle paure: raccontava con una stupenda semplicità cose difficilissime e me le faceva sembrare vicine, da sempre mie, nascoste chissà dove e pronte a saltar fuori al minimo cenno.

Niente fu per me piú straordinario che scoprire poco alla volta come un cambiamento di vocale fra due consonanti[8] di una radice possa modificare il significato della parola o distinguere il tempo, il modo, l'aspetto del verbo. E cosí capii il motivo per cui «detti» è il passato di «dare» ed «ebbi» il passato di «avere», e che una cosa è «fiducia», un'altra è «fed-e», e che c'è sí un «det-tato», ma anche una «diz-ione», c'è sí «ved-uta» ma pure «vis-ta», e che da «sed-e» ho «sied-o» e «sogl-io»; e capii ancora che sia la «teg-ola» che la «tog-a» coprono, e che «nev-e», «nuv-ola», «neb-bia» sono varianti di un identico soffio di vapore bianco.

Un giorno che ero arrivata molto prima del dovuto, perché mia madre mi aveva dato buca, mi misi a rovistare nei cassetti dello studio con una certa malizia. Non ci trovai niente di particolare a parte una foto: Otto vi era ritratto insieme a due persone, una della sua stessa età, l'altra sicuramente piú anziana. Il vecchio era l'unico a non sorridere. Quella foto doveva essere di parecchi anni prima, almeno trenta.

Quando Otto tornò gliela mostrai. Con lui non mentivo: poteva riprendermi o riderci su, ma le cose di nascosto non mi andava di fargliele.

– Ah, quelli, – disse accennando un sorriso, – sono Émile e Jean-Pierre[9], a Parigi, dopo una gara di bocce.

– A Parigi? Lei è stato a Parigi?

– Un po'. E giocavo benissimo a bocce.

– Perché questo qui non ride?

– Émile? Non rideva quasi mai, e quella sera, in particolare, non ne aveva nessuna voglia. Aveva sbagliato l'ultimo lancio e ci aveva fatto perdere partita e torneo.

– E l'altro? Com'era l'altro?

– Jean-Pierre? Dolcissimo. Tra loro si beccavano sempre come due comari, ma si rispettavano. Cosa rara tra studiosi, tra scienziati. Vedi, Vera, un linguista, un antropologo, un mitologo è come un bambino. Hai presente quando i bambini giocano sulla spiaggia e non prestano mai la paletta e il secchiello agli altri? Cosí. Sono gelosi delle loro frasi, dei loro termini, dei calcoli, delle loro illuminazioni come i bambini delle formine; e se vedono un castello di sabbia piú bello del loro, ci camminano sopra e lo distruggono. Difendono un mondo di sogni in cui hanno messo fate e streghe, le hanno vestite, le hanno fatte parlare con la propria voce attribuendogli incantesimi e maledizioni esclusive, proibite agli altri. Quella sera, mentre io e Jean-Pierre eravamo in osteria con gli avversari che ci avevano invitato a festeggiare la loro vittoria, Émile rimase fuori sulla piazzuola sterrata a riprovare all'infinito il colpo che aveva fallito. Quando uscimmo era ancora lí: alzava la boccia contro la luna, faceva tre passi e bocciava, bocciava, senza sbagliare mai. Émile Benveniste, il grande, il sommo Émile Benveniste, solo sotto il cielo a colmare una distanza tra l'occhio, le dita, il bersaglio lontano. Ma non è come pensi tu, no. Non erano la rabbia o la vergogna o lo sconforto a muoverlo, no e poi no: era un bisogno, un'ansia di perfezione. Doveva capire perché aveva sbagliato per non ripetere mai piú quell'errore, cosí com'era abituato a fare con le sintassi piú misteriose, le strutture piú astruse e inesplicabili, ittite o persiane che fossero[10].

– Era cosí grande?

– Il secondo, dopo me naturalmente.

Un giorno andai a casa di Tommaso e conobbi sua madre. Era una donna minuta, dolce. Tutto in lei parlava di fretta: fretta nel vestire, nel concludere i discorsi, nel cambiare pensieri.

Era rimasta vedova presto e la casa era disseminata di cornici con i ritratti del marito, operaio in Iran per la costruzione di una diga. Tommaso assomigliava moltissimo al padre, conservava lo stesso sorriso e, mi sembrò, anche la corporatura.

La signora Ilaria aveva un piccolo negozio di scarpe poco distante da casa e praticamente con il figlio non si vedeva quasi mai. Ma si capiva benissimo che lo adorava; e l'aveva adorato tanto da permettergli, nonostante le difficoltà, gli studi fino alla laurea in glottologia.

Quel giorno parlammo di cose che non sapevo nemmeno esistessero. Ci sono mondi che vivono uno sull'altro senza conoscersi. A volte s'intersecano, si incrociano e non si capiscono, o chissà cosa immaginano che non è, e chissà cosa non immaginano che invece è. Pensai alla fortuna di essere nata dalla parte dove le idee rendono, non in quella dove le idee si devono pagare.

La signora Ilaria mi disse che Tommaso lavorava tutti i giorni fino alle quattro nella cucina di un ristorante in centro: lavava i piatti, faceva le pulizie. Il resto della giornata era per il suo maestro, Otto.

Mi domandò di lui approfittando di una breve assenza del figlio.

– Ma che tipo è? Fa qualcosa per Tommaso?

Non sapevo cosa intendesse per «qualcosa». La rassicurai.

– Gli vuole bene, ha le sue stesse passioni. È importante, no?

No, lei non sapeva. Si vedeva benissimo che era in apprensione, come per un figlio militare che torna solo ogni tanto, in licenza. O forse per la sua vita cosí diritta, cosí pulita, quell'assenza continua, un po' inspiegabile era troppo.

Quando uscii mi sussurrò all'orecchio: «Gli stia vicino» e mi stringeva la mano, per farmi capire quanto.

Il progetto «Roma amor», intanto, era già bell'e che sfumato. Anzi, da un po' mia madre galoppava libera e ribelle su due fronti. Stava scrivendo un saggio.

– Su che argomento? – le chiesi. Ero curiosa.

– L'età puberale e suoi scompensi.

Bene, eravamo in linea: non sapeva niente di età puberale, come d'altronde di tutto il resto.

Il secondo progetto riguardava il cinema italiano. Le era stata richiesta una classificazione critica degli slogan e delle immagini pubblicitarie di tutti i «bianco e nero» dal 1946 ai giorni nostri.

Una sera, tornando a casa non riuscii ad aprire la porta, era come bloccata.

– Entra da quella di servizio, – sentii che mi urlava da dentro. Feci il giro e m'infilai a fatica. La casa era invasa da pile di cartelloni, manifesti e locandine appoggiati a tutti i muri. Pareva di stare in trincea.

– Stasera vieni con me? – mi disse.

– Dove? – risposi.

– Una festa per l'inaugurazione di *Cinquant'anni di cinema in Italia*, c'è anche Sylvester Stallone.

Un'altra delle manie di mia madre era quella di esibirmi in occasioni mondane per farsi dire stronzate del tipo «sembra sua sorella maggiore» o «ma quando l'ha avuta, a dodici anni?»

– Sylvester Stallone? E chi se ne frega, mamma. E che, te lo vuoi scopare?

– Io sí, perché?

Non scherzava, non scherzava per niente. Era fatta cosí.

La festa fu un mortorio. Per fortuna ci incontrai inaspettatamente Sandra.

– Che ci fai qui?

– Un *giro* con mio padre –. Lo osservai: era bellissimo.

– Anche lui? Anche lui è *in punta*?

– Sí, – e mi indicò di chi.

– No, quella la conosco, è intoccabile: pare tutta gridolini e mossette, ma è casa e chiesa. Scordatela. E poi ha già un *puntello* con Sylvester Stallone.

Cazzeggiammo a lungo e bevemmo parecchio. Sandra se la mangiavano tutti con gli occhi e avrebbero voluto mangiarsela anche con qualcos'altro. Lei divideva i maschi in uomini-uccello e uomini-mestruo[11]. Meglio i secondi: imprevedibili, emotivi, piú affini a noi. Provammo a capire chi tra i presenti facesse parte dell'una o dell'altra categoria. Stravinsero gli uccelli.

Dopo due ore mi sentii sinceramente off. Ebbi voglia di tornare a casa. Mia madre stava chiacchierando col padre di Sandra.

– Prendi un tassí, ti raggiungo piú tardi, – mi disse frugando nella borsetta per darmi i soldi.

Nell'uscire passai davanti a Sandra che sogghignava.

– Casa e chiesa, eh?

– Vaffanculo.

Mi siedo sul water alla toilette del dipartimento e sento, al di là della paratia divisoria, il rumore di qualcuno che sta sfogliando un libro. Intuisco che deve trattarsi della mia collega Ursula, 45 anni, una cultura mostruosa e un mostro di nonno: Mircea Eliade[12].

– Anche qui! ? – mi lascio sfuggire mentre mi sincero che ci sia carta igienica.

– Come? – risponde Ursula dall'altro water.

– Non come, cosa. Cosa cavolo leggi?

– Ah, niente: un rapporto sullo spiritismo in Francia nel secolo scorso.

– Stimolante! – Restiamo in silenzio un minuto. Sulla parete a destra qualcuno ha scritto «w la figa» in sanscrito, greco, aramaico.

– Ursula?

– Che c'è?

– Com'era tuo nonno? Ti piaceva?

– Scherzi? Ero innamorata di lui.

– Gli volevi bene?

– Mi faceva venire i brividi. Sono l'unica che conosco ad avere il «complesso di Laio».

– Esiste?

– No, l'ho inventato adesso.

– Ma che aveva di speciale tuo nonno?

– Era immenso, rassicurante, divino, e poi era vecchio: a me piacciono gli uomini vecchi.

Lo sapevo: stava con il professor Crescenti che aveva 20 *anni piú di lei.*

– A giudicare dai testi che ha scritto, tuo nonno sembra cosí barbogio...

– Lo era. Per fortuna non ha fatto in tempo a vedere cosa scrivo io: gli sarebbe venuto un colpo.

– Tu sei proprio l'opposto!

– Sí, sí. Per mio nonno il mito era una malattia. Anzi un'epidemia dovuta allo stesso bacillo, uguale per tutti. Vedeva Dio anche nei Baci Perugina.

– Ma allora come mai lo...

– Come mai lo adoravo? – La sentii appoggiare il libro per terra. – Perché mi ha fatto conoscere gli Arunta, ad esempio.

– E chi sono gli Arunta?

– Una tribú australiana, quasi estinta, ma questo non importa. Importa che gli Arunta creavano ogni anno il mondo.

– E come?

– In una festa sacra: gli «intichiuma». Ogni fratria era deputata a preservare qualche precisa forma vivente: dalle farfalle alle maree, dai canguri agli uccelli. Si riunivano tutti, gli Arunta, al tramonto del primo giorno di primavera, disegnavano sulla sabbia il loro animale, la loro pianta, il loro elemento-totem e ci versavano sopra sangue e sperma per farlo continuare a vivere un anno ancora. Non era una speranza, era una fede. Capisci? Se non ci fosse stata quella festa sacra la vita sarebbe sparita per sempre, il giorno dopo, dalla faccia della terra. Mio nonno capí questo inno all'esistenza e lo descrisse nelle sue Religioni australiane. *Lui ci vide dentro magia, infanzia, poesia naturale. Io no. Io ci vedo la disperazione e la potenza dell'uomo: la spavalderia, l'istinto a vivere, la fede incrollabile in se stesso.*

Mi ci voleva. Quando ho un qualche accenno di crisi, Ursula mi ridà la carica: è impagabile.

Tiro l'acqua e la saluto. Uscendo sento che ha ripreso a sfogliare.

7.

Una sera mi telefonò Otto. Parlava a voce bassa come un cospiratore.

– Vienimi a prendere tra un'ora. Voglio portarti a vedere una cosa molto importante.

– Sí, va bene, ma perché parla sottovoce?

– Non voglio che mi sentano: è un segreto.

– Ma c'è qualcuno lí?

Pausa.

– Otto, c'è ancora? Può parlare?

Ancora una pausa, piú breve.

– No, non c'è nessuno.

– E perché allora parla cosí?

– Hai ragione, non ci avevo pensato.

Prendemmo due autobus; fu un viaggio lungo e tortuoso. Ogni tanto guardavo fuori e tentavo di capire dov'eravamo. Dopo un'ora non riconobbi piú niente, non ero mai passata di lí. Scendemmo in un viale semideserto, pioviginava. Imbucammo una via che dopo un duecento metri si piegava a elle e si restringeva parecchio. Otto ogni tanto si voltava come per controllare se eravamo seguiti. All'uscita del budello incrociammo un viale abbastanza largo, mal pavimentato e diviso in due da un filare di pini di mare: una delle corsie era riservata agli autobus. Mi chiesi quali autobus potessero mai passare di lí.

Vidi subito che dall'altra parte c'era qualcuno: esattamente di fronte a noi, alla luce di un'insegna del Banco di Sicilia ci aspettavano due figure immobili. Ci avvicinammo. Otto mi chiese di star da parte un secondo e si uní a loro. Si trattava di due vecchi, uno piccolo, rotondo, tutto scatti, l'altro lento e curvo, con le mani nelle tasche del cappotto e il bavero alzato. Parlottarono un po'. Poi Otto si girò verso di me e disse: «Vieni». Mi sfiorò la ridicola idea che volessero rapinare la banca. Otto me li presentò. Lo schizzato era un tal professor Guglielmi, l'altro, «garganella», era il signor Koplosky. I due guardarono a destra e a sinistra prima di seguirci nel palazzo. L'atrio era buio, la lampadina appena accesa si fulminò. Al breve lampo intravidi una scala stretta piuttosto ripida che s'inerpicava verso il pianerottolo. Ma non la prendemmo. Otto indicò di andare a sinistra. Scendemmo tre o quattro rampe e ci trovammo di fronte a una porta scrostata, umida di muffa. Otto infilò la chiave, aprí, toccò a tentoni la parete, accese la luce. «Guarda!» mi disse. Guardai, cazzo se guardai, e guardai ancora, guardai fino a che capii cosa stavo vedendo.

È incredibile come a distanza di tanti anni io ricordi tutti i particolari, anche i piú insignificanti, che anzi mi sono piú chiari ora: eppure neanche oggi so trovare le parole giuste per restituire quella visione.

Si trattava di una sala enorme, altissima, profonda, vasta come uno, due, piú campi da basket e forse doveva essere stata, una volta, qualcosa del genere. Ma adesso era un immenso prato verde di erba vera, bassa, morbida, appena nata, e in mezzo all'erba dieci, venti, cento vasi contenevano alberi di pesco, di melo, di ciliegio, e tra gli alberi minuscoli sentieri di ghiaia bianchissima conducevano a piccoli tavoli di pietra viva, sedili di pietra grigia. Tutto intorno era di un candore intenso, quasi che i colori si fossero fusi insieme nel bianco, e brillava a tal punto che le pareti sembravano finzioni sceniche al di là delle quali lo spazio continuasse infinito e incalcolabile. Dall'alto scendeva un sentore, un'apparenza, uno squamare di luce palpabile all'inganno dell'onda lenta e impercettibile che muoveva nella sua rarefazione. In nessuna delle pianure, delle valli della mia infanzia avevo visto qualcosa di simile. Le migliaia di paglie d'oro della pietra brillavano al riflesso, vibravano le foglie al tocco inesplicabile di un soffio leggero che partiva chissà da dove: ingannata dal gioco d'ombre mi parve di vedere alcuni rami gemmare. Il silenzio era come la somma dei silenzi di tutti i mari calmi la notte al morir del vento, di tutti i deserti nell'ora in cui l'addio del sole ghiaccia le dune, di tutti i cieli quando le stelle aprono come una piccola bocca e forse mandano canti, troppo lontani perché li possiamo ascoltare.

Mi sdraiai per terra, allibita, straniata, come drogata. Otto e i suoi amici cominciarono lentamente a camminare sul prato: ne percorsero una o due volte il perimetro con le mani dietro la schiena a piccoli passi sincronici, senza fermarsi, senza parlarsi mai. Poi si avviarono verso un tavolo di pietra. Si sedettero. Chiusero gli occhi, ma rimasero uno di fronte all'altro come se si guardassero.

Allora quello piú piccolo, Guglielmi, aprí la bocca. Parlava. Dapprima mi giunse solo un'eco di suoni smorzati, incomprensibili, corrotti dalla distanza, dalla dispersione, dal rimbalzo irregolare sulle pareti: era una voce scalare, panica, disfatta, strozzata e gorgogliante; vi carpii gli esordi di piccoli versi che man mano si facevano parole intere e poi pause e ancora bisbigli, murmuri dimezzati, trattenuti, poi lanciati in lunga affabulazione, in monodia, e di colpo ritratti. Ascoltai non so per quanto: non sapevo piú di minuti e di ore.

A tratti, a volte, Otto e l'altro, quando piú serrata e continua era la narrazione, stringevano le labbra e lasciavano uscire un mugolio bassissimo, tonale, trascinante, simulando un coro di consenso emotivo.

Alla fine si alzarono. Camminarono a lungo ciascuno per conto proprio finché, come se lo sentissero, lo sapessero, senza un segnale, tornarono contemporaneamente al tavolo di pietra. Si sedettero e chiusero di nuovo gli occhi.

Toccò al secondo. Sentii un'altra voce: metrica, ritmata, prosodica, liricale. Al morire di ogni verso Koplosky tirava il fiato ma ritesseva subito intatta, uguale a prima, l'onda di cantilena, a giro, a cerchio, appoggiato ad accenti sospirati nell'ansia di non uscirne, di legarsi a invisibili incastri. Poi si arrestò, si scompose, variò d'emozione. Gli uscirono dalla bocca ritagli d'argenti battuti, parole che parvero frasche, covoni strisciati dal fischio del vento su raso d'aperta campagna: come da dietro un canneto, quando non te l'aspetti, è lo schizzar fuori di folaghe una per una a frusciare, a sbatter l'ali di ferrigno graspante attacco al volo. Fu come vederle, quelle folaghe, sentirle passare dall'aria avvertita sul collo. Poi tacque.

E toccò a Otto. Non lo guardai. Gli lessi la voce altissima, ferma, nell'ombra del suo corpo che riempiva d'un guizzo parete e soffitto: una fiamma incessante, signora nel piovere lento di polvere bianca e celeste, un piovere senza cadere.

Fu, il suo, un canto interminabile di una nota sola che mi bloccò le mani e le braccia, mi tenne il respiro, mi portò via di lí, mi sospese a mezz'aria la mente stordita, incantata, presente, e di quel canto io colsi i frammenti, li unii, e in quel momento seppi che cosa volevano dirmi, li vidi chiarissimi come chiarissime sono le ombre mutanti dei sogni al ciglio del sonno, le uniche vere, e ti sembra impossibile che d'altro sia fatta la vita.

– Vera!

Mi risvegliai sull'autobus. Avevamo già passato Largo di Torre Argentina. Deserto. Non c'era nessuno. Mi colpí lo strisciare di ruote sull'umido, il graspo all'imbocco di curve. Otto mi sedeva di fronte. Fuori c'era già la luce del giorno.

– E allora? – disse. La voce era calma, alta, diretta.

– Ma... ma che posto era quello? – balbettai. Mi doleva una spalla.

– Quello è «il giardino». Anche tu adesso lo conosci, come me, come Tommaso.

– Ma chi... come?

– È una lunga storia. Diciamo che è un amico, un grande amico. Lui ce lo tiene cosí da sempre.

– Ve lo tiene? A chi lo tiene?

– A quelli come me, ai pazzi come me. Una volta eravamo in tanti, proprio tanti. Ora no.

– Ma che cosa vi dicevate? Cosa facevate?

– Abbiamo parlato a turno e a turno abbiamo ascoltato e guardato.

– Ma guardato cosa, se avevate gli occhi chiusi?

– Abbiamo guardato le parole. Le abbiamo scrutate fino ad accoglierle, a inciderci in mente ogni segmento di suono come un'eco sparpagliata nella storia della loro storia: migrare, trasmigrare, accoppiarsi, sfuggirsi, baluginare remoti resti di significato, piccole supernove di cui ci arriva una pallida idea della luce che erano. Abbiamo chiuso, strizzato gli occhi per inseguirle fino in fondo mentre ci trasmettevamo a voce accorata, intrudente, il posto dei segreti, i semi passati ad altre parole nel gran vuoto della disperazione umana; le abbiamo seguite fin dove erano madri che assomigliavano ai figli e fin dove erano figli che ne imitavano gli occhi, il passo, prima di essere altro da loro e portarne comunque il sussurro. A turno, in silenzio, ci siamo ascoltati: a ognuna attribuendo un colore, trasmesso in sfumature violente o piú meste, giú fino agli intrecci cromatici per vivere mezzi disegni, bozzetti, visioni parziali, screziate di senso: e il senso da uno che era scoppiava in granelli di altre minuscole onde parlanti e ognuna portava un ritaglio, ognuna un suo fiore staccato dall'albero, un suono di corno, una riga, un sapore interrotto e coperto e rimato, una lettera chiusa, un messaggio che dice «ti amavo», che dice «dovevi aspettarmi». Noi le abbiamo aspettate...

... Cosí, Vera, anche se ci avessi inteso meglio, se ci fossi stata piú vicina, anche se avessi sentito il calore del nostro fiato, avresti colto poco o niente di questo gioco disperato, di questo umile, insignificante ricreare che avviene tra noi. Avresti avuto la sensazione di una melodia stonata, di strumenti che andavano seguendo ciascuno la sua diversa partitura: ogni nostra parola ti sarebbe parsa slegata, insufficiente, banale e presuntuosa, come un Faust suonato da un'orchestra di bambini o una filastrocca recitata in una lingua inesistente. Questo mistero non ha piú segni che lo figurino, non ha traduzioni, non assomiglia piú al mondo com'è ora. Questo mistero è ben oltre il punto d'ombra di Tiziano, lo stupore alcolico di Rimbaud, il verso fatale di Eschilo, che pure l'hanno indagato. Questo rappresentavano i miei amici nel «giardino». Hanno intonato in treni, lamentazioni, schiocchi di labbra le *loro* radici e sono partiti per un viaggio piú chiaro nel delirio, correndo di piano in piano, su, giú, di fianco nel tempo verso la spuma di tanto mare: l'ultimo significato che si abbatte sulla spiaggia e là resta, là va a morire. Io ho intonato le *mie* radici, cantate come l'aedo canta la memoria di popoli, e ho visto dietro gli occhi carri da guerra, albe, ragazze, viaggiatori, fame, assedi, amori, condanne e perdoni. Dal piccolo punto sonoro di **ful*, che è crescere, premere, ecco il pigiarsi di *pull* e l'accalcarsi di «folla»: ecco, ecco l'essere pieni, cioè *full* e poi *fool* di «follia», quando l'aria t'invade la testa, l'aria gonfia nel *follis*, pallone del bimbo, aria ovunque che concia, che slarga sull'osso la «pelle»; soffio, vita dal di dentro che fa pazzi gli uomini, li opprime, li accalca, afferra le cose, comanda di prendere spazio, di esplodere; ecco, ecco **rta* che è la legge, il diritto, la via media e «destra», «destreggiarsi» e «correggere», «regola» e «re», «rotta» e «religione», ossia navi e dèi a spazzare il deliquio dell'insensatezza umana e a fissar l'equilibrio, a centrare il pensiero, la misura delle parti: il *right*, il *droit*, l'*orthós*, il *recht*, il *derecho*, ciò che è retto ed è anche vero: **rta*, «verità». Questo e piú di questo abbiamo visto, ci siamo detti. Questa è la nostra caverna dei giganti: all'oblio delle cose, alla polvere, al commiato del tempo, noi ci facciamo trovare preparati. Siamo stati uomini, conosciamo questa piccola felicità e la ritroviamo eterna nella parola.

Lo abbracciai d'impulso, stringendolo in tutta la sua grandezza e fragilità, tastando le ossa sparse sotto il cappotto. Rimasi cosí, sentendomi bella e buffa, incasinata e felice, forte come una montagna.

E fu quella mattina che capii finalmente dov'era, cos'era, ma soprattutto che c'era, un senso. E fu quella mattina che cominciai a dargli del tu.

Torno con un amico dalle Capannelle, dove hanno corso due dei suoi cavalli. Tagliamo la periferia sulla sua Porsche superboxster, quando avverto, non so come, qualcosa di familiare intorno. Forse è il viale, cosí inconfondibile nella memoria, con quella corsia piú larga e l'altra piú stretta. «Frena, frena», gli urlo stringendogli il braccio.

Il posto è identico. Non c'è piú il Banco di Sicilia, ma d'altronde di banche in generale ormai non ne esistono tante, da quando hanno introdotto le 14 scatole-base per operazioni di tutti i tipi.

Scendo con un po' di emozione addosso. Entro dallo stesso portone di allora, ma di fronte a me c'è solo un muro, niente piú scale che salgono e scendono. Schiaccio il pulsante per parlare con il portiere; mi chiede dal microfono cosa desidero.

– Non c'era qui una volta un... sotterraneo?

Mi sorride al di là del vetro.

– Lei parla di molti anni fa, signorina!

– Sí. Che fine ha fatto?

– Abitazioni: lotti «sub» e «cripto», ma si entra da via Giulio Andreotti, non da qui. Questo è un passaggio agli uffici bancari.

Appartamenti.

– Ma lei non sa niente di quel giardino che c'era lí sotto?

– Giardino? No, signorina, qui non c'è mai stato un giardino. Si confonderà con qualche altro posto. Io sono qui da piú di dieci anni.

– Forse sí, forse mi confondo. Grazie, buongiorno.

L'amico mi guarda stupito.

– Ma chi conosci qui? È una zona di merda!

Ripartiamo. Ma giuro, non sto sognando, non posso sbagliarmi: passando davanti al bar d'angolo vedo lí, uguali precisi, persi nei loro cappotti col bavero alzato, Guglielmi e Koplosky.

8.

Nottata no-stop dei *Simpson*: dodici ore di proiezione dalle 20 alle 8. A quell'epoca, nel 1997, la Simpsonmania non era ancora esplosa a livello popolar-televisivo, ma c'erano già le avanguardie, i cultori esclusivi, i «noi li conosciamo e voi no», e i «noi» erano tanti.

Pensai di andarci con Poldo, che è un Simpson vivente. Non ho mai parlato di lui, perché era uno riservato, taciturno, ma dal colpo tagliente, dalla battuta che uccide. Poldo era ricchissimo (oggi ha un impero, e qualche volta andiamo insieme alle corse: lui gioca somme che incidono sul suo budget come sul mio gli accendini Bic). Soffriva di una bizzarra forma di claustrofobia e doveva dormire in una tenda sul tetto di casa. Era una tenda 4×4 con scrivania e servizio igienico autonomo. Il giorno che ci invitò nella sua tenuta di campagna, 60 stanze, 100 000 metri quadrati, cavalli, bosco a querce, due piscine, 15 persone di servizio, non vedemmo neppure la casa padronale. Dormimmo tutti fuori, in tenda, per non metterlo in soggezione.

Quando arrivai a casa sua, Poldo era in giro con Sandra, e cosí aspettai che tornasse.

– Cuccato? – gli chiesi.

– No. Non ero in giro con Sandra: ero in giro «per Sandra».

– Per lei?

– No, per me.

Partimmo di buonora, ma quasi tutti erano partiti a un'ora migliore. Sembrava di essere a Roma-Lazio. Comunque riuscimmo a infilarci. Una volta dentro, ci perdemmo inevitabilmente di vista. Fu un delirio di *risate intellettuali*. Gli intellettuali ridono di testa e non fanno un gran rumore, ma ridono sempre prima delle battute, perché le capiscono in anticipo.

Come fu, come non fu, verso le quattro pensai che ne avevo abbastanza e uscii in cerca di un mezzo o alla peggio di un tassí. Piovigginava. Drappelli sparsi di ragazzi sciamavano commentando. Qualcuno si era dipinto la faccia di giallo: altri si eran mascherati da Homer e camminavano come Homer, o erano Homer.

Ero lí che mi stringevo nel giubbotto e stavo decidendo se andare a destra o a sinistra quando lo vidi. Si era messo in testa un sacchetto di carta e l'aveva tutto frastagliato in cima per assumere le sembianze di Bart: molto carino, l'effetto era sorprendente. Dalle fessure sbucavano fuori i suoi occhi cinesi inconfondibili. Non ebbi nessun colpo al cuore.

Lui non poté nemmeno far finta di non vedermi, perché dovette saltare di lato per non andar sotto un motorino e cosí mi sbatté quasi contro. Si riassestò il sacchetto in testa.

– Come stai? – mi disse.

«Benissimo» vuol dire «di merda, ti penso». «Cosí cosí»: «ti penso e devi saperlo». «Uno schifo» è ambiguo e pericoloso.

– Una bellezza, – risposi.

– Piaciuto? – incalzò poco convinto.

– Potevano evitarci l'elezione di Mister Homer e Miss Marge.

– Sí, hai ragione, è stata una caduta di stile.

Non avvertivo nessun segnale di pericolo né dentro né fuori: provavo un'entusiasmante indifferenza, un rassicurante sbattimento di coglioni. Restammo alcuni secondi a guardarci cosí, in silenzio. Poi mi venne voglia di casa.

– Alcibiade, – gli dissi in tono di commiato.
– Sí, – rispose semiattento.
– Non provare nemmeno a telefonarmi. Non telefonarmi mai.
– Ricevuto, – sillabò.
Trovai un tassí libero solo trecento metri piú avanti. Mezz'ora dopo ero già a letto e non ebbi nessun bisogno di contar pecore.

– Guarda là, là, – fece Mattia e mi spingeva. Eravamo sul suo balcone, mi affacciai.
E la vidi, la vidi finalmente. Era rosa, oppressiva, supponente, cattiva. Fu un attimo.
Rombò fuori giri fino al cielo e schizzò via.

Papà!

Si va a Praga! Partiamo per Pasqua io, Otto e Tommaso. Non sto nella pelle! Ah già, tu non sai nemmeno chi è Otto. Otto è uno splendido balordo che «vede» le parole un po' come tu suoni le note, ma c'è una differenza. Tu suoni le note tue e guai a chi le tocca; sono la tua storia e non le spartisci con nessuno. Otto, invece, vede le parole di tutti. So che è difficile spiegartelo in poche righe. In un posto bellissimo, che nemmeno t'immagini, l'altra notte mi ha fatto sentire che ogni parola ha mille, infiniti significati: perduti, nascosti, lí lí per nascere, già viventi. E in ogni significato ci siamo noi tutti che li abbiamo voluti: e in ogni significato, anche nel piú piccolo, c'è un senso, un motivo.

Si avvicina la maturità e me la sto facendo sotto: mamma è sempre piú out, e si è messa anche a farmi fare figure di merda. Quel ragazzo, ricordi, quel Julian, è passato, l'ho dimenticato. Non soffro piú. Sto preparando i bagagli e dentro ci caccio anche una foto tua, fosse mai che qualcuno a Praga sapesse dirmi dove sei finito: so che è una gran città per il jazz.

Non preoccuparti: ti farò fare un figurone, come sempre.

Vera

Alla stazione di Praga Otto, Tommaso e io sembravamo Totò, Peppino e la malafemmina. Otto in particolare pareva un emigrante in una città sconosciuta: mi aspettavo che da un momento all'altro domandasse a un vigile: «Ma la nebbia non c'è?»

Si guardava intorno con l'aria di chi si stesse chiedendo: «Dove cazzo sono?»; eppure era la sua città, ci era nato. Ma era passato troppo tempo, e si era un bel po' rincoglionito.

– Sto cercando De Sauro, – disse come per giustificarsi. – Mi aveva assicurato che sarebbe venuto a prenderci.

– De Sauro? – gli chiesi.

– Agrigento De Sauro, una vecchia conoscenza. Ha poco piú di 50 anni. Insegna Matematica pura tra qui e Vienna –. E poi, prendendo un'aria semiufficiale: – È a due passi dal Nobel.

Altro fenomeno. In quella storia non esistevano persone normali. Sentii una specie di allarme: non volevo farmi due palle cosí. Nel mio programma non c'era posto per musei e altri raccoglitori di Storia morta. Avevamo solo tre giorni, e io volevo viverli.

Passammo il cancello d'uscita: solo allora mi accorsi che c'era gente; non ci avevo fatto caso prima, perché nessuno correva, nessuno ti urtava: era in atto una strana danza di falsi, rallentati movimenti, come se tutt'intorno a noi stessero proiettando un film.

Il marciapiede era completamente libero, poche le macchine in giro. Sulla corsia dei tassí troneggiava un sidecar in condizioni pietose: sul sellino, una specie di yeti nano; nell'abitacolo, un piccolo schnauzer.

– È De Sauro! – esclamò Otto. – È arrivato. Agrigento! Agrigento!

Agrigento saltò giú e corse incontro all'amico.

Furono baci, frasi affettuose: «quanto tempo!», «vecchio rimbambito!», «come va la vescica?», «ti presento i miei amici».

De Sauro era consapevolmente ridicolo. Sopra un maglione color tabacco a maglia grossa veleggiava un tabarro militare pieno di rattoppi: i pantaloni di fustagno gli ballavano intorno a due gambe corte e secche; aveva piú capelli che testa, duri, setolosi, ovini: gli nascondevano gli occhi e lui continuava a massaggiarseli per dargli una forma. Un barbone, insomma.

– Mirtillo! – urlò all'improvviso, rivolto al cane. Mirtillo fece mostra di non sentire.

– Mirtillo! – ripeté piú deciso, – vieni giú subito!

E constatato che Mirtillo non se la dava a intendere, si rivolse a noi a mo' di giustificazione: – È di cattivo umore. Abbiamo avuto una discussione.

Questo era il genio, quello «a due passi dal Nobel».

Sollevò il cane di peso e fece posto per Otto nel carrozzino. Fu un po' come il gioco della capra e del cavolo. Accomodatosi Otto, De Sauro gli rimise in braccio Mirtillo che non aveva mosso un orecchio e continuava a fare il sostenuto.

– Ci vediamo in albergo, – disse Otto masticando peli, e partirono.

Si fa presto a dire «albergo». Non c'era atrio, non c'era ascensore, il bagno era fuori e l'acqua era fuori dal bagno. Il proprietario aveva avuto il buon gusto di levare l'insegna, fosse mai venuto per la testa a qualcuno di alloggiare lí. Ci sistemammo nelle camere. La mia dava su un'acciaieria, quella di Otto e Tommaso direttamente su un muro. Nello sgabuzzino che faceva da hall c'era posto a sedere per due. Io mi misi sulle ginocchia di Tommaso, De Sauro prese in braccio Otto e sparí dietro la sua schiena. Il cane salí su un vaso. Sembravamo in tram.

Otto ci spiegò che Agrigento era figlio di una cecoslovacca e di un italiano e ci avrebbe portato in giro per quanto gli era possibile.

– Ne sarò onorato, – aveva aggiunto De Sauro da dietro la schiena di Otto. Sembrava un ventriloquo col pupazzo. – Ne sarò onorato, – ripeté, – ma Praga sa presentarsi da sola –. Gran figlio di una mignotta, bel modo di sgattaiolare.

Stilammo una specie di programma. De Sauro disse che sarebbe venuto l'indomani per portare Otto da un tal Joshua, sopra Staré Město.

– È un suo compagno di prigionia: muore dalla voglia di rivederlo.

Il pomeriggio saremmo passati tutti alla *Hradčanské Náměstí* dove si trova il Palazzo Šternberk.

– Ci sono ancora tutti i tuoi pittori, e anche qualcuno in piú.

– Sí, – aveva risposto Otto, – ma andiamoci sul tardi. Prima voglio portare Vera in un posto.

Scesero in particolari che non mi dicevano niente, mentre io avevo voglia di muovermi, uscire. Mi alzai, li salutai. Li lasciai che stavano lanciandosi nei campi impervi della Fisica genetica, cosa di cui non poteva fregarmene di meno. Scavalcai Mirtillo, impassibile, immerso nei suoi pensieri. Mi accorsi solo allora che aveva il pelo giallo.

– È un incrocio? – chiesi rivolta a De Sauro.

– No, – rispose il ventriloquo, – da piccolo gli è caduto addosso un camion di zolfo.

Ci credo che era sempre incazzato.

Praga fu subito la mia città; adesso me ne rendo conto con chiarezza. Ci imbattemmo in quella malinconia diffusa che ha l'altezza di un passato venuto a mostrarsi in coperta bellezza. Al serpeggio dei viali, al dominio dei grigi, hai dapprima un'incauta ammissione di noia subito smentita da un cortile imponente, un fastigio barocco a diverso fiorire nei piani, un intrico di piccole strade, un sollievo di ponte che annuncia giardini, e quel fioco tenore di lampade accese a proteggere la piccola perla di Malá Strana. Tutto è grande e largo a Praga: tutto è offerto in eccesso ma senza scalpore. Non c'è forma opprimente nella pietra scolpita, sbalzata, inarcata; non c'è un asse, una pianta prevedibile, raccolta, un disegno unitario: ogni borgo, ogni parte è diversa da un'altra; se ti aspetti la via che s'incroci alla via, perpendicolo e noia, non la trovi, perché Praga è un incontro di modi di vivere scelti da mazzi diversi di storia e accostati; palazzi e alberi sono alti uguali e si specchiano in acqua e c'è spazio tra loro, che è poi tempo per goderne l'immagine, in costante impressione di superbia attutita.

E allora fai caso che esistono città esagerate, consapevoli di esser belle, nate per questo, che ti sbattono in faccia un frastuono di Storia che non riesci a dividere, a godere nei particolari, e città regine, dove il bello non si vede tutto subito, ma t'intriga, ti chiama, si offre finché non ti è chiaro: ed è specchio di chi lo percorre e lo vive.

E cosí le città assomigliano agli uomini e gli uomini ai fuochi che accendono, ai ponti che gettano, ai tetti e ai pinnacoli che alzano per puntare il cielo, dove da qualche parte c'è un dio che li ha fatti e abbandonati.

Fu quando si accesero a grappoli i lampioni sulla Moldava che mi prese una gioia cosí, libera, senza motivo: fu un respiro profondo davanti a tanta grandezza e rivincita. Anche il piccolo gesto di illuminare la notte mi sembrò di colpo eroico, perché vogliamo vedere sempre, vederci sempre, non concedere chances a nessuna paura: e dev'essere luce di uomini, non basta l'alone di luna.

L'indomani uscii presto. Traversai il Manesuv Most, il ponte sull'ansa della Moldava, e presi la Kaprova Ulice. Era un continuo alternarsi di vecchio e nuovo: marchi americani, francesi, italiani un po' dovunque. M'imbucai dentro l'*Antiques*, una specie di grande magazzino dove girai a lungo senza stancarmi: un po' burino, ma curioso. Mi piacciono le cose che si trovano solo in «quei» posti. Le cose che non hai mai visto. Comprai pietre granate per mamma, perché i cristalli di Boemia non sapevo proprio dove infilarli al ritorno, e spedii cartoline. Verso mezzogiorno arrivai in Staroméstské Náměstí, la piazza del Municipio, e avevo una discreta fame. Comprai per due dollari un panino col würstel: hanno uno strano modo di prepartelo. Non tagliano il panino, lo bucano con un succhiello e ci infilano il würstel. Mentre mangiavo suonò l'orologio del Municipio: due quadranti, in alto, che nell'azzurro e nell'oro segnano i mesi, i giorni, le ore, la posizione delle stelle, gli equinozi, i solstizi, le fasi della luna. Ai primi rintocchi escono e girano intorno le statuine della morte, degli apostoli di Cristo: è un presepe meccanico, un po' inquietante, ma splendido.

A seguirlo col naso in su c'erano decine di praghesi. «Che gente è questa, – mi domandai, – che è sempre qui a rivedere una cosa che conosce a memoria?»

Già, che gente è quella che non si abitua e traduce continuamente una stronzata in un prodigio?

Entrai in un piccolo pub: avevo sete. Mi sedetti a un tavolino quadrato, un po' alto, ma comodo. Attraverso le vetrate continuavo a seguire il passeggio nella piazza. Ordinai una coca e mi guardai intorno. Ma smisi subito. Di fronte a me, proprio al tavolo davanti, c'era un ragazzo bellissimo: ebbi due scoppi dentro, diversi e simultanei.

Da quant'era che non abbracciavo, che non stringevo, che non sentivo voglia d'amore? Da tanto, da tantissimo tempo. Continuavo a fissarlo, sfrontata, come per sfida, come per misurare quanto mi piacesse ancora desiderare, e ricordare quanto era stato sempre bello. Alla fine gli sguardi s'incrociarono. Sorrise. Fui io ad alzarmi e ad andarmi a sedere di fronte a lui. Non se ne meravigliò: gli doveva esser successo altre volte.

– Parli inglese? – Parlava inglese.

Non accadde nulla con lui e d'altronde non me l'aspettavo nemmeno. La forza di quei minuti fu ben altra: fu aver ritrovato il mio corpo, l'offerta, il richiamo, lo spazio per il desiderio. Avrei voluto piú volte toccarlo, provare quanto era caldo, e non mi sentivo né stupida né troia, ma felice. Avevo imparato tante cose di me in quegli ultimi mesi, mi ero lentamente ritagliata uno spazio nel mio piccolo mondo. Ma avevo lasciato dietro di me, attutito, mascherato per estrema difesa, l'incanto corporale dell'incontro, il trasporto istantaneo del piacere, la mia fisicità. Era un ritorno, il piú bello, quello che mi mancava di piú e non volevo riconoscere: la storia che ti aveva emozionata da bambina, il libro ritrovato, la meraviglia dei personaggi tali e quali a come li avevi lasciati, la stessa dolcezza del sonno quando si apre la mano, il libro scivola e stai bene.

Aspettava la sua ragazza e mi raccontò anche lui una storia, la storia di Hanus che aveva costruito l'orologio del Municipio e fu accecato perché non avesse modo di costruirne un altro altrettanto bello.

Ma Hanus, quando sentí la morte vicina, salí sulla torre e fermò l'orologio; si portò via il tempo con sé, perché era suo.

«Come hai fatto tu, – pensai, – e anche tu, con me. Tu, Julian, tu papà». Ma fu solo un pensiero, non mi accorsi, non vidi nemmeno il dolore.

Otto mi stava aspettando da un pezzo.

Sapevo benissimo dove voleva portarmi e non ne ero particolarmente entusiasta, ma glielo dovevo.

– Patti chiari, – lo aggredii, – nessun «amarcord» e nessun «airimember»; io ti vengo dietro, ma risparmiami le nostalgie lagnose perché non le sopporto.

– Airimembrerò pochissimo, – promise tutto compunto.

Si capiva benissimo che non stava nella pelle, non l'avevo mai visto cosí radioso, felice. Anche se Otto, a dire il vero, era sempre felice.

La sera prima, mentre giocavamo a dama, all'hostinec *U černého vola*, glielo avevo chiesto:

– Ma tu sei sempre stato cosí?

– Cosí come?

– Che so, sicuro, entusiasta...

Aveva sorriso, come quel giorno a Thyes.

– Sono cosí da quattro anni, Vera, solo da quattro anni: prima no.

Quattro anni. Tommaso.

E adesso lí, nel centro di Staré Město, camminava spedito guardando a destra e a manca e sospirando ogni due minuti. Moriva dalla voglia di ricordare e commentare: per due volte dovetti ricordargli quali erano i patti. Ma quando arrivammo nei pressi immediati del «suo» Circolo di Praga, non riuscii piú a tenerlo. Già dall'inizio della via cominciò con i «qui c'era» e i «là c'era»: e i «qui» e i «là» erano il calzolaio dove si rifaceva i tacchi, il vecchio Peter dove comprava pane e verdura negli intervalli, e l'ombrellaio, e il conciatore di tabacco, e il cartolaio a cui aveva rubato le prime penne.

All'approssimarsi del «suo» palazzo, del luogo sacro, prima del mistico ritorno si arrestò e prese fiato. Gli brillavano gli occhi, mi prese la mano, fece sí e no dieci passi e fummo precisi precisi davanti a un emporio Armani alto due piani.

– E allora? – domandai un po' delusa.

– Era qui, la sede, la mia scuola era qui... – Mi guardava come una madre che ha perso il figlio allo zoo. – Era qui, – ripeté agitando la testa di qua e di là nella speranza di essersi sbagliato. Mi trattenni dal ridere.

– Poteva andarti anche peggio!
– Cioè? Cosa? – rispose trafelato.
– Poteva esserci un McDonald's.
Non mi sentí.
– Entriamo, dài entriamo, – disse tirandomi.
– Ma cosa vuoi fare? Vuoi infilare vermi nei blue jeans?
– No, voglio andar su, voglio andarci lo stesso.
Non ci fu verso di trattenerlo. Mi portò al reparto intimo maschile che corrispondeva esattamente al suo studio di un tempo.

E tra commesse allibite ricostruí il suo tavolo, i suoi scaffali, gli ingressi, le uscite; cancellò lo spazio e sublimò la memoria, sentendosi veramente là dov'era stato una volta. Mimando gesti perduti e accenni di dialogo e segni tracciati su lavagne immaginarie, improvvisate nel nulla di mutande e canottiere, come il vecchio Hanus dell'orologio fermò il tempo e ce ne fece vedere un altro, quello suo, l'unico possibile; trasformò ogni cosa intorno con una magia cosí contagiosa che tutti, bambini, clienti, commessi, direttore prontamente accorso, fummo trascinati altrove e fummo con lui a sognare parole nella perduta scuola di Praga.

A una signora italiana che mi chiedeva se era entrata da Armani o no, risposi che sí, che era soltanto un'amnesia di Dio, che a volte Dio se le concede, per farci felici.

– Ma che razza di gente sono i praghesi? – domandai a De Sauro. – Non si rompono le balle a star lí sotto l'orologio, tutti i giorni?

Eravamo a Palazzo Šternberk da piú di due ore. Mai visti tanti pittori in una volta sola. Pensai al professor De Petris e alle gambe di Sandra. Mirtillo si era piazzato davanti alla *Venuta dei Magi* di Bruegel il Giovane e non se ne staccava piú.

De Sauro sfoggiava la sua personale collezione autunno-inverno.

– Guardi, – mi disse. Si avvicinò alla parete, staccò con

indifferenza un piccolo «Palma il Vecchio» e se lo infilò sotto il tabarro. Nessuno dei presenti fece una piega. De Sauro s'incamminò verso l'uscita, passò davanti ai guardiani facendo un cenno di saluto, uscí dallo Šternberk e scese gli scalini. Dopo un minuto tornò nel museo, fece un cenno ai guardiani, rientrò nella sala e riappese il «Palma» al muro.

– Visto? – Eravamo strabiliati. – E questo è ancora niente –. Io avevo il cuore in gola.

– Attenti, ora –. Andò verso il guardiano e parlottò in cecoslovacco. Il guardiano gli rispose sghignazzando e dando di gomito al suo compagno.

De Sauro tornò.

– Cosa vi siete detti? – domandai.

– Gli ho detto che avevo portato via un quadro e lo avevo appena rimesso a posto. Mi ha risposto che era impossibile, che mi aveva visto benissimo e a lui non sfugge niente. Questi sono i praghesi.

Mirtillo, che si era staccato dal Bruegel, ci venne incontro: voleva andarsene. Notai che era troppo piccolo per essere di taglia media.

– Ma è uno schnauzer nano? – chiesi a De Sauro.

– No, no, è uno schnauzer gigante, ma da piccolo è rimasto chiuso in un portavivande: ha avuto un trauma e non è piú cresciuto.

Uscimmo. De Sauro riprese: – Comunque dovete ringraziarlo. Stasera vi porta tutti al concerto, al *Rudolfinum*.

– Mirtillo? Al concerto? Non lo faranno mica entrare?!

– Scherzi? Mirtillo è un cane *sinfonico*. Senza di lui non cominciano nemmeno.

«Sentiamo anche 'sta stronzata», dissi tra me e me.

– Cominciò col *Lohengrin*, era ancora cucciolo e dovevo portarmelo dietro, perché allestivo io la scenografia. Lui stava lí, ascoltava le prove in silenzio, senza fiatare; poi, all'uscita, ripeteva le arie che l'avevano colpito di piú. Da allora è stato sempre cosí, e ne ha sentita di musica.

– Ripete le arie? – Ridemmo tutti.

– Certo, – rispose De Sauro serissimo, – le mugola, le intona. Peccato che stasera ci sia musica popolare. Non è il suo forte: ama i classici.

Certo che a quel cane, «da piccolo», ne erano successe di cose.

La sala Dvořák del *Rudolfinum* faceva venire i brividi: solenne, severa, ma luminosissima, era chiusa tutt'intorno da un quadrato di finestre altissime che si aprivano appena sotto un soffitto tenuto su da colonne d'avorio possenti, sofisticate, come avevo imparato che doveva essere il neoclassico.

Le file di poltrone formavano lunghi archi: il rosa salmone dei velluti era elegantissimo. Quasi tutti avevano già preso posto. L'orchestra filarmonica ceca stava accordando gli strumenti: Otto mi aveva spiegato lo spirito di quel che stavo per ascoltare, ero emozionatissima. Ma ero anche in gran spolvero, parevo una pin-up: truccata dimostravo dieci anni di piú. In verità eravamo tutti in tiro, compreso De Sauro, che fu la vera sorpresa della serata. In smoking, con i capelli impomatati e legati in un frivolo codino, assomigliava a Sean Connery in *Mato Grosso*.

Ci accomodammo. Ascoltai cose diverse che mi parvero ora marce, ora sinfonie, ora addirittura canzoni: ci fu un brano polifonico e il tutto finí con un quartetto d'archi che, non lo dissi, mi sembrò persino stonato, ma che fu il piú applaudito. Tra un brano e l'altro c'era abbastanza tempo perché Otto mi dicesse il titolo e mi parlasse degli strumenti, delle voci, della trama, del senso politico.

Solo dell'ultimo brano non mi disse nulla.

Mi parve tutto bello, tutto intenso, straordinariamente facile da sentire e, nonostante la mia beata ignoranza, fui vicina a capire che lí dentro c'era un'anima, un popolo che parlava di sé, della sua Storia d'impotenza e di rabbia.

Quando uscimmo eravamo come fumati. Mi sentivo

leggera, senza pensieri; mi sentivo grande, felice. De Sauro-Connery ci disse che aveva lasciato il sidecar davanti al locale dove stavamo per andare e che ci aveva riservato una sorpresa.

Fu allora che Mirtillo cominciò la performance.

– Eccolo, eccolo, ascoltate, – gongolò De Sauro-Connery, – è il polifonico, sta ripetendo il brano polifonico. Fate caso adesso a come lo varia... al punto giusto... – Mirtillo in effetti ululava e cambiava pure toni, ma andava per i cazzi suoi. Anche Agrigento parve accorgersene.

– È la prima volta che lo sente... bisogna dargli tempo.

Intanto eravamo usciti dal quartiere ebraico. Camminavamo tenendoci stretti l'un l'altro piú per allegria che per il freddo. Si scendeva verso la città vecchia, lo Staré Město appunto, costeggiando la Moldava: s'intravedevano sullo sfondo le sagome della Střelecký Ostrov, l'isola tagliata dal Most Legií, il ponte per la Malá Strana, la città piccola.

Ero piena di musica: musica insolita, inaspettata. Grazie ai chiarimenti di Otto avevo toccato, quasi tenuto in mano, la voce della gente, l'opposizione al potere, allo straniero austriaco, il sentimento di una semplicità nativa che era lavoro e famiglia e apparteneva alla terra, là nel coro maschile del *Kantor Halfar*; avevo intuito la meschinità borghese del *Signor Brouček sulla luna*: e poi la polifonia quasi impossibile della *Messa glagolitica*. Questo era Janáček. Il nome non poteva dirmi niente, né forse la storia, ma la sua rabbia, l'impotenza, l'amarezza, lo specchio infranto dell'uomo davanti alla patria, si avvertivano eccome.

– Ricordati tre cose, Vera, – mi aveva detto Otto, – incontrerai i toni del pessimismo piú alto, quando la natura soggiace alla legge e la violenza si fa legge. Ti abbandonerai a un mondo in cui parole e musica viaggiano assieme, perché Janáček ha lavorato con linguisti come Bartoš e fisioacustici come Wundt. E infine ti scorderai, ti dovrai scordare gli sviluppi tematici, perché Janáček insiste su un tema solo, ossessivo come l'idea stessa di libertà.

Aveva sinceramente preteso un po' troppo da me.

Mentre camminavamo in un vicolo mi stavo chiedendo perché Otto non mi avesse parlato dell'ultimo quartetto, quando all'improvviso:

– E questo è niente, – disse, come se stesse leggendomi nel pensiero. – Hai ascoltato il brano finale? È il secondo quartetto, *Lettere intime*. Janáček lo scrisse a ottant'anni per amore di una ragazza di Písek. Lo sentii che ero giovanissimo, lo sentii per intero al teatro dell'opera e piansi, sul serio. È un amore disperato, fuori da ogni regola, contro la morale, un amore che supera gli anni, le idee, la natura: un vecchio e una ragazza. E contro ogni regola vanno gli archi, che sono variazioni di stati d'animo nel cuore di Janáček: struggimento, contemplazione, preghiera, sconfitta, e si muovono ognuno per la propria strada, fiorendosi addosso l'un l'altro, staccandosi e ricongiungendosi a infrangere le quadrature abituali, a formare una serenata impossibile per un amore impossibile.

– Perché non ha sentito ancora Alois Haba, – incalzò De Sauro, – che arriva fino ai dodicesimi di tono!

– E cioè? – chiesi smarrita.

– Al limite dell'ascoltabile, che è il luogo piú vicino al sublime dell'uomo, come avevano già intuito Mahler e Béla Bartók.

– È una rivoluzione, una secessione dalla tradizione tedesca, – s'inserí inaspettatamente Tommaso, – per cantare del proprio popolo, bisognava abbandonare la musica germanica.

E cominciarono a parlare di Listz che avrebbe influenzato Bartók, col suo coerente impegno per la musica popolare ungherese. Non li seguii piú. Io, allora, andavo per vie piú semplici e mi perdevo a sentir parlare di correnti, grandi nomi, pastrocchi ideologici. Ero rimasta colpita dal vecchio, dall'ottantenne Janáček, che scriveva d'amore, di un amore senza speranza, violentando le armonie comuni, quelle degli altri, perché quel canto, almeno e solo quel canto, doveva essere suo e della ragazza di Písek. Il vecchio e la ragazza.

De Sauro si fermò. Il locale era piccolo, basso, scarsamente illuminato. Mentre entravamo Otto mi sussurrò all'orecchio di stare attenta alle parole del matematico. Era un illusionista, un ciarlatano, un manipolatore della logica, mi disse.

Dentro avvertii un gran calore. C'erano tanti ragazzi mischiati ad anziani; non sembrava e non era un posto particolarmente in. De Sauro aveva riservato la saletta piú interna. Ci accomodammo. Anche se un po' fuori stagione, c'era un camino acceso: le fiamme striavano di rosso la stanza, avvolgevano, rassicuravano.

Era bello, era caldo e avevo fame. Ordinai un *Žabracká Žasteřa*, il «grembiule del mendicante». Tommaso volle un *Plĕnà Šunka*, che io non sopportavo per via della panna e del rafano. I vecchi chiesero *Becherovka*, e da come l'attaccarono capii che sarebbe stata una serata campale.

– Solo tamarindo e orzata, eh? – dissi rivolta a Otto.

– A casa, a Roma, – rispose.

– Sapete dove siamo? – domandò De Sauro che cominciava a perdere la somiglianza con Sean Connery.

Otto non rispose. Toccava evidentemente a noi due.

– Sotto un bordello? A casa di un nazista? – buttai a indovinare.

– Siamo al 16 di via Hyberanskà!

– E allora? – fece Tommaso.

– Questo è l'antico *Café Arco*. Qui venivano a incontrarsi Kafka, Max Brod, Rilke, Apollinaire.

«No, no, – pensai, – circo, fumetti e anche un bel porno, ma basta, basta cultura».

– Sí, be', – riprese De Sauro, – il loro circolo filosofico era al *Café Louvre*, ma questo lo trovavano piú intimo. Là facevano i grandi, qui se la godevano.

– Non è il mio genere, – provai a tagliare, – la letteratura.

De Sauro finí la *Becherovka*.

– E cosa piace a questa bella signorina? – domandò con gli occhi di una faina al tramonto.

– La matematica.

– Oh, bene, – ironia, ironia nella voce, – e che cos'è, signorina, la matematica?

– È logica, bellezza, intelligenza pura, – risposi.

– Sarebbe tutto questo se esistesse.

– E perché, non esiste?

– Per esserci c'è, ma non esiste, – replicò con calma.

Mi misi sul chi vive. Otto mi aveva avvisato. Un prestigiatore dunque, un amante del paradosso.

– Su cosa si basa la matematica, signorina?

– Sull'intuizione del numero, dei numeri.

– E qui nasce e muore, perché i numeri non esistono e se non esistono i numeri non esiste nemmeno la matematica.

Risi e masticai il misto di verdure.

– Ha mai visto, signorina, un 47 o un 1375 andare in giro? Quando le dico «715» oppure «22 404» lei riesce minimamente a visualizzare, a dar forma e contorni, ad avere una pallida idea dell'entità di cui le sto parlando? No. Se io dico «sedia» o «ippogrifo» o anche per assurdo «libertà», «coscienza», lei comprende, dà un corpo, prova un sentimento, circoscrive un'esistenza. Ma con i numeri non si può. I numeri sono un'eresia ontologica.

– Come, scusi? – Mi stavo divertendo, anche Otto sogghignava.

– In realtà un numero esiste, uno solo, ed è l'unità. Ma gli altri no. I babilonesi, gli arabi, Talete, Pitagora se li sono inventati cedendo all'apparente inganno di un'armonia universale. E li hanno trovati comodi, molto comodi. Ma ogni numero di per sé non c'è, è solo la somma di unità staccate. Quattro è: uno + uno + uno + uno.

Si alzò e puntò il dito verso un'applique sul muro.

– Quante lampadine ci vede qui?

Contai. – Sono dodici.

– No, signorina. Sono «dodici», come lei dice, perché le vede tutte insieme; ma se io le svito, le stesse lampadine, badi bene, e le metto ognuna su di un tavolino diverso di questo locale, cosa tornano a essere? Quelle che sono sempre state, cioè lampadine singole. Loro non sono nella realtà un gruppo, un insieme: sono un insieme solo nella nostra mente, che semplifica le cose perché le conviene. Alle lampadine non passa nemmeno per la testa di essere dieci o cento, sono ognuna se stessa. È la nostra disperazione che ce le fa contare. È la nostra miseria, la rabbia impotente di misurare il mondo per possederlo che ci ha spinto a questo gioco di convenzioni.

Mirtillo rieseguí il brano polifonico. Ci parve piú in carattere della prima volta.

– E le frazioni? – buttò lí Tommaso per dargli corda.

– Bella zappa sui piedi, quella, – sussultò De Sauro versandosi il liquore addosso. – Lei sa dirmi cosa c'è tra zero e uno[13]? C'è già qualcosa o manca ancora qualcosa? Lei ha presente che chiamiamo primo piano d'un palazzo quello che è già il secondo? E quello sotto cos'è, zero? E chi ci abita allo zero? Lei sa che chiamiamo XIX secolo il 1800 e XIII secolo il 1200 con l'evidente sfalsatura di cent'anni? Lei si rende conto che cosí ragionando un bambino a undici mesi e ventinove giorni non è ancora nato? E mi dica, come mai il dieci è l'ultimo di una decina, il venti di una ventina, ma il millennio finisce nel 1999?

S'arrestò. Richiamai l'attenzione di Otto.

– Dov'è il trucco? – gli bisbigliai.

– Dipende se lo vuoi vedere, – mi rispose.

– Pitagora – riprese De Sauro sempre piú infervorato – non trovò mai il lato di un quadrato con 2 mq di superficie costruito sopra il cateto di un triangolo. Provateci. È impossibile, perché $\sqrt{2}$ dà un numero illimitato. La frazione è un'ambiguità, perché la virgola nello spazio è sí una sezione, ma nel tempo è un imbroglio. Nello spazio noi dividiamo una materia in parti piú piccole, ma esistenti: nel tempo non si può. È una bestialità, che so io, dire: «Siamo nel 2001» a giugno, perché saremo nel 2001 soltanto il 31 dicembre. Diremmo forse: «Siamo in una macchina», quando è stato montato solo il motore? No, non verrebbe in mente a nessuno.

– Ma potremmo dire: «Siamo a metà macchina», come «Siamo a metà dell'anno»! – tentò Tommaso.

– Siamo a metà macchina sí, perché le parti per assemblarla ci sono, sono vere, sono lí di fianco. Ma l'anno no. Quale metà dell'anno? Col tempo non si scherza, il tempo non fa concessioni, non puoi definire una metà se non hai già davanti a te l'intero. E tu sei solo a giugno. Dici: «Ma dopo vengono luglio, agosto, eccetera», basandoti sull'esperienza: ma l'esperienza non fa legge. No, il matematico non può concedersi questo lusso, deve mantenere questo infinitesimale margine di dubbio. Sa che Eulero confermò migliaia di volte il teorema di Fermat[14]? Eppure non lo provò mai. Sa che i computer lo hanno confermato fino a numeri fantastici? Ma neppure loro l'hanno mai provato. Conoscete la barzelletta dei tre scienziati? «Su un treno che attraversa l'Inghilterra viaggiano un astronomo, un fisico e un matematico. È una bella giornata e tutti e tre stanno guardando fuori dal finestrino. A un certo punto in una valle vedono, solitaria, una pecora nera. L'astronomo tira fuori il suo taccuino e scrive: "C'è una valle in Inghilterra dove tutte le pecore sono nere". Il fisico, sul suo: "C'è una valle in Inghilterra dove almeno una pecora è nera", e il matematico: "C'è una valle in Inghilterra dove esiste una pecora che dal lato destro è nera"». Questo è il matematico e io a uno cosí non concedo di dar per scontato il tempo che non è ancora venuto.

Il silenzio si tagliava col coltello. L'atmosfera era farsesca, ma Agrigento De Sauro sembrava terribilmente serio. Si tolse il papillon e lo infilò nel bicchiere.

– Questa è la poesia della matematica, – disse guardando nel vuoto, – l'imperfezione della sua perfezione. Il numero è una parola mancata, una parola imperfetta. Nel matematico c'è tutta la genialità e il dolore di costruire copie conformi al vero: appena le ha finite, le confronta, le ammira, ecco che il vero se ne va altrove, cambia faccia, sembianze. Il matematico è un artista senza fine, il piú grande, il piú disperato[15].

– Il vero cambia faccia? – domandò Tommaso.

Agrigento lo fissò: – Euclide. Euclide si sognò che il mondo fosse piano, cosa che non è. Se lo sognò cosí perché cosí stava bene a tutti, perché noi uomini dobbiamo poggiare i piedi, stare in piedi. E da questa prima assurdità imaginò i punti, li uní con rette, tirò fuori figure che non stanno né in cielo né in terra: triangoli, quadrati, trapezi. Il vero fine della scienza non è cercare la quadratura del cerchio[16], come si è sempre fatto, ma la cerchiatura del quadrato. Non dobbiamo cioè costringere l'incalcolabile, l'incommensurabile nei limiti (retta, quadrato) del nostro sapere, ma proiettare i nostri ridicoli dati sensibili verso l'inimmaginabile. Come la matematica è una costruzione perfetta sulla stronzata iniziale che esistano i numeri, cosí la geometria è un monumento alla logica sulla bufala iniziale che esista il piano.

Si sedette, si rilassò, abbozzò una risata.

– Le definizioni di Euclide sono un saggio di umorismo involontario: 1) *Punto è ciò che non ha parti*. Quindi i punti sono infiniti ed esorbitano dall'universo che si presuppone finito. Ci si chiede dove stiano quei punti che non rientrano nell'universo. 2) *Linea è la lunghezza senza larghezza*. Bello slogan per Dietorelle. Non esiste una lunghezza misurabile tra due punti che (cfr. 1) non ci sono. 3) *Estremi di una superficie sono linee*. Ma le linee (cfr. 2) non hanno larghezza, quindi la superficie può attraversarle senza accorgersene. Potremmo ridere anche del suo assioma piú famoso: *Se* A *è uguale a* B *e* B *è uguale a* C, *ne conse-*

gue che C *è uguale ad* A. In realtà il secondo A non è piú soltanto A, ma è A x n tempo intercorso e/o A ± n spazio che c'è fra i due. E quindi C non può piú essergli uguale: il che si riassume nel postulato: *Cose uguali poste in tempi e/o spazi differenti diventano differenti*[17]. Un'intuizione di Danilij Charms.

– E di Jonesco, – aggiunse Otto, – nella *Cantatrice calva*: «Quando bussano alla porta a volte c'è qualcuno, a volte non c'è nessuno»[18].

De Sauro lo incalzò: – La verità la «nasarono» già il secolo scorso Gauss, Lobatchewsky e tanti altri. Le geometrie sono infinite, perché l'universo, la natura, l'uomo sono tondi, iperbolici, ellittici, mai diritti, mai piani. In questa rivelazione, in questo trionfo del relativo sull'assoluto vanno a farsi benedire gli angoli retti, le parallele che non s'incontrano con tanti saluti a Euclide che, tra l'altro, non ha mai saputo definire la linea curva, perché se la faceva sotto. Ha sentito di Béla Bartók, ha ascoltato Otto? – disse rivolto a me; – ha fatto caso a come tutt'e due scompongano le note e le parole fino all'impossibile? Oggi non si misura piú a figure, ma a frattali, il minimo del minimo.

Fu allora che, inevitabilmente, il discorso andò a finire su Popper. Quella sera non ci feci caso, ma oggi mi chiedo come mai non fosse addirittura cominciato da Popper. Non c'è nessuno che abbia espresso in modo piú chiaro l'assoluta fallibilità delle scienze esatte[19].

Poi s'introdusse Otto: – Fino al secolo scorso l'universo sembrava preciso come un orologio. Oggi sappiamo fin troppo bene che non è cosí. La teoria dei quanti ci ha mostrato che la verità non è fissa, non è unica, ma probabile; che la natura è piú inspiegabile dei sentimenti umani...

– È vero, – lo interruppe De Sauro al limite di una furiosa sbornia. – Qualcuno ha detto: «Il mondo è cambiato, non è piú un orologio, è un flipper». Einstein al confronto era un dilettante.

– Tutto combacia, – gli rispose Otto, che piú beveva e

piú sembrava lucido, – siamo noi a dare logica all'universo, noi. Quando Antigone seppellisce il fratello è lei a creare un sentimento; quando Aiace si uccide per un mucchio di bronzo è lui a dare un senso; quando Coppi, Merckx, Anquetil sfidano il Sella, il Pordoi non seguono nessuna legge scientifica: ne tracciano una nuova, dietro l'orgoglio di essere uomini. Ogni singola ribellione al mistero è per tutti. La verità forse è il nostro desiderio che sia tale; la verità è il sogno del vero.

Ce n'era abbastanza per tutti, per me poi non parliamone: avevo cominciato a non capirci piú niente già da un pezzo. E poi stavano chiudendo (i locali a Praga sbaraccano presto e per noi era stata fatta un'eccezione). Tommaso era l'unico sobrio perché dal giorno del *Point Breack* non aveva piú voluto toccare alcool.

Otto, dopo lunga resistenza si era bloccato di colpo. Lo infilammo nel sidecar praticamente in piedi: non riusciva a piegare le gambe. De Sauro ci tranquillizzò: – Ve lo porto in albergo. Vado piano, se casca mi fermo a riprenderlo.

Li vedemmo partire in una nuvola di fumo mefistofelica. Otto sembrava un armadio caricato per un trasloco. Agrigento De Sauro invece sembrava, ed era, completamente matto.

Oggi quell'uomo è una celebrità. Nel novembre del 2003 è stato insignito del Mathematical and philosophical academy award come pensatore scientifico dell'anno. Ogni tanto ci scriviamo. Mi ha appena mandato il suo ultimo saggio, *Le distrazioni di Dio*.

Certo, a pensarlo allora, mezzo ubriaco, in quel salottino della città vecchia di Praga, mi vien da ridere. Ne *Le distrazioni di Dio* ci sono intuizioni splendide. Bellissimo il capitolo sugli oggetti che tu hai sicuramente messo in un posto e che per un certo periodo non trovi piú.

Arrivai, spinsi decisa la porta per entrare, ma subito la riaccostai. Nella penombra il ragazzo e il vecchio sembravano una cosa sola. Otto era seduto su una sedia a torso nudo, leggermente inarcato sullo schienale. Tommaso gli stava vicino, a contatto, piegato quel tanto per potergli accarezzare l'addome, le spalle, il viso, le labbra. Di tanto in tanto staccava le mani, appoggiava la faccia sul corpo secco, un po' ansante di Otto, e sfregava la guancia su e giú con pressione tenerissima, inconsistente al tocco, quasi aria su aria per seguire quei contorni e riprodurli in altro tempo nella memoria. Andò avanti a lungo e man mano si fecero piú veloci, sofferte le carezze, e il gioco del viso strusciato finí nell'incavo del collo del vecchio e lí ristette e da lí dopo un attimo partirono i baci leggeri, sfogliati, puri, e furono piccoli fiori sul mento e nastri di seta poggiati alla fronte e timidi rari richiami alle labbra. Parlava, scioglieva Tommaso una nenia dolcissima dalla sua bocca e si fermò nell'istante in cui il vecchio tirò su la mano e gli prese i capelli, chiudendolo in un abbraccio fortissimo e lieve, un'estrema difesa, uno scudo guerriero a proteggere tanta bellezza dal resto del tempo, a tenerla per sé. E guerriero ai suoi occhi, solenne, senza paure fu Otto, non quel poco di ossa, quel pallido incavo di viso, quel braccio di dita cadenti che facevan fatica a tenergli i capelli: la penombra glielo aveva trasfigurato, consegnato per quello che agli altri, agli altri soltanto, celava la luce del sole: bellissimo, forte, incorporeo.

Mi allontanai, timida. Li lasciai cosí, l'uno avvinghiato alle ginocchia dell'altro, a sfumata segreta distanza: mi tornarono dalla nebbia del tempo i versi di Alcmane, quelli delle giovani alcioni che accompagnano nel viaggio il vecchio cerilo per dargli ancora l'illusione del volo.

Com'ero lontana, anche solo dal pronunciarlo, l'amore.

9.

Il terrore correva sul filo.

Mancavano due soli mesi alla maturità e io non sapevo niente. Non sapevo nemmeno che materie scegliere, avrei fatto volentieri religione e ginnastica.

Erano passate da soli due giorni le vacanze di Pasqua che Mattia ci riuní e proclamò: – Si fa occupazione!

– Occupazione?! – rispondemmo in coro. Un'occupazione in aprile non s'era mai vista.

– Ci sono due buoni motivi: primo, stiamo per andarcene e questo sarà il nostro addio alla grande, se lo dovranno ricordare tutti. E poi c'è un motivo ancora piú grosso: hanno chiuso una fabbrica senza nessuna ragione (e ce ne fece il nome), mille operai sono per strada. Faremo un'occupazione seria, per i lavoratori: un'occupazione politica.

Occupazioni serie fino ad allora ne avevamo viste poche, politiche mai. Ci guardammo, gli occhi ci brillarono, urlammo il nostro assenso. Riuscimmo a tirare dalla nostra parte la stragrande maggioranza degli studenti: fu un plebiscito. Per la prima volta al Caterina Cornaro fecero la loro apparizione gli operai, che credevamo ormai una razza estinta. E parlavano, e s'incazzavano duro. Mattia teneva i contatti superbamente, ma devo dire che nessuno di noi mollò: la scuola fu presidiata giorno e notte. Perfino Poldo partecipò all'occupazione: venne con una piccola tenda canadese e si piazzò in cortile sotto un cesto da basket. Ci fu chi si fece prestare la keffiyah dal padre: si videro in giro addirittura fazzoletti rossi fregati ai nonni. Non tutto fu della serie «lotta dura senza paura»: la componente frivola ebbe come sempre il suo spazio. Fip tenne un seminario sulle figurine Panini, Chiara aprí l'aula del pettegolezzo. Sandra organizzò un'asta di oggetti strani per pagare l'autobus e i pasti agli operai. Alle stelle le sue mutande.

Il preside Cepparulo restò sei giorni barricato, aspettando un Settimo cavalleggeri qualsiasi che nessuno gli mandò mai incontro.

Gli insegnanti si divisero in due scuole di pensiero, la moderata («È una vergogna!») e la radicale («È uno scandalo!»). Per molti insegnanti è uno scandalo tutto ciò che esula dall'entrare, far lezione sempre allo stesso modo, sbattersene delle domande degli allievi, aprire e chiudere il registro, tornarsene a casa. E infatti Pitticuso continuò come se niente fosse a far lezione nell'aula vuota. Girava per i banchi e portava avanti il programma come stabilito, alla fine firmava, tirava su il suo pacchetto[20] e tornava a casa.

Al terzo giorno Rosario, il capo bidello, un po' per compassione, un po' perché la cosa lo aveva incuriosito, gli chiese se poteva assistere. Rosario aveva uno stanzino tutto suo in cui da un anno tentava di risolvere ogni giorno lo stesso cruciverba. Sul muro teneva appesa una riproduzione di chissà che quadro: una strana figura di frate sospeso nell'aria con tutti i confratelli che da sotto lo guardavano sconcertati.

– Chi è? – gli avevo finalmente chiesto una volta.

– È san Giuseppe da Copertino! – aveva risposto.

– E che fa? Vola?

– Scherzi? Certo che volava! Ogni volta che sollevava l'ostia. Erano estasi dell'emozione.

– E perché lo tieni là?

– Volo anch'io, quando posso. Lui protegge gli aviatori.

Pitticuso gli disse che sí, poteva assistere alle lezioni. Ma durò poco. Il quinto giorno Rosario si era già bell'e che stancato.

– Non ti è piaciuto? – gli chiesi incrociandolo in corridoio, mentre correvo all'aula del pettegolezzo.

– Non è questo, – mi rispose, – è che la seconda volta che andavo, mi ha chiamato per interrogarmi.

Riaprirono la fabbrica: non la riaprirono per merito nostro, questo è certo, ma fu come sentirci in un libro di Storia. Ci sono volte, ancora oggi, in cui ripenso con euforia a quei giorni: avevamo modi disordinati, scollegati, incongrui e casuali, ma facevano parte del «cogli l'attimo», del «fatti piacere la vita».

Allora non sentivamo come straordinario, non ci riempiva di passione il tipo di esistenza che ci propinavano dal di fuori: era come se stessero preparandoci a un matrimonio combinato, noi e la vita, come quelli di principesse promesse già da bambine all'unico maschio nobile che le comprasse da genitori interessati. Noi volevamo scoprire l'amore, o quel che era, a modo nostro, poco alla volta, sfidandolo e persino umiliandolo per stanarlo: ma era amore, però, non interesse, non calcolo. Non eravamo «piccoli uomini». Il nostro mondo non era un'attesa, una preparazione, un apprendistato di converse per diventare badesse. Non riuscivamo a pensarci provvisori, fatui, solo perché i nostri valori non coincidevano o non coincidevano ancora con quelli dei grandi, no: il nostro mondo era altrettanto valido e forte, era forse destinato anche a passare, ma c'era e bisognava credergli.

Finita l'occupazione, presi a studiare come una pazza. Mi ero resa conto che possedevo una preparazione generale da terza media. Scelsi italiano e fisica perché erano le meno peggio: il programma di italiano era sconfinato, ma almeno era in italiano. In fisica mi accorsi che forse i numeri «non esistevano», come diceva De Sauro, ma erano proprio in tanti a «non esistere». Studiavo da sola a tutte le ore, giorno e notte, domeniche comprese.

Provai ad andare qualche volta a casa di Mattia. Mattia teneva corsi per insegnarci a esporre nel modo migliore quel che non sapevamo affatto. Bisognava imparare frasi d'esordio per qualsiasi domanda. Dopo si andava a culo.

Il posto migliore, il piú tranquillo, si rivelò poi la tenda di Poldo. C'era tutto: scrivania, libri, computer collegato a internet, cassette con intere lezioni, lavabo, letto, frigobar. Notai subito che su una parete della tenda aveva appoggiato la riproduzione di un Cézanne: *L'après-midi à Naples*.

– L'originale è all'Australian National Gallery di Canberra, vero? – gli chiesi un giorno, indicandolo (Cézanne è sempre stato un mio mito).

– No, è questo l'originale, – rispose senza ulteriori commenti.

Non riuscii piú a incontrare Otto, se non saltuariamente e di sfuggita. I giorni di Praga però erano stati una rivelazione; ero tornata piena di gioia; mi era scoppiato addosso un entusiasmo mai provato.

Ero felice, intimamente orgogliosa di conoscere in segreto un amore cosí irraggiungibile, cosí perfetto: anzi due amori, il suo per Tommaso e quello di Tommaso per lui. In un attimo, la notte in cui li avevo visti insieme erano tornati tutti i conti: la fiducia che il vecchio aveva dato a quel ragazzo cosí debole, perdente, e di contro la teoria di illusioni, destinate ad alimentare studi, lavori, fermenti, che Tommaso gli aveva restituito in quei quattro anni.

– Se ti chiedono di parlare di quel che vuoi, – mi disse una volta, – commenta *La sera del dí di festa*.

Eravamo soli. Otto aveva spalancato tutte le finestre, ma anche cosí si crepava dal caldo. Notai con stupore che lo studio era passabilmente a posto, che le pile di fogli erano in ordine e il pavimento sgombro.

– E perché?

– Perché è il piú semplice, il piú immediato, il meno contorto dei canti di Leopardi. Eppure lí dentro c'è tutto: ogni cosa disperata e persa.

– Mi piace molto l'inizio, ma cade un po' quando se la prende col cuscino...

– Non è a quello che mi riferisco. Ascolta: «... ed alla tarda notte | un canto che s'udia per li sentieri | lontanando morire a poco a poco | già similmente mi stringeva il core». Sono i versi finali, li ricordi?

– Sí, è l'artigiano che se ne va, il giorno che finisce.

– E con lui tutto: la gioventú, la speranza, la vita. Il «canto» è quello inteso nell'infanzia, quello imparato dalle fronde, dal vento, e intonato nel «passero»: è l'illusione, poi negata, che esista l'amore come presenza in qualche modo credibile negli uomini, nelle cose. Quello di Leopardi è stato fino all'ultimo un amore infantile e senza resa per la vita: l'odio, altrettanto infinito, è solo una risposta impotente a ciò che si ama, a ciò che si nasconde e non risponde. Leopardi inventa[21] un verbo che è un capolavoro: «lontanare»; cioè da un avverbio trae una forma indefinita, perenne: «lontanando». Non è «allontanandosi», che significa: «separandosi, andando lontano»; no, no, non c'è l'«ad» di un posto qualunque a cui tendere; è «lontanando», cioè: «continuando ad andar lontano»; non una cosa persa, finalmente persa e dimenticata, ma qualcosa lasciata di continuo, ogni ora, ogni giorno e sentita nella consunzione di un canto: io lo vedo l'artigiano che si mischia alla sera, si perde all'orizzonte, e il suo canto prosegue, si attenua, si affievolisce, sembra sparire, ma è lí, germina e s'allunga, si rituffa in sé ed è ancora lí, non ti libera, non ti lascia respiro, non finisce mai, mai di morire. Tutte le *Operette morali*, tutto lo *Zibaldone*, tutti gli idilli sono riassunti in quel verbo: «lontanando».

Capii.

– Sí, ma il mio problema non è l'italiano, Otto, è la versione scritta di latino. Come la mettiamo? Io traduco Fedro solo col bigino!

– Tutto a suo tempo, – mi disse sorridendo, – non ti

preoccupare. Qualcosa mi dice che avrai un gran colpo di *nates*.

– Colpo di che?

– Culo, Vera.

Il giorno prima dello scritto di latino, verso le cinque, Poldo mi pregò di andarmene, perché aspettava Sandra. Non era per un «giro con Sandra», era chiaramente un giro «su Sandra».

Tornai a casa con un gran magone. Era la prova piú difficile della mia vita e mi sentivo sola. No, no, i compagni c'erano eccome, ma per la prima volta dopo tanto tempo sentivo altre mancanze. Non ero mai stata troppo a rimuginare sul fatto che di genitori, di veri genitori, insieme o no, non ne avevo comunque avuti. Sono cose che fai a tempo a smorzare negli anni: è un'abitudine facile, indolore; non ti stupisci nemmeno, non ti stai a chiedere come mai succede, ma ti salvi, te la cavi. Ti sembra persino astruso che altri, altre, abbiano vissuto per anni con due «vecchi» vicino. Quella sera no. Quella sera avrei voluto mio padre e mia madre con me, vederli e salutarli prima di andare a letto e sbattermene alla grande di qualsiasi cosa potesse capitarmi il giorno dopo.

E invece quello che sarebbe capitato il giorno dopo, cosí, mi faceva paura. E se per far passare la paura riuscivo a convincermi che avrei superato l'esame, l'esame mi sembrava comunque inutile e senza importanza.

Mamma tornò a casa piuttosto immusonita. Le lanciai il solito mugugno traducibile nel saluto che piú si preferisce al momento. La sentii armeggiare in bagno e far scorrere l'acqua nella vasca. Da quando Escamillo era in Francia per lavoro, si concedeva meno pause. Non avevo la minima idea di che cosa si occupasse in quel periodo, ma si occupava.

Dopo un po' mi alzai e la raggiunsi che era appena entrata nella vasca: si stava insaponando. Mi sedetti sul bordo.

– Pronta a far sfracelli? – mi disse.

– Dammi qua –. Presi la spazzola e cominciai a lavarle la schiena. – Ho una paura da non crederci. Ma non è quello.

Restai in silenzio e lei intuí, ebbe una di quelle illuminazioni per cui le madri si guadagnano lo stipendio di essere madri. Mi strinse forte la mano. Fu come un segnale: non avevo bisogno di altro per cominciare a piangere. Piangevo a singhiozzi come quando si perde la bambola o il primo ragazzo o che so io. Piangevo e andavo indietro con i ricordi, sempre piú indietro, cercando di fermarmi e non mi fermavo piú, perché ero sempre sola con me o con lei, ma sola: e infine piú indietro, piú indietro ancora mi vidi con «loro», ma era troppo, troppo lontano, troppo dimenticato. Bolsena.

– Se n'è andato via, se n'è scappato, senza nemmeno salutarmi, – dissi, e stavo male.

Lei si alzò, uscí dalla vasca e mi abbracciò fino a soffocarmi. Poi mi guardò fisso negli occhi, tenendomi per le spalle: – Non è cosí, Vera, non è cosí. Quella notte tornò e rimase sdraiato vicino a te che dormivi fino al mattino. Poi venne da me e mi chiese di restare. Sono io che gli ho detto di no. Sono io che non l'ho voluto piú.

Non dimenticherò mai la fatica e l'orgoglio con cui disse quelle parole. E la pena. E il dolore. Rimasi avvinghiata a lei senza fiatare: non mi andava di lasciarla, sarei rimasta cosí per ore, se fosse stato possibile. Le dovevo una confessione che le era costata chissà quanto e insieme una gioia che mi riconsegnò gli anni, da leggere di nuovo, in un altro libro. E capii anche perché non aveva detto niente fino ad allora: per lei, per me, per la serenità, per timore di illudermi e per un sacco di altre ragioni, giuste o sbagliate che fossero.

Telefonai a Otto.

– Mi fa un baffo il latino. Io ci parlo in latino! – gli sciorinai.

– Sí, ma sta' attenta e cerca bene la parola! – rispose.
– Ti ho detto che non ho piú paura!
– Sí, ma tu, domani, cerca la parola. Hai capito bene, Vera? La parola!
Misi giú e pensai: «Vuoi vedere che ha fumato?» Non aveva fumato un bel cazzo. Mi stava salvando la vita.

Dopo due ore avevo tradotto tre righe, neppure le prime. Si trattava di una serie di nomi piuttosto facili a metà versione. Il brano era di Seneca, lungo, prolisso e naturalmente incomprensibile. Il commissario che pareva Depardieu ce l'aveva letto nella speranza che lo capissimo meglio. Ma già i romani avevano problemi a capirlo, Seneca.
Ero in terza fila, indifesa e scoperta, senza la minima possibilità di poter chiedere aiuto a chicchessia: Max, davanti a me, stava praticamente dormendo. Da quando Fip era andato a stare da lui le cose erano migliorate parecchio, ma i tranquillanti che si doveva ingoiare lo rincoglionivano del tutto. Dietro di me Chiara era in preda a una crisi isterica: continuava a picchiettarmi sulla schiena e mandava a vaffanculo con studiate motivazioni varia umanità, dal suo portiere al Papa. Il piú gettonato comunque restava Trimurti, che era, manco a dirlo, membro interno, titolo per altro appropriato perché quello esterno dubitavano tutti che ce l'avesse. Ero già uscita «per andare ai servizi», come bisogna dire, e in quegli attimi fuori della classe la libertà mi era sembrata un bene struggente e impossibile da riconquistare. I commissari cazzeggiavano, implacabili: mostravano indifferenza, sbadigliavano, scorrevano annoiati il giornale. Questo loro cinismo mi faceva sclerare: piú eri nella merda e piú ti guardavano come per dire: «È una gran cazzata, ma il problema sei tu che sei scema».
Trimurti non faceva assolutamente niente che potesse comprometterlo: pareva fosse lí per caso, tirato dentro all'ultimo istante, e che insegnasse tutto fuorché latino. Due volte richiamai la sua attenzione per chiedere chiarimenti.

– Veda lei, – rispose non fermandosi nemmeno. Io ci vedevo benissimo.

Ero lí che stavo facendo i conti su quanto influisse nella media totale un due in latino, quando entrò un bidello e consegnò un vocabolario ai commissari. Ci fu un breve conciliabolo. I commissari lo presero, lo sfogliarono, lo scorsero avanti e indietro, lo girarono e rigirarono, provarono a far uscire eventuali foglietti nascosti dentro, poi lo posarono sulla cattedra.

Depardieu, guardando lontano, chiamò a voce spiegata: – Mastrogiacomo!

Fui presa alla sprovvista. Non capivo la connessione o almeno mi sfuggiva. Non risposi.

Depardieu insistette: – Mastrogiacomo!

Mi alzai e gli andai incontro.

– Il vocabolario. Suo nonno le ha portato il vocabolario.

Presi il «Georges» con circospezione. Non era mio, e mio nonno era morto da un bel pezzo.

E cosí finalmente mi svegliai e tornai a essere me stessa e a riconoscermi.

Otto.

Otto mi aveva fatto arrivare un vocabolario. Doveva esserci un motivo. Otto mi mandava una traduzione? E come? E come poteva sapere il testo? Ma dov'era? Dove cazzo era? Sfogliai un po' a caso il volume, ma non potevo nemmeno dare tanto nell'occhio, perché avrebbero capito. E poi l'avevano già esaminato loro in lungo e in largo. Pensare, fare presto, pensare.

Fu un lampo. Ricordai la frase di Otto, la sera prima al telefono: «Cerca bene la parola». Quale parola? Tutte sono parole! La parola? È una parola.

Cercai la parola «parola». Ci arrivai, lessi con ansia. Niente. Parola uguale «verbum» eccetera. Ma sí, è cosí. Parola in latino, ossia verbum. Altra corsa frenetica, sfoglia, risfoglia, fermati, segna col dito, trovala, eccola: verbum.

E accadde il miracolo: sotto la voce «verbum», invece dell'equivalente in italiano e dei soliti esempi c'era, perfettamente allineata e composta in colonna, la traduzione del brano di Seneca. Ero salva, l'avevo sfangata, l'avevo messo in culo a tutti. O l'aveva. O meglio l'avevamo tutti e due.

Mentre copiavo con studiata lentezza quel ben di dio, capii come aveva fatto.

Aveva fotocopiato la pagina del dizionario lasciando in bianco lo spazio della voce «verbum», quindi, conosciuto e tradotto il brano, l'aveva inserito a computer nel posto preparato. Aveva poi attaccato tutta la pagina fotocopiata nel dizionario sostituendo quella originale. Dove avesse trovato dei caratteri di stampa cosí uguali a quelli veri non riuscii a capirlo, ma non me ne fregava piú di tanto.

Elaborai una brutta copia furbetta piena di righe cancellate. Misi in bella e consegnai un'ora prima della fine tra lo stupore di tutti. Passai davanti a Trimurti che mi guardò come fossi l'amante di sua moglie appena uscito dall'armadio e gli feci ciao con la mano.

– Facile, – gli dissi, – non c'è nemmeno gusto cosí.

Mentre uscivo, vidi con la coda dell'occhio che metteva mano al portachiavi.

Gli avvenimenti di quel mese di luglio ancor oggi mi tornano in mente in modo confuso, sparsi e intrecciati: di molte cose non ricordo piú niente, di altre non so ricostruire l'origine, e soprattutto mi sfuggono del tutto i passaggi, gli intervalli tra un incontro e l'altro, le soste, i pensieri concepiti nelle attese, com'ero fisicamente, cosa mangiavo, come mi addormentavo, cos'altro girava intorno a me a parte quelle persone e il loro dramma.

La sensazione dominante era di bruciante impotenza, come quando sai, sei l'unica a sapere e nessuno ti crede, come quando hai letto un gran libro, ne hai colto il senso, sei piena di certezze e ti imbatti in recensioni assurde e falsate, chiedi intorno e ricavi da tutti l'identica impressione sbagliata, anche da chi l'ha chiuso e riposto dopo le prime pagine.

Una volta da bambina vidi (o sognai?) un uomo che annegava davanti ai miei occhi, ma ero troppo lontana per poterlo aiutare, troppo sola per chiedere aiuto, e finí in un urlo disperato e vano restituito in un'eco dalle montagne intorno.

In quel mese di luglio provai piú volte quel senso di impotenza violento e disarmante. Perché nel tempo anche le persone si assestano come le pietre, si stagliano immobili come le montagne, non conoscono altra stagione che non sia pioggia o sole, altro paesaggio che quello noto, abituale, rassicurante per loro.

Oggi io sono una donna. Oggi, a sette anni di distanza da quei giorni, da quei momenti, ripercorro quella strada, riprovo lo stupore di esser diventata a un tratto forte, restando bambina. Non è vero, non è vero, come pensavo allora, che tutto è accaduto in un attimo, nel *flop* di un lampo accecante. Era già tutto in me: io volevo, disperatamente volevo trovare un senso.

Da tre mesi sto lavorando alla mia ricerca *Sociologia del mito*. Al di là dell'archetipo junghiano, dell'inconscio collettivo, mi convinco sempre piú che nelle idee pregresse esiste un perimetro di difesa che dobbiamo assolutamente superare. È vero: ogni azione va letta in relazione ad altre, in relazione a chi la compie e alle condizioni in cui la compie. Non esiste una sola axiologia, un'unica ergonomia, una definizione immutabile uguale per tutti e per sempre del comportamento umano. È questo che genera il diverso, l'ostile, la violenza. La mente umana finisce per essere una grande cassettiera dove tutto è riposto con ordine e cura, pena l'angoscia di non ritrovare, l'imbarazzo di non riconoscere; e siamo costretti a inventariare, dividere e saper ben bene cos'è buono e cos'è cattivo, cos'è giusto e cos'è sbagliato, una volta per tutte, per non aver piú sorprese, non dover piú scegliere, dopo. La coscienza popolare non conosce il nuovo, non rileva l'eccezione: solo quel che c'è nel cassetto esiste e solo l'etichetta sul cassetto ci dice cos'è.

Ma gli uomini non sono piante, sassi, montagne. Gli uomini non sono nemmeno stelle. Gli uomini sono frammenti di una memoria divina che li perseguita e li scuote, e nessun cassetto, nessun contenitore o archivio può catalogarli: non ce n'è uno uguale, non ce n'è uno che abbia limiti, confini, un perimetro definito in cui vivere un'esistenza da cerchio o pentagono: nessuna formula può calcolarli una volta per sempre.

L'anima di ognuno manda riflessi diversi a seconda di chi guarda: sono pezzi di parole, mezze parole che attendono a migliaia passaggi su passaggi prima di diventare, se pure lo diventano, intere: bisogna saperli leggere tutti, questi passaggi, e interpretarli nelle loro sfumature, nel loro momentaneo assestarsi, nei vari significati che raggiungono a ogni tappa, e mai, mai fermarsi all'unico conosciuto, a quello scontato: non è lí la sola verità.

Bisognerebbe ristudiarsi e ridecifrare ogni istante l'umanità tutta e la sua storia; ogni istante è la Storia. Un giorno non si aggiunge mai ai secoli come un punto a una linea: ogni nuovo giorno è altri secoli racchiusi in un microchip di tempo, ma sterminati alla visualizzazione, allo svolgimento in pianta, alla lettura spaziale. Ogni uomo è una storia e non possiamo confonderlo.

Tu.

Tu mi fai battere il cuore.

Tu mi concedi il tempo, il posto, la rivincita.

Tue sono le mani che vengono da lontano, il passato infinito, la prova del mondo. Tuo il batter di ciglio, il presente, l'attimo di quel tuo volto cosí bello da guardare.

Tuo il miracolo di farmi restare insieme a quella che ero e che sarò, camminare spiagge e non deserti e chiedermi sempre che mare vedrò.

Questo foglio d'attesa lasciato lí, non voltato per non leg-

gere subito e consumare: questa penna tra i denti a pensarti fra un college e l'altro, fra una ricerca e un panino: questa voglia, quest'orgasmo solo attutito e silenzioso nel resto del giorno, nel giorno che non ti vedo e non conta.

Tuo è il ritorno a far grande una stanza di fiori comprati o rabbie o sussurri: tua la linea di fumo che spegni e riaccendi e mi indica dove: l'invariabile odore degli anni che sommano agli anni l'amore impossibile a dirsi in un giorno.

Ho imparato alfabeti che nemmeno pensavo e ho riempito le ansie con quella lentezza di vivere che ci siamo scambiati.

Non sapevo e credevo di conoscerlo, il sentimento, ma ne tenevo un capo, un'ombra, un limite: ora lo so e m'è intero negli occhi, nelle vene.

E tu mi fai battere il cuore.

10.

Telefonai a Otto la sera prima degli orali perché mi aveva già portato fortuna agli scritti, ma non lo trovai.

La cosa mi sembrò strana: Otto non usciva mai dopo una certa ora. Provai anche a casa di Tommaso ma con lo stesso risultato: nessuna risposta, eppure almeno sua madre ci doveva essere.

Non ero tranquilla, comunque la girassi i conti non tornavano. Andai a letto con una vaga irrequietezza, un presagio nel cuore. Ma cosa poteva essere? Erano usciti insieme? Erano andati al «giardino»? Si erano persi a chiacchierare in qualche bar, metropolitana, stazione, senza accorgersi dell'ora?

Sí, poteva esser questo o qualcos'altro, ma non era cosí, e me lo sentivo. Otto mi diceva sempre tutto, non sapeva tacere: ovunque andasse, qualsiasi cosa gli saltasse in mente di fare, me lo raccontava la sera prima; aveva l'entusiasmo della confessione istintiva, il gusto della complicità, e lasciava dietro di sé i segni del suo passaggio, proprio come faceva con le parole.

«Sai com'è nato il jazz? – mi aveva detto un giorno mio padre, mentre puliva il sax. – Durante la guerra di Secessione. I sudisti in ritirata abbandonavano di tutto, compresi i tamburi, gli ottoni. Gli schiavi negri che sfollavano dall'Alabama, dal Tennessee, dalla Louisiana li raccoglievano e cominciarono a suonarli come gli dettava l'istinto».

Cosí io avevo raccolto le parole di Otto, ma non sapevo parlare, sapevo solo ascoltare.

Dormii malissimo e mi svegliai che ero un disastro. Mi truccai per amor di me e per la vergogna.

Andò tutto benissimo: fu piú breve e piú semplice di qualsiasi previsione e non fui mai presa dal panico. Seppi tenere in mano la situazione con lucidità: a ogni risposta avevo già in mente la risposta successiva.

Mattia alla fine era esterrefatto: – Ci hai cojjonati tutto l'anno!

– Perché non ho mai voluto umiliarvi, – gli dissi, ma in verità avevo già la testa altrove, tanto che dimenticai libri e giubbotto a scuola.

Arrivai a casa di Otto che non respiravo piú. Salii, suonai: nessuna risposta; risuonai, ancora niente. Ridiscesi. Mi attaccai al gabbiotto del portiere. Non c'era. Passò un inquilino, gli chiesi dove potevo trovarlo. – Al bar-tabacchi, – disse guardando l'orologio. A quell'ora faceva sempre la «puntatina». Corsi al bar. Mi guardai intorno e vidi il portiere con un Campari in mano. Mi disse che Otto era uscito la mattina del giorno prima, che non s'era piú visto, che sí, gli pareva strano, che era meglio aspettare fino a sera. Ci aspettasse lui fino a sera.

Il cuore aveva cominciato a battermi e non lo tenevo: quando capitava cosí non pensavo piú.

Cercai qualche moneta e staccai la cornetta dal telefono: feci il numero di Tommaso. Lasciai squillare a lungo. Nessuna risposta. Rifeci il numero una, due volte. Alla fine sentii Ilaria: fu un «pronto» frettoloso e prudente insieme.

– Sono Vera, Ilaria, sono Vera, c'è Tommaso? – dissi d'un fiato per paura che di là non mi sentisse, che ci fosse qualche guasto.

– No –. Mise giú.

Non potevo crederci. Aveva riattaccato. Non mi aveva riconosciuto? Fretta? Paura? Cosa cazzo cazzo cazzo succedeva?

La moneta di riserva mi cadde di mano, rotolò via fino

al banco sotto i piedi di uno che era lí col cane e mi toccò inseguirla, tirarla su: mi voltai, andai a sbattere contro un bambino, che i bambini non guardano mai dove vanno e, porca mignotta, le madri quando servono non ci sono mai; mi scostai, presi di nuovo la cornetta in mano, rifeci il numero. – A stronza, 'ndo ce ll'hai l'occhi, 'nder culo? – La madre. Quando non servono ci sono sempre. – Scusi, scusi, – biascicai mentre pigiavo il quattro. Squillò, libero, ancora libero. Mi tenni stretta, compressa contro il frigo. I gelati sul pannello erano tutti cancellati tranne il maxicono e il cucciolone. Libero. Uno stronzo nel bar urlò, la madre non mollava. – De chi è er cappuccino? – Una Volvo scalò di marcia, la cassiera rise, sul calendario c'era la Cucinotta, qualcuno dall'altra parte del filo tuonò: – Chi è?

– Sono Vera, ma cosa succede? Sono Vera, mi passi Tommaso, per favore!

Non ci fu pausa. Una voce maschile scandí in modo secco, definitivo: – Tommaso nun ce sta. E nnun ce provà, nun ce provà ppiú.

Rimasi lí con la cornetta in mano, sudavo e non vedevo e non capivo. Ero già fuori, correvo, non sapevo dove e perché. Mi fermai.

Dovevo andare là. Dovevo trovare Mattia, subito. Cercai in tasca, troia d'una troia, nemmeno cento lire. Tornai al bar.

– La prego, dovrei telefonare, non ho moneta, è urgente, è importante!

La cassiera aveva smesso di ridere. Era brutta, informe, volgare: aveva poco da ridere. Mi diede duecento lire sospirando: – Anvedi aoh, tutto in pasticche se spènneno.

Trovai Mattia.

Correndo sulla Ducati verso la Magliana, tentavo di riprendermi, di riordinare le idee. Doveva trattarsi di qualcosa di grave, molto grave. Cosa?

– Cos'è successo? Che cazzo è successo? – urlavo da sola e Mattia la prese come una domanda (a lui).

– Avranno litigato, Tommaso avrà perso il lavoro, starà male, non so... vedi le ipotesi probanti potrebbero...

Già non l'ascoltavo piú. L'ultima cosa al mondo che desideravo in quel momento era uno dei discorsi di Mattia.

Mi venne per vie traverse, piú volte cacciato indietro, rifiutato, anche «quel» sospetto. Ma non volevo e non potevo credere che fosse cosí. Avrei addirittura preferito che Tommaso stesse male piuttosto che «quello», anche che stesse molto male.

Ma chi era l'uomo che aveva risposto? Che ci faceva lí? Perché io non avrei dovuto richiamare? Che c'entravo io?

Mi si stava scorticando la caviglia. Il piede era messo male e non riuscivo a spostarlo; per di piú dovevo indicare io la strada a Mattia, e c'ero stata una volta sola, a casa di Tommaso.

Girammo a vuoto, tornammo indietro. Non avevo visualizzato, l'altra volta, niente che potesse aiutarmi: pensavo fosse piú facile ma era un casino. L'autobus! La fermata dell'autobus!

Ecco, giriamo, l'ho vista là dove c'è il benzinaio, non la Caltex, la Esso, sí, bravo, è questa, ma siamo messi al contrario, voltati: ora in fondo, poi di là, sí, sí, la strada sterrata, il tabaccaio col totip e l'enalotto, lí dentro nel vicolo, ci siamo, Cristo, ci siamo.

Mattia si arrestò. Io ero già saltata giú prima che spegnesse la moto. Fui dentro, di corsa, nel piccolo ingresso puzzolente, fumoso: uscí il portiere, mi si parò contro: – Dove va?

– Da... da Colantuoni, da Tommaso... al terzo piano.

– Nun ze pò. Nun ze pò passà.

– Perché? – domandai. – Perché non si può?

Mattia mi aveva raggiunto; teneva il casco in mano.

Uscí dal gabbiotto anche la moglie del portiere. Mi voltai e solo allora mi accorsi che c'erano altre persone.

– Nun ze pò e bbasta, – ribadí il portiere.

– Lasci stà, signorí, – s'intromise sua moglie come a mediare, – se so cchiusi dentro. Er ragazzo sta scioccato. E tte credo co' quello ch'a dovuto passà.

– Passare cosa? – Mi accorsi che piagnucolavo. Era come se implorassi che me la dicessero una buona volta 'sta cosa e la facessimo finita. Mattia mi venne vicino, il portiere si scostò, guardò la moglie, fece un gesto come per fermarla.

– Ma lei nun za gnènte? – esclamò sorpresa la donna.

– Qualcuno mi vuol dire cos'è successo? Qualcuno me lo vuole dire cosa cazzo è successo?

Si fece avanti un tipo distinto, dignitoso.

– Mi scusi signorina, sono il dottor Calapietra, Rocco Calapietra, uno degli inquilini. Il ragazzo ha... ehm... il ragazzo ha tentato di suicidarsi... ma ora sta bene, le assicuro che sta bene...

– Cooosa? – Non avevo capito. Adesso ci riflettevo. Adesso mi calmavo. Adesso.

La portiera non si tenne piú: – È stato quer porco, quer maiale, quer vecchio frocio che je metteva le mano addosso. Ah, ma l'ha dda pagà...

– Quale vecchio? Quale porco? – domandavo, ma non volevo piú sapere, volevo che tutto ricominciasse, che quella fosse una scena mal riuscita, che si sbagliassero tutti, che fosse un altro giorno e un altro mese, che altre fossero le persone e altre le parole, mormorate, riflesse, riecheggiate dalla curva di una caverna, parole come ombra e miele, non coltelli, non ferite.

– Vede, signorina, – riprese calmo il dottore, stringendomi un braccio, – pare che Tommaso... ehm... se la facesse con un vecchio, un imbroglione, un millantatore uno... sporcaccione... uno che da parecchio tempo lo plagiava e... lo usava per le sue... ehm... libidini e...

– Nooo! – L'urlo fu cosí forte che schizzò nel cortile e arrivò a tutti i piani: cosí forte che il portiere saltò all'indietro e sua moglie si coprí le orecchie e tremarono le pareti, ondeggiò perfino la lampada: il dottor Calanonsoche lasciò la presa. Mi lanciai su per le scale facendo i gradini a tre a tre e mi risentii urlare: – Nooo! Cazzo, nooo!

Il portiere, dopo un attimo di smarrimento, mi corse dietro; Mattia buttò a terra il casco e corse dietro al portiere. Lo afferrò sul pianerottolo, lo bloccò contro il muro.

Arrivai d'un fiato alla porta e cominciai a tempestarla di pugni e calci: urlavo, urlavo ancora, non so, non ricordo cosa.

Si aprí uno spiraglio. L'uomo. Era grosso, incombente, durissimo!

– Mi faccia entrare! – Era un ordine, un comando.

– Smamma! – gridò ed era incazzato, molto incazzato. – T'amo detto d'annàttene!

Mi chiuse la porta in faccia.

Mattia intanto mi aveva raggiunto. Mi spostò di forza e cominciò a battere. Passarono sí e no venti secondi. La porta si aprí di nuovo. Non vedemmo l'uomo, vedemmo il suo pugno diritto, potente, impietoso: scattò all'improvviso fuori come un pupazzo a molla da una scatola e si abbatté in pieno sulla faccia di Mattia, che roteò due volte su se stesso, tentò di aggrapparsi alla ringhiera, si afflosciò al rallentatore sulle gambe che non gli rispondevano piú, fece appena in tempo a portare la mano al naso e a raccogliere il primo fiotto di sangue: cadde, rotolò per tre, quattro gradini e si fermò a testa in giú e piedi in su senza emettere un gemito.

Quel che successe subito dopo lo ricordo a sprazzi. Portammo giú Mattia, il dottor Calapietra fu bravissimo: gli fermò il sangue, gli tamponò a dovere la ferita. Il pugno che lassú, a vederlo arrivare, sembrava aver fatto sfracelli, era stato assorbito piú che bene metà dal naso, metà dalla guancia.

Calapietra salí al suo appartamento a prendere il filo

per metter dei punti. Intanto la portiera tenne un asciugamano premuto sulla faccia di Mattia. C'era sangue dappertutto: sembrava che l'avessero macellato.

– Me dispiace, – diceva la donna, – j'avemo detto: nun vonno n'anima lassú.

L'incidente del pugno mi calmò, mi fece tornare in me. La rabbia, l'impotenza, l'angoscia per Tommaso furono ricacciate indietro per un po'. Ora ero preoccupata anche per Mattia.

La portiera non stava nella pelle. Voleva parlare a tutti i costi.

– Sapesse 'a vergogna! – disse mentre cambiava asciugamano e ricominciava a tamponare con uno piú pulito. – A signora Ilaria nun ce stava ppiu c'aa testa. Prima so' sempre dee voci e 'm po' ce se crede, 'm po' nno. Poi quarcheduno jj'avrà detto chiaro chiaro, papale papale. Er ragazzo nun ha ppotuto mentí, jj'a confermato. Pora donna: ma guardda te che disgrazia je doveva capità. È distrutta, nun ze da na raggione.

– Ma non è cosí, signora, non è cosí, non è vero: io lo so.

– Che ve devo dda dí, signorí: lui j'ha ddetto de sí e cce lo saprà bbene lui che jje faceva er vecchio.

– Il vecchio non gli faceva proprio niente. Gli voleva bene e basta: il vero porco è chi ha messo in giro queste voci. Ilaria deve sapere la verità, tutti dovete saperla.

La portiera scuoteva la testa e mi guardava con compatimento. Non mi credeva. Riprovai con piú convinzione:

– È una coglionata... vi state sbagliando tutti, è una gran coglionata –. Poi ebbi una specie di flash: – Ma chi è lo stronzo che ha spaccato la faccia al mio amico?

– No, no, quello è lo zio di Tommaso. Nun zapeva ppiú che ffa. Vole bbene a quer fijo, è 'na santa perzona.

Non potevo salire. Non potevo far piú niente in quel momento. Dovevo solo tirar su Mattia, dopo che Calapietra l'aveva ricucito, e andarmene. Ma sarei tornata, ah, questo era certo, eccome se sarei tornata. Bastava solo trovare il modo. E poi dovevo trovare Otto: dove cazzo era finito? Forse Tommaso lo sapeva.

– Ha tentato di suicidarsi!? – sbottai all'improvviso.

Intervenne il dottore:

– Al ristorante dove lavora, in centro. Ieri mattina è uscito come sempre, ma non era in sé dopo la scenata con la madre. Poi hanno chiamato da là. Aveva fatto passare la corda per i panni sui tubi della cappa. Era salito su due pile di piatti: quando li ha scalciati via son caduti; un rumore d'inferno per fortuna. E cosí qualcuno ha sentito e l'ha tirato giú in tempo. L'hanno riportato qui in autoambulanza, ma stava già bene. È arrivata la madre, è arrivato lo zio, si è saputo tutto, si è capito tutto. La signora Ilaria sembrava come impazzita. Doveva vedere in che condizioni era!

Non respiravo.

Si era formato un capannello: ognuno diceva la sua. «L'ho portato su io»; «Le ho dato un sonnifero, alla signora Ilaria, aveva un gran bisogno di dormire».

Ero stanchissima. Mattia mi assicurò che ce l'avrebbe fatta a guidare.

– Vai piano, – lo pregai.

Per tutta la strada mi mangiai istericamente il fazzoletto. Arrivammo a casa che era buio. Scesi dalla moto, mi misi in piedi davanti a lui. Lo abbracciai. Mi guardò come se gli fosse apparso san Giuseppe da Copertino. E allora lo baciai a lungo e teneramente. Sapevo di averne bisogno. Era una reazione: volevo con tutte le forze qualcosa di bello, qualcosa che ripagasse l'assurdità di quella giornata.

Mi sdraiai a letto, e fu come se da quel momento la mia vita iniziasse di nuovo, da capo, come se il prima non contasse piú niente.

Mi sento sola, sola, sola.

Capita, certe notti come questa, capita.

Non è stanchezza, non è un vago senso di vuoto, non è disamore, perdita di coraggio: sono piena di amici veri, vivo, penso e lavoro con gente come me che crede e combatte in complicità di slanci, di sorrisi. Ho tanto da fare, tanto da dire, so dove voglio arrivare, che è poi dove non arriverò mai, ma qualcuno un giorno dovrà pur arrivarci. Ho lacrime di improvvisi ricordi, come tutti; come tutti sbando, dubito, mi riaccendo; sto al centro della vita ché basta un girotondo per guardarmela tutta e intuirla anche piú in là.

Ma capita. È un'assenza, un'attesa, un ritardo. Non sono orfana di qualcosa che è andato via, ma di qualcosa che deve ancora arrivare.

Parlo del mito a quelli del primo anno.

È sempre difficile trascinarli in questo cosmo dove noi abbiamo appiccicato le stelle.

– È semplicemente un'azione che meglio di cosí non si può fare. Voi vedete un calciatore tirare una punizione nell'unico modo possibile per segnare e riuscirci: da quel momento tentate di imitarlo, di ripetere con assoluta precisione quel tiro, di rifarlo pari pari.

– Ma perché dobbiamo ripetere per forza quel tiro?

È una piccola testa fra tante. Ha parlato senza alzarsi, faccio fatica a individuarla.

– Il calcio è un esempio, e anche banale. In realtà Dio, il «nostro» Dio, badate bene, non quello degli altri, è al centro del mito. Noi tentiamo di agire sempre come pensiamo che agirebbe lui: solo che, magari, lui non agisce cosí, o non agisce cosí per tutti, o non agisce affatto.

– Dio non è uguale per tutti? – È sempre lei. Ora la vedo: magra, sottile, carina. Ondeggia in continuazione.

– Mah... il mito è nato dalla debolezza, dall'incertezza, dallo spavento degli uomini, dal loro bisogno di mettere ovunque regole certe per stare tranquilli. Se Dio ha piantato cosí i carciofi, tutti quanti dobbiamo piantarli allo stesso modo.

– E chi non ha carciofi? – Risatina generale.

– Infatti –. Scendo dalla cattedra e mi avvicino a lei. – Il mito, questo primo grande «esempio», non è una verità asso-

luta. È un generico disegno del comportamento da tenere, una traccia, un suggerimento. Non è una legge eterna, immutabile, uguale sempre e per tutti. Per i primitivi era comprensibile. Loro sí non potevano accettare interpretazioni personali e devianti, perché fare tutti allo stesso modo le stesse cose li teneva uniti in un mondo sconosciuto pieno di nemici e insidie. Ma oggi non è piú cosí, perché è venuto a cadere, non ha piú senso quel rigore nato dalla paura del diverso. È da qui che dobbiamo partire: valutare, accettare tutte le derivazioni del mito, che sono tante e nuove e necessarie, e accostarle, accordarle col mito originario, quello «unico», che è ormai una montagna nella nebbia.

– Accettare tutto. Anche l'omicidio? La guerra? Il tradimento?

– No. Qui sta il difficile. Dobbiamo cercare un metro mai usato per misurare le azioni, non dar niente per scontato, sospettare di dogmi, idee fatte, preconcetti, proverbi, scandali e vergogne inesistenti; dobbiamo inventarci una mentalità, un modo nuovo di guardare gli altri, non accusarli e condannarli sulla base di un mito, ma sulla base del «loro» mito. Come farlo, in quanto tempo, non sappiamo: dipende dagli uomini stessi, dalle paure, dai loro complessi, e in ultimo da quanto il vivere insieme può farli felici. È una strada lunghissima e siamo appena all'inizio, ma da qualcosa bisogna pur cominciare per avere un mondo di persone con idee e non di idee con persone.

La ragazza. Ancora lei. Si sbraccia in modo buffo, per attirare l'attenzione:

– Scusi, professoressa, ma ci sarà ben una fonte per tutta questa teoria... qualcuno... insomma da qualcuno sarà pur partita...

Improvvisamente la memoria mi riporta a quella sera nella locanda di Praga, quando Otto e Agrigento avevano fatto a pezzi tutte le scienze esatte.

– Sí, molti l'hanno buttata là, ma qualcuno da cui partire c'è eccome: è Karl Popper. Vedete, Popper ritiene parzia-

le, congetturale, non definitiva qualsiasi teoria scientifica. In altre parole, secondo lui la conoscenza è sempre soggetta all'errore. Il fine della scienza non è arrivare alla verità, ma alla scoperta dell'errore. Non è la perfezione, ma l'eliminazione per gradi dell'imperfezione. Chiaro questo?

– Anche «due piú due è uguale a quattro» è sbagliato? – domanda ridacchiando un lungagnone sdraiato su un banco in piccionaia.

– In verità stiamo parlando di «sistemi», di ipotesi che comprovino l'assoluta certezza di sistemi, non di piccole operazioni logiche. Però sí, in determinate condizioni anche «due piú due uguale quattro» può essere mal posto o errato[22]*. Ne parleremo un'altra volta. Ora state attenti: se applichiamo la teoria della fallibilità scientifica alla società, al viver sociale, cosa ne risulta?*

– Che non esiste e forse non può esistere una società perfetta, – risponde la mia ragazza, togliendomi le parole di bocca.

– Esatto. Non esiste un modello sociale infallibile. Non è come firmare un contratto e non pensarci piú. Non è come chiudere a scala quaranta. Non si può elaborare un «sistema definitivo» che elimini per sempre tutti gli altri.

Sfogliai La società aperta e i suoi nemici *fino a trovare il punto che mi interessava.*

– Leggo testualmente: «La società aperta è aperta a piú valori, a piú visioni del mondo filosofiche e religiose, a scale differenti di priorità di valori e di problemi, alla proposta di diverse soluzioni nella soluzione dei problemi e alla piú grande quantità di critica. La società aperta è aperta al maggior numero possibile di idee e ideali diversi, magari contrastanti. Al maggior numero possibile, non a tutti: la società aperta è chiusa solo agli intolleranti»[23] *–. Chiudo il libro. Faccio una pausa brevissima.*

– Questa è l'enunciazione di Popper. È la conclusione di uno scienziato, di un epistemologo, non propriamente di un antropologo o di un sociologo. Popper ci dà quindi la risposta, non pone la domanda. Il nostro compito è quello di tor-

nare indietro, risalire la Storia e individuare perché ci abbiamo messo tanto tempo a pensarla come lui. Scopriremo cosí che la presunta perfezione scientifica, la presunta perfezione di un sistema sociale ci derivano dal credere unico, infallibile e immutabile il mito originario.

Il lungagnone si alza agitando un blocco di appunti.

– Una società di questo tipo è un minestrone, un guazzabuglio senza capo né coda: anarchia pura. Come riuscirebbero a convivere tante idee, tante teorie cosí differenti una dall'altra? Le dice niente la parola «democrazia»? La democrazia poggia sulle libere scelte di una maggioranza, di un volere popolare...

– No, – rispondo sorridendo, – no, non è cosí. Non è la «maggioranza» a caratterizzare una democrazia. La maggioranza può benissimo sbagliare. Un popolo può inconsapevolmente inseguire dei miraggi per una momentanea illusoria interpretazione del proprio «utile». Pensi a Hitler e a Stalin, non erano maggioranze quelle che loro rappresentavano? No. La democrazia non si definisce attraverso la maggioranza e il suo volere, ma solo attraverso l'accettazione del dissenso, l'assenza totale di intolleranza[24]*. La democrazia non è la perfezione, ma la correzione continua dell'errore...*

Finisco giusto allo squillo della campana.

La ragazza. Mi accorgo di averla fissata per tutto il tempo, di aver praticamente parlato solo con lei. Non si è distratta neppure un momento, non ha mosso la testa, non ha mosso un muscolo.

Chiude il libro, si alza, sfila con gli altri verso l'uscita. Forse ho solo immaginato. Avevo bisogno di immaginare.

Sola. Non è qualcuno che se n'è andato, è qualcuno che non arriva.

11.

Il suono era insistente, metodico, fastidioso: lo sentivo andare e venire da molto lontano. Vidi che mio padre aveva posato il sax sullo scoglio e stava per accendersi una sigaretta. Continuava a sfregare i fiammiferi e i fiammiferi uno dopo l'altro si spegnevano: alla fine buttò via la scatola. Adesso guardava dal fondo di un teatro; era nudo e correva su e giú per il palco tenendosi le mani sul pene; era nudo e non aveva sax. Ma il pubblico sí. Ogni spettatore, mille spettatori avevano ognuno il proprio sax e suonavano tutti insieme e suonavano e lui scappava e non voleva ascoltarli. Suonavano. E il suono era insistente, metodico, fastidioso, lo sentivo andare e venire da molto lontano o vicino e non erano i sax e lo scoglio era il mio cuscino e il sax era il telefono e il telefono continuava a squillare.

Mi alzai inciampando nel lenzuolo e corsi in corridoio. Sollevai.

– Pronto? – La voce era un filo, un soffio.

– Pronto, Vera? Sono io –. Tommaso.

– Tommaso, Tommaso come stai? Dove sei? Sono venuta lí oggi, non mi hanno fatto entrare, oh Cristo, che confusione, tu...

– Sto bene, – mi interruppe, – scusami, scusaci per oggi.

– Ma cos'hai fatto? Cos'è successo?

– Qualcuno... qualcuno ha detto delle cose... qualcuno ha... ma non è vero, non sanno, non possono capire niente...

– Io lo so, lo so. Stai tranquillo adesso.

– Non c'è piú niente da fare. È finita.

– Non è finito un bel cazzo, – gli urlai svegliandomi del tutto. – Ascoltami, credimi Tommaso, non è finito niente!

– Non ho tempo, Vera, non voglio che mia madre si accorga che sto chiamando di nascosto. Ti prego, cerca Otto, cercalo tu, io non so dov'è... ho paura per lui; è un bambino, è uno stupido... ho paura, Vera...

Si sforzava di rimanere padrone della sua voce.

– E tu?

– Non l'ho trovato, in nessun posto, non l'ho trovato.

– E tu? Tu come stai?

– Ciao, Vera.

– Ascolta, ascoltami: vieni via, vieni a stare da me, – implorai. Ma mentre lo dicevo capii che era inutile.

Riattaccò. Non l'avrebbe mai fatto. Non avrebbe mai lasciato sola sua madre.

M'incontrai per caso nello specchio sopra il telefono: avevo una faccia da far spavento.

Tommaso stava bene. Almeno questo.

Otto aveva saputo. Otto era scappato di casa. Otto aveva perso la testa. Otto era un vecchio di 86 anni in giro per Roma di notte. O sdraiato o ferito o ubriaco o sperduto in qualche parte di Roma alle quattro di notte. O forse Otto non c'era piú, se n'era andato nell'acqua, nei sassi, tra i muri, contro un albero. E l'ombra di Tommaso con lui.

Due figurine di sapone, due giocattoli che dormono, chiusi a chiave.

Una piccola donna della Magliana piombata nella vergogna, nello scemenzaio del luogo comune. Un ragazzo giudicato dall'etichetta del cassetto dove finiscono le cose diverse o che danno fastidio o che chiedono una riflessione. Il mio vecchio, l'unico abitante del giardino azzurro, che usciva dalla mia vita.

E io, io che avevo bisogno di riaverli insieme, perché il mio specchio non sopportava quella sassata e i lembi infranti. Io che mi ero finalmente guardata e piaciuta nel senso cosí lontano del loro incontro: io che gli dovevo questo ritorno, questa gioia sicura; perché con loro mi ricomponevo e possedevo una terra; tiravo i fili degli affetti corsi via, sciolti in inspiegabili assenze, e li riportavo tutti a me: madre, padre, amori, e li stringevo insieme come un talismano di forza imbattibile.

Era passato un anno dalla mia storia con Julian e io non ero piú la stessa, non mi assomigliavo neanche un po'. Ero diventata un gallo da combattimento, non sopportavo il sonno, l'indolenza, il rimando al giorno dopo. Ogni cosa mi toccava un nervo scoperto, scatenava il pensiero e l'assetto ribelle, mi metteva la febbre, l'ansia di rincorrere, di non finirla lí: ricomporre quella storia d'amore fu allora un dovere, un'estrema difesa, un atto di giustizia e bellezza che valesse per tutti gli altri mai avvenuti. Sempre che Otto fosse vivo. Perché Otto *era* vivo.

E quella fu la ragione, improvvisa e unica: la parola imparata, la parola che batte, sbaraglia, strapazza l'impunità del silenzio. Bisognava scagliarla addosso alle idee fatue, quelle che qualcuno lascia vagare libere, all'impazzata, contro l'intelligenza umana. La parola.

Bette, Bette Nomorov, cosí si chiama la ragazza del primo anno che in classe mi fa tutte quelle domande.

Sta accovacciata sempre sotto lo stesso albero: le passo davanti ogni volta che esco dal dipartimento. Non saluta, non manda richiami. La incrocio e tiro avanti, non mi volto, non la guardo.

Io posso sbagliarmi, imbrogliarmi in questa nostalgia che prendo per un'attesa.

Quello che scrive, che dice, che chiede, è bello, ma può non essere un segnale. In fondo non si discosta di molto da quel che fanno le altre, gli altri studenti.

Ma io so che non è cosí: lo so da quando ci trovammo insieme io, lei, Dio e i carciofi. Lo so da segni piccoli e grandi, da somiglianze spietate che riconosco al volo e dagli occhi, dal silenzio che indaga, da come ascolta, da come usa le parole.

– Gli uomini – dico a lezione – sono come le parole: ciascuna di esse ha un suo senso. Ma le parole non stanno da sole, si uniscono tra loro e prendono un nuovo significato a seconda della frase in cui vanno a finire. O, ancor piú, danno un nuovo significato a quella frase. Cosí gli uomini: litigare, amare, soffrire, provar noia, vincere, perdere, esser padroni o servi sono tutte frasi diverse, e noi le parole che ci capitiamo dentro. Non siamo sempre e ovunque identici a noi e agli altri...

Mentre parlo a un tratto lo rivedo. Sento quanto indissolubilmente Otto sia ancora dentro di me.

Il vocio, il rumorio, l'intersecarsi di suoni nell'aula mentre i ragazzi sfollano è un ripasso, un ritorno al suo commiato mai spento, al lungo addio in forma di presenza luminosissima in me: è lui la voce dell'artigiano di Leopardi che «lontanando» va a morire a poco a poco, affievolendosi all'infinito, senza finire mai.

Mi ha lasciato in mano questo fiore aperto e vivo senz'acqua e io lo tengo a sfida, ben in alto, perché non diventi mai solo memoria. Mi ha lasciato questo amore incrollabile che c'è nel sentire all'unisono tutte le felicità possibili contate nella parola.

Telefonai tutta la mattina. Chiamai polizia, carabinieri, ricoveri, centri d'assistenza, pronto soccorso, ospedali. Nessuno ne sapeva niente. Feci ogni volta un'accurata descrizione di Otto, del suo probabile abbigliamento, del suo stato senz'altro disastroso. Azzardai varie ipotesi, dalla perdita della memoria all'incidente, al tentativo di suicidio. Diedi tutti i recapiti possibili, che poi erano due, e i nomi dei suoi amici, che erano sempre due. A ciascuno mi presentai come l'unica parente e mi mostrai com'ero, cioè mortalmente preoccupata, e feci presente la gravità del caso e l'urgenza della ricerca. Lasciai il mio numero telefonico a mezza Roma.

Forse non aveva con sé documenti; forse l'identificazione non era ancora avvenuta, e comunque non poteva essere immediata.

Quando finii erano trascorse ore. Tagliai in due un panino e ci misi dentro dell'insalata, l'unica cosa che trovai in frigo. Mi versai una vodka. In casa ce n'erano dodici cassette, omaggio di una ditta abruzzese per la quale mia madre stava studiando una campagna pubblicitaria imperniata sullo slogan: «Volta la vodka», perché sul culo della bottiglia c'era scritto se avevi vinto o no un viaggio in Siberia. Era proprio schifosa, ma mi riscaldò. Mi feci una doccia: calda in pieno luglio. Mi sentivo spezzata in due col sangue tutto da una parte e la vodka dall'altra. Scricchiolavo. Misi su una vestaglia e me ne uscii sul balcone per guardare qualche altra cosa che non fossero pensieri. Contai i tetti e feci gli spareggi per giudicare quale attico fosse il migliore. Contai le macchine per strada e azzardai una stima delle infrazioni in percentuale. Contai le persone che attraversavano senza guardare; ero arrivata a tre quando il telefono squillò. Scattai di corsa e sentii bruciare la caviglia, quella sbucciata in moto. Sollevai la cornetta.

– Pronto?

– Buongiorno, sono la caposala Martina Sechi del Policlinico. Lei è la signorina Mastrogiacomo?

– Sí, – dissi in fibrillazione.

– L'abbiamo trovato, abbiamo trovato suo nonno.

Il Policlinico è un bordello senza puttane.

Quando arrivai al terzo piano saltando barelle, parenti, strepiti, conventicole, dottori che sembravano infermieri e infermieri che sembravano fattorini, mi imbucai nella rianimazione spintonando senza ritegno sani, malati, invalidi e falsi invalidi e bestemmiando come i bei facchini di una volta.

Trovai subito la Sechi: sembrava che stesse lí ad aspettarmi, era altissima, portava i capelli a crocchia e il suo naso sporgeva un bel po'. Olivia, quella di Bracciodiferro.

– Sono la nipote di November Otto, – le dissi che correvo ancora. – Dov'è? Come sta?

Imperturbabile, Olivia attese che mi arrestassi.

– Sta bene, ora sta bene. Non l'avevamo individuato subito, sa, qui è un porto di mare. E poi la carta d'identità è pressoché illeggibile.

Pressoché?

– Ma cos'è successo? Dov'era?

– È qui dall'altro ieri. L'hanno trovato in un alberghetto al quartiere Prati. Probabilmente ha tentato il suicidio perché in bagno c'erano diversi flaconi vuoti. Ma per fortuna, e scusi se glielo dico, suo nonno è un po' rimbambito. O forse sarà dipeso dallo stato confusionale. Fatto sta che ha sí ingerito barbiturici, ma anche un sacco di cebion e redoxon.

Adesso respiravo. Adesso cominciavo a star meglio. La toccai sulla spalla.

– Grazie. Dov'è? Si può vedere?

– Sí, ma senza disturbarlo troppo. È ancora intontito e deve riposare. Passi la porta a vetri, è nel terzo letto sulla destra.

– Grazie ancora, – le dissi stringendole la mano.

Spinsi la porta. Stanzone, molta gente. Lo vidi subito: era piú grande del letto e i piedi gli uscivano dal lenzuolo. Mi avvicinai piano piano come quando ci si accosta a qualcuno per mettergli le mani sugli occhi e chiedergli: «Indovina chi sono?» Ma ero io, si vedeva benissimo, nessun effetto sorpresa. Voltò il testone e gli occhi erano tonti, sonnambuli, il viso a grinze e fossi, la bocca illeggibile.

– Non sei un po' troppo grande per giocare a Giulietta e Romeo? – gli dissi a bassa voce.

– Vera... – Meraviglia e stanchezza insieme.

– Ma che hai fatto?

– Ho tentato di andarmene, di... ammazzarmi.

– Con le vitamine?

– No, no... io non sapevo... ero in un albergo.

– A rubare saponette?

Attese un attimo. Ora gli occhi si erano aperti, quasi del tutto. – Ho rubato solo cose inutili.

– Come?

– Hai capito benissimo. Tu sai. Tu sai cosa intendo.

– Io so che uscirai di qui, con me. E andremo ancora a Praga, tutti e tre insieme.

– No, Vera, è finita.

– Ma è una mania 'sta frase.

Capí di chi stavo parlando. Capí chi l'aveva detta prima di lui. – Tommaso...

– Tommaso sta benissimo, non fare lo stronzo, Otto. Queste son scene da libro rosa comprato al bazar della Termini.

Mandò fuori un rantolo. Non capii se rideva o protestava.

– Quella storia era la mia vita, Vera.

Era serio. Dovevo continuare a scherzare?

– Chiedi se hanno un'orzata: ho voglia di un'orzata.

– C'è l'acqua. Qui non ne hanno orzate, Otto.

Si mosse. Tentò di sollevarsi a fatica. – Mi hanno chiamato al telefono. Mi hanno detto cose orribili. Mi hanno minacciato: ma non ho avuto nessuna paura, non me ne importava niente. Ho solo capito che finiva tutto. E che Tommaso sarebbe morto di dolore.

Alzai gli occhi, incrociai il crocefisso. Mi venne in mente il san Giuseppe da Copertino di Rosario. Non aveva problemi lui. Lui volava. E tutto era piccolo da lassú.

All'improvviso era diventato piccolo anche quell'uomo grande: ridicola la sua ironia, patetici i suoi scherzi. Aveva smarrito la sicurezza, l'eleganza, la gioia dei suoi occhi incantati dietro i suoni e il loro senso inseguito e mai raggiunto, ma cosí totale, avvolgente, supremo da non lasciare mai fessure al dolore.

– E le parole? – mi venne da dire; – non contano piú le «tue» parole?

– Le parole sono piú grandi degli uomini, o forse sono piú grandi di me. Le parole non mi sono bastate. Ne ho cercate tante l'altro ieri nella memoria, tante me ne sono ridette, ripensando ai modi piú belli del loro comporsi e stare insieme, ai versi piú antichi, nella fede, nella certezza che mi tenessero insieme. Ma le parole erano corte e flebili, le parole finivano e io guardavo dentro e dentro non c'era piú niente. Abbiamo sbagliato, ho sbagliato, Vera. Credevo infinito questo calcolo magico del sentire. Ho sbagliato: infiniti sono solo i numeri, che non piangono, non ridono, che ci dicono o ci diranno ogni verità: infiniti sono gli atomi, i mondi. La parola è una sola.

Era stanco. Era di una stanchezza che non gli avevo mai visto. La sua voce, la sua bella voce non cantava, si squamava all'intorno; non dava piú meraviglia quel suo ringhio che finiva improvviso in sussurro e lo spasmo che impregnava i suoni e le pause, i ritorni, i riecheggi: e non c'era quel gesto, quel mulinio di braccia insolente e guascone e il dardeggio alternato delle mobili dita: c'era solo la maschera ferma del volto e un penoso tremore di labbra.

Capii che era davvero tutto finito, che non gliene importava piú niente. Capii che aveva accolto in quel ragazzo l'ombra di come era stato lui sessant'anni prima, la sua diversità, la sua non appartenenza all'inferno che ora si stava per ripetere. Capii che Tommaso gli aveva ribaltato la realtà nel sogno di essere Otto November, lo scrittore, lo studioso, l'uomo voluto, richiesto ovunque, il grande unico depositario del mistero, del senso delle cose.

Lo accompagnava davvero come le alcioni accompagnano il cerilo nell'illusione del volo, nell'illusione di scrivere, decifrare, tradurre, tenersi pronto come se tutto dovesse accadere da un momento all'altro, tutto fosse vero e non una pura finzione. E Tommaso, anche Tommaso riviveva nel sogno che aveva costruito per lui, percorso come un viaggio da quel nulla che si era sentito prima fino alla gioia di spiegare pienamente se stesso, di trovare qualcosa di grande a cui aver l'orgoglio di assomigliare. Come era accaduto a Otto sessant'anni prima.

– Tu non amavi la moglie di Trubeckoj. Non c'è stata nessuna moglie. Tu hai amato Trubeckoj, – dissi, come rispondendo a un indovinello di cui mi era apparsa improvvisa e semplicissima la soluzione.

– Ho amato Nicolaj. Sí, ho amato Nicolaj, – la voce era un filo. – È stato un segreto doloroso... senza chiedere... di anni... aspettare in silenzio ed essere felice cosí...

Le puntarelle, la sera del *Point Breack*. Forse nemmeno Tommaso sapeva.

– Quella volta, ingenuo come un adolescente, credetti che fosse piú difficile amare che essere amato. Ora so che non è cosí. Amare dà un potere senza confini che non conosce spaventi e ritirate; essere amati è un continuo bivio e raddoppia i sussulti e le tenerezze; hai sempre paura di sbagliare e ne esci battuto sempre, perché, per quanto tu riesca a dare, non colmi mai la misura.

– Vengo da te, Otto, vengo a vivere con te, – dissi senza pensare.

– Cara, cara Vera... ma non è la stessa cosa...

– Che farai ora?

Scosse la testa, dolorosamente.

– Non lo so. Lascerò che le cose accadano. Mi lascerò finire.

Si voltò: non aveva piú voglia di parlare. Non aveva piú voglia né di me né di nessuno.

Fuori cominciava a piovere, sentivo i brividi.

Toccava a me. Tutta quella forza, la coscienza di essere nel vero, nel giusto, che mi ero scoperta addosso la sera prima, erano un suo regalo, una sua eredità. Era la prova, l'unica: non ce n'erano state altre, non ce ne sarebbero state piú. No, non era solo per me, non ero solo io che stavo per vincere o perdere: se fallivo, se andava tutto a puttane, crollava anche il giardino e, insieme, il mondo.

Il negozio di calzature era a circa metà del viale.

Non lo vidi subito, anzi dovetti farmi la strada avanti e indietro piú di una volta. Era schiacciato tra un'Esselunga e una rimessa con cambio pneumatici, e cosí inghiottito spariva, non si notava.

Non sapevo a che ora avrebbe chiuso e non potevo concedermi di sbagliare. Mi piazzai sotto un albero, proprio di fronte, a una decina di metri di distanza.

Pioveva da un'ora e non accennava a smettere o a diminuire: sentivo l'acqua giú per il collo, sull'ombelico, nelle scarpe. Uscita dall'ospedale, mi ero comprata un giornale da tenere sopra la testa, ma ormai era fradicio e non c'erano altre edicole in vista.

Scorsi Ilaria oltre la vetrina. Era sola, non c'era nessuno con lei. Si muoveva pochissimo, se ne stava praticamente immobile dietro il banco. Entrò una sola persona: ci fu un rapido scambio di cortesie, un muoversi di teste. La persona indicò un paio di scarpe in vetrina, non capii quali: Ilaria le prese e gliele porse. Nuovo muoversi di teste. Il cliente rigirò i sandali (erano sandali?) fra le mani, poi fece no col capo e uscí aprendo l'ombrello.

Erano passate le sette da un quarto d'ora. Sabato. In giro non si vedeva anima viva. Dovette capirlo anche Ilaria: dai suoi movimenti intuii che stava per chiudere in anticipo. Il cuore accelerò. Ilaria sparí per qualche attimo nel retrobottega. Tornò con indosso un impermeabile giallo con cappuccio. Si chinò due o tre volte a sistemare qualcosa, poi spense la luce: la vetrina diventò una macchia nera confusa nel palazzo. Uscí, cominciò a tirar giú la saracinesca.

L'aveva quasi abbassata del tutto, quando con la coda dell'occhio lo vidi. Era un balordo e mi puntava, decisamente mi puntava. Piccolo, andatura gobba, canottiera rossa: era piú vicino di quanto credessi. La puzza di birra arrivò un bel po' prima di lui.

– Hai un cerino?

– Mollami! – replicai, senza nemmeno voltarmi.

Ilaria stava già camminando sul marciapiede. Non potevo muovermi, non potevo seguirla: mi sarei tirata dietro quello stronzo e la sua stupida birra.

– Cosa ci fai qui da sola?

– I cazzi miei –. Ora mi ero girata, ora lui mi stava di fronte.

– E se fossero anche miei?

Ilaria era già lontana, una figurina gialla sul viale. L'appostamento, la pioggia, la rabbia: tutto per niente, tutto a puttane.

Lo stronzo mi afferrò una spalla. Fu un lampo. Cacciai la mano in tasca, tirai fuori la Pentel, biro micidiale, punta a chiodo, e gliela infilai nel braccio. Non urlò nemmeno, quasi non se ne accorse: stette lí a guardarsi come un ebete la penna che penzolava e il sangue. Calcolai lo spazio a istinto: il calcio gli arrivò sui coglioni mentre era ancora a gambe larghe e lo mandò a sbattere contro un albero. Corsi via, non mi voltai a guardare se si alzava, se mi rincorreva, corsi via in mezzo a un nubifragio che non si vedeva a un palmo, corsi là diritto, in fondo, dove qualche istante prima c'era un punto giallo e ora piú niente, e salivo e scendevo dal marciapiede, evitavo pozzanghere, navigavo pozzanghere e il cuore era dentro il cervello e il cervello non pensava piú, pregava, Dio, Dio mio, fa' che la raggiunga, non posso piú passare una notte cosí, non posso piú arrivare a domani, domani non c'è tempo, domani si ferma il mondo, per sempre, fa' che la raggiunga.

Fu appena dietro l'angolo che la vidi ed era a due passi, era a portata di mano. Le arrivai alle spalle che nemmeno se ne accorse, gridavo: «Ilaria! Ilaria!» Si voltò. Il viso nel piccolo cappuccio giallo parve un muso di pecora: c'era terrore nei suoi occhi.

Cominciò a correre, l'impermeabile le stringeva le gambe: da dietro sembrava l'orsetto della Duracell, quando la carica sta per finire.

La raggiunsi quasi subito nel vicolo dove si era infilata, la presi per un braccio, non le lasciai nemmeno il tempo di urlare.

– Basta, Ilaria, basta, si fermi, mi ascolti, per carità di Dio, mi ascolti!

Il nome di Dio fu uno splendido bluff: arriva sempre come un colpo inaspettato, intontisce. Ilaria boccheggiava, si vedeva che voleva dire qualcosa, ma non le usciva niente. La sorpresa era stata grande, ma non seppi sfruttarla, passò, sfuggí. La donna si divincolò e prese a correr via dall'altra parte. In dieci passi la riacciuffai. Ero fuori di me. La sbattei contro il muro e ce la tenni inchiodata.

– Ora mi deve ascoltare, Ilaria, mi deve ascoltare. Le hanno raccontato un cumulo di cazzate: suo figlio per primo. Mi guardi bene in faccia, io sono Vera, io sono quella che dopo di lei vuol piú bene a Tommaso. Io, io le giuro su mia madre, su mio padre, che le cose non stanno come pensa lei, ha capito bene? Tommaso non è un frocio! – e lo sillabai, urlandolo.

– Cosa vuole da me, mi lasci, la prego, mi lasci stare!

Era atterrita ma non si divincolava piú. L'abbracciai. Veniva giú il diluvio universale. Ilaria aveva perso il cappuccio, i suoi capelli erano tutti scompigliati, il rimmel cominciava a colarle sul viso.

– Togliamoci di qui, venga, venga!

– No, non voglio, mi lasci, Vera! – Mi aveva chiamata per nome. Non urlava, non chiedeva aiuto.

La trascinai fuori dal vicolo, imboccammo di nuovo il viale. Mi diressi, decisa, verso una cabina telefonica: la presi per un braccio e la costrinsi a corrermi dietro fino alla porta a soffietto; sembravo Glenn Ford nel treno per Yuma.

Entrammo. Tra noi c'era lo spazio minimo per respirare, per guardarci. Ma eravamo come fuori dal mondo, o forse in un nuovo mondo. Ed era questo che dovevo fare: ricostruirle il mondo in una cabina telefonica dove non arrivano le voci di fuori, le sentenze della gente, per ricominciare da capo senza interferenze, senza memorie, regole.

– Crede a me, Ilaria? Io non le mento, io non so mentirle: dirò tutta la verità, lei poi farà come vuole, ma mi lasci parlare.

Si ravviò i capelli, si passò la mano sul viso.

– Lei mi aveva promesso... mi aveva promesso... – disse senza guardarmi.

– Io non l'ho mai ingannata, Ilaria. Io ho promesso di stare vicino a Tommaso e l'ho fatto. Tommaso non correva, non ha mai corso nessun pericolo. La smetta, la prego, di vedere i pericoli dove non ci sono. La smetta di ragionare con la testa degli altri, di quelli là fuori, degli stronzi, degli imbecilli: non si vive tutti allo stesso modo, Ilaria, non si segue tutti le stesse strade. Siamo bestioline, piccoli cuccioli, e ci aggrappiamo a tutto ciò che si muove, che è vero, che ci assomiglia. Tommaso non si conosceva, non si piaceva, non aveva nessuna stima di sé e lei questo lo sa, Ilaria, già da bambino sarà stato cosí. Poi ha scoperto i colori, i suoi colori. E dal niente è spuntata la gioia. Se n'è accorta di questo? L'ha visto questo?

– Sí, – rispose in fretta.

– Sa quando è cominciato? Quando ha conosciuto quel vecchio –. Ilaria spostò la testa di fianco, come non volesse sentire. Incalzai: – Quel vecchio che lei non sa nemmeno chi è, com'è, i pensieri, i sentimenti che ha, e ha già giudicato senza sentire, senza ascoltare, solo perché qualche stronzo ha aperto la sua stupida bocca e ha parlato, perché è facile, oh, molto facile e comodo che un vecchio sia uno sporcaccione, ce ne sono tanti cosí, no, sono tutti cosí e fanno schifo e bisognerebbe eliminarli, castrarli, bruciarli con i loro vestiti... ma lo sa lei chi è quel vecchio?

Mi guardi, la smetta di piangere, mi guardi, cristo, Ilaria, sa chi è? È la persona piú straordinaria, la piú dolce, la piú indifesa che io abbia mai incontrato. Quel vecchio non sa cos'è il male, non lo conosce, l'ha bandito da casa sua, e la sua vita è stata un innamorarsi continuo delle cose belle che hanno fatto, che hanno detto gli uomini, da sempre. Quel vecchio mi ha scritto una lettera lunga un anno, mi capisce Ilaria?, una lettera che mi porto addosso, che mi tengo in tasca: quando ho paura, quando non ce la faccio piú, o ne ho i coglioni pieni, la tiro fuori e la rileggo, e so perché sono al mondo, perché sono viva. Per quel vecchio, quel porco, quel maiale, io oggi darei anche la vita, sí Ilaria, la mia vita!

Ora mi stava guardando. Non tremava piú, non piangeva. La pioggia si era attenuata, non batteva piú sul tetto della cabina. I vetri erano completamente appannati.

– Cosa vuole lei per Tommaso, Ilaria? Che torni quello di prima? Che lavi piatti tutta la vita? Che sia un bravo ragazzo tutto casa e noia e vai e torna senza voglia, senza sorrisi? Lo vuole cosí? Oh, certo, cosí nessuno gli parlerebbe dietro, nessuno stronzo farebbe allusioni, battutine, passandogli davanti. Oh, certo, sarebbe l'orgoglio dello zio e del portiere e del dottor vattelapesca e di retequattro se lo intervistasse. Una merda. Noi nasciamo per lasciare un segno, il nostro, quale che sia, Ilaria; un segno, non bava di lumaca. Se questo segno è contrario agli altri, illeggibile ai piú, poco importa: noi stiamo con i nostri, con quelli che hanno gli occhiali giusti e non gli occhi degli altri. Cosa vuole piú di tutto per Tommaso, mi risponda, Ilaria?

– Che stia bene.

– Che sia felice?

– Sí, che sia felice, che sia felice.

– E se la sua felicità passa oggi per questo incontro? Se la sua felicità è nel mondo di quel vecchio, perché toglierglie la? Io ho visto, Ilaria, l'intensità di quell'amore e, lo giuro, lo giuro, non permetterò a nessuno di sconvolgerlo. Sa quanto Tommaso lo ha amato? Lo ha amato al punto da reinventargli in quattro anni, giorno per giorno, l'esistenza. Oh, non l'ha amato, no, come un figlio, né Otto l'amava come un padre, se lo levi dalla testa, Ilaria, sarebbe una scusa troppo facile. L'ha amato come un dio, un grande guerriero ferito. No che non c'è stato sesso, se è questo che vuol sapere, che teme; il sesso sporco e bestiale, il vizio dei depravati, degli smidollati, dei disperati, come pensano tutti. Tommaso lo ha abbracciato, lo ha sfiorato: con quali emozioni è un mistero suo, ma quell'abbraccio è stato come un fiume sul sasso, il vento su una foglia, il cielo su una nuvola. Questa è la sua felicità e nessuno può spezzarla: lei mi vedrà ancora e ancora tutti i giorni della mia vita, se sarà necessario, ma non la smetterò finché non avrà capito.

Veniva giú la sera, il cielo era bellissimo. Dalla cabina vidi tutti i rossi e gli arancioni e i gialli di un Dio che sa dipingere, e non fa mai un cielo uguale all'altro.

Abbracciai Ilaria, anche lei mi strinse; poi senza una parola uscí, camminò lentamente fino al vicolo, sparí dietro una macchina. Di quelle che noi costruiamo, eccome, una uguale all'altra.

– Professoressa...

Si tira su da sotto l'albero e mi viene incontro. Ha gli occhi spiritati, vivissimi; capelli che stanno disastrosamente insieme grazie a un nastro troppo sottile. Ha una bruciatura di sigaretta sul golf e tiene in mano un paio di occhiali sproporzionati per il suo viso.

– Professoressa, mi scusi, forse è una sciocchezza, ma è un po' che volevo chiederglielo...

Nel crepuscolo Bette è come un'ombra che si agita sotto il lampione entrando e uscendo dal cono di luce.

All'improvviso si ferma, è al buio, quasi invisibile: il grosso albero di Natale del campus alle sue spalle l'avvolge per intero, la racchiude in un alone sfavillante.

– Mi succede una cosa strana, molto strana, non mi prenda per pazza, la prego...

– Dimmi!

– È come... Insomma non riesco piú a parlare... quando parlo... quando qualcuno parla... mi pare...

– Cosa ti pare?

– Di ascoltarmi, di ascoltare come con un gigantesco orecchio. Sento echi, sfumature inspiegabili.

Questo, questo adesso, è un brivido lungo, un brivido bellissimo.

Ora è uscita dall'ombra, si è messa sul viso i grandi occhiali dalla montatura nera e continua a toccarli.

Quel gran casino di saluti e richiami e ridere di niente che è il campus a sera diventa improvviso silenzio di una valle dall'altra parte del mondo e della memoria.

Forse ho la febbre, forse passerò a letto il Natale.

Forse non sono piú sola.

12.

Entrando nella corsia dodici del Policlinico, lo vidi seduto sul letto; aveva addosso i suoi occhiali, leggeva. Quando gli fui vicino se li tolse e risentii la sua vera voce:

– È venuta. È venuta e mi ha detto quella parola, l'unica che conta.

Fuori, nel corridoio, volavo come san Giuseppe da Copertino, volavo sulla testa delle infermiere di poca fede, volavo e gridavo dei «Cazzo! Cazzo! Cazzo! Cazzo!» altissimi e sacri quanto un Pater noster o un Gloria.

Cara Vera,

non stupirti se ti rispondo solo ora dopo tre anni. Non so quante lettere tu mi abbia scritto. Qualcuna l'ho ricevuta, una l'ho conservata.

Non ho mai smesso di volerti bene, ma anche tu eri diventata un'idea, eri qualcosa dentro di me, non potevo immaginarti fuori, crescere, esser diversa. Tu sai com'ero: tutto quel che ho vissuto, ho avuto, ho toccato l'ho fatto mio: ho tradotto nel mio sogno ogni realtà che mi turbava, ho ridotto al silenzio ciò che poteva deprimermi o appannare lo specchio dove non ho mai visto altro che me stesso. Un bello stronzo, insomma. La mia musica, come hai scritto tu, è stata una malattia, rabbia di non comprendere, gelosia degli affetti, dei luoghi, delle persone, sfida, contorsione mentale, scontentezza, ansia di parole. Non potevo permet-

tere a nessuno di entrare tra me e me, cioè tra me e la mia musica, il mio sax.

Ma niente, nessun affetto, nessun successo, nessun rimorso, nessuna nostalgia, è durato più del tempo di una notte. Potevo piangere sulla tua lettera, perfino giurarmi che avrei piantato tutto e sarei tornato, ma il giorno dopo c'era una nuova rabbia, un nuovo demonio a prendermi e a portarmi via.

Ho smesso di suonare. Ho cominciato a vivere. Credevo che l'ispirazione fosse mia, la gente fosse mia, la musica stessa solo mia. Io suonavo per me, non m'interessavano i suoni degli altri, le risposte degli altri, volevo sentire solo la mia voce, parlare senza ascoltare. Ma non parlavo, mugolavo, balbettavo, incespicavo, radunavo frammenti, ritagli: soffiavo, toccavo la tastiera e credevo di tradurre il sole, la solitudine, l'amore, ma ero come un bambino che disegna case irreali con finestre troppo grandi e camini che non esistono.

Ho smesso di suonare perché non è questo il senso della musica, o almeno non solo questo. Non sono io il centro della vita.

Ho smesso, insegno a Baires, ho accanto una donna tenera, sto con la gente per ore, giornate intere: mi piace sentire che l'esistenza è fatta di cose banali e persone piene di queste cose. Quando mi dicono: «Ma lei non è...?» rispondo sempre: «Non ero». E' adesso che sono.

Forse tornerò in Italia domani, o forse un giorno, chissà quando: e se lo farò, sarà per te, per vederti un attimo. Devi capirmi, Vera, io sono in un'altra vita, è come se tutto dietro di me fosse notte, troppo lontano, troppo un'altra stella. Mi dividerei, mi spezzerei, non saprei più dove andare a cercarmi ora che mi sono ritrovato.

Sono un altro uomo, Vera, e ti porto dentro come un amore grande della giovinezza, il più grande, quello a cui *è più difficile dire addio. Ti scriverò. E non smettere di farlo tu, ti prego, non togliermi questo filo lunghissimo e invisibile della memoria.*

Papà

Mattia mi raccontò che frenò al rosso: aveva i suoi pensieri. Non era stato bene, non era contento di sé, era solo a Roma, gli amici tutti al mare e il mondo non cambiava neppure di una virgola: lo prendevi a calci, lo agitavi, lo rivoltavi e tornava sempre come prima, peggio di prima.

Il naso gli era ormai tornato a posto: se lo toccava ogni tanto per sincerarsene e anche per mettere a fuoco un altro ricordo di quella sera, molto piú dolce. Quelle erano cose a cui non era abituato, e alle quali forse non ci si abitua mai. Come si trasforma un viso al momento di un bacio! Come diventa bello! Com'è lungo questo rosso! Vuoi vedere che s'è rotto il semaforo?

Fu allora che ne sentí la presenza. L'annusava come un cane da caccia, l'avvertiva a distanza, ormai. Ma stavolta l'odore era forte, piú forte del normale. Strinse le mani a pugno fino a imbiancarne le nocche. Si girò impercettibilmente sulla destra finché quel colore non cominciò a entrargli nel campo visivo.

Era lí, al suo fianco, rosa da far schifo, pronta a partire, già rombava, mandava gemiti di carburatore spremuto, godeva prima di violentare, sbavava schiuma di rabbia dai collettori, era lí, pronta allo scatto, provocatoria, ghignante presa per il culo, spavalda, invincibile, la Harley Davidson.

Mattia tornò a guardare avanti, accarezzò il serbatoio della Ducati con la mano e cominciò a salir di giri: sentiva il rombo dell'Harley Davidson andare piú su, piú su, molto piú in alto del suo: sparirono le case, gli amici, Roma, sparí il bacio ricevuto: fu notte o giorno o alba di un altro mondo, su un altro pianeta, dove non c'è niente tranne che il male e il bene, una Harley e una Ducati, cacciatesi al di là del tempo sull'unica strada che conta in mezzo a galassie e pensieri. Sparí tutto tranne quel frastuono assordante, l'attesa del semaforo verde come una liberazione, un coito, il giorno della creazione, l'istante piú alto dell'amore, dell'odio, la forza di fermare il sole e tornare indietro nel tempo e volare invisibili e cambiare la storia.

Mattia barò. Lasciò la frizione quand'era ancora verde e giallo dall'altra parte. Evitò per un pelo il culo di una Volkswagen che sfrecciava davanti, arrivò a ottomila giri in prima, a diecimila in seconda, non vedeva, non sentiva altro che il suo cuore.

La Harley gli fu subito a fianco. Cambiarono in sincronia ad accelerazione folle, a velocità impensabile e non si guardarono, si odiarono in ogni nuvoletta che usciva dallo scappamento, in ogni gemito che veniva dai pistoni. La Harley lo sopravanzò di mezza ruota ma prese un'inclinazione maldestra, inefficace, e sobbalzò su un ciottolo piú sporgente del pavé; Mattia rimontò quel poco per ingranare in vantaggio: si vide già là davanti, là davanti, dove la strada si stringeva, si stringeva, diventava un imbuto, un cunicolo, dove si poteva passare solo uno alla volta. «Ci muoio qui sopra, ma tu non passi, ci muoio piuttosto»; la strettoia era lí a duecento, cento, cinquanta metri, e la Harley era lí, una ruota davanti, una ruota dietro, una gomma davanti, una gomma dietro e la strettoia era lí, dieci, cinque metri.

Mattia non frenò mai, non si sognò mai di stringere il freno, lui non aveva freno, non piú, aveva solo l'acceleratore, voglia di vivere.

Non frenò e passò per primo, e mentre passava sentí il primo schianto dell'Harley che andava a sbattere sul muro di destra, e poi il secondo, su quello di sinistra, e poi di rimbalzo in rimbalzo altri schianti a destra, a sinistra, a destra: vide i pezzi volargli di fianco, sulla testa, cadere sparsi dietro, davanti, accartocciarsi, sgonfiarsi, mandar scintille sul selciato, roteare, fermarsi, morire. Vide e continuò a correre per evitarli, per uscirne, per godersi quel grido di gioia che gli esplodeva dentro e non poteva piú trattenere e già diventava urlo e brividi e festa immensa e giubilo.

Quando sentí silenzio cominciò a dar pacche alla Ducati: si voltò, rallentò, fece dietrofront in derapata e ammirò la scena.

Il vicolo era tutto rosa: di vernice, di pezzi di motore, cambio, manubrio, lamiere, vetrini, sellino, specchietti, gomme dilaniate, catarifrangenti, pistoni.

E rosa era quel punto d'uomo lontanissimo in piedi, battuto, annullato, ma salvo, vivo per fortuna.

Questo mi racconta ancor oggi Mattia, quando ci sdraiamo su un prato a guardare le stelle che, come tutti sanno, si chiamano cosí perché esaudiscono i desideri.

*Note con nota**

* Sospettando fortemente che possano sentirsi con qualche ragione oltraggiati, sbeffeggiati, offesi, si avvertono i signori linguisti, antropologi, matematici e fisici, che nelle seguenti note, come spesso nel libro, scherzo sapendo di scherzare. A tutti gli altri vorrei dire (ma non posso) che non sono mai stato cosí serio in vita mia.

[1] È evidente che mi stava spacciando per suo l'animismo di E. B. Tylor, con ogni probabilità teorizzato in seguito a un delirium tremens.

[2] Max Müller studiava tante cose insieme che se le confondeva l'una con l'altra. Non altrimenti si spiega che per lui i «numi» fossero nomi, ossia che gli dèi siano nati dalle parole. Meno male che non fu mai un matematico, nel qual caso ci avrebbe cacciato dentro anche i numeri.

[3] Marius Schneider, *La musica primitiva*, Adelphi, Milano 1992, p. 20.

[4] *Ibid.*, p. 21.

[5] Questo discorso di Otto è volutamente grossolano e per lo piú fantastico. A volte Otto guida i treni come se fossero trenini elettrici. Colgo l'occasione per dissociarmi anche dalle sue teorie sull'apparire diacronico dei suoni nella storia.

[6] Otto si soffermò particolarmente sui suffissi che indicano chi compie l'azione (*nomina agentis*). Io capii solo che la maggior parte di questi è in *-iere*, *-ttiere*, *-tore*, *-ssore*. Oggi so che la derivazione iniziale passa per la divisione greca *tōr*, *tēr*.
Émile Benveniste notò che se il suffisso è *-tēr*, il nome indica individualità nell'azione stessa. Si consideri «pa-ter»: quello di padre non è un mestiere, ma una funzione dettata da necessità esterna. Se invece il suffisso è *-tōr*, si instaura un rapporto unico e diretto tra la persona che compie l'azione e l'azione svolta («pittore»-«pittura»).

[7] Qui c'è da chiarire: gli eraclitei, come capita a molti allievi, capirono poco il loro maestro e supposero che il linguaggio nascesse e si trasformasse secondo natura (*phýsei*) parallelamente al divenire delle cose. Socrate nel *Cratilo* (392c-422c) inventa di sana pianta un cumulo di etimologie insostenibili per dimostrare che i nomi non contengono l'essenza delle cose. Otto, qui, glissò troppo in fretta, anzi mi parve perfino euforico sulla trovata che *ánthropos* (uomo) derivi da *anatrōn* (colui che considera) *á* (ciò che) *ópope* (osserva), al contrario degli animali che vedono ma non considerano (*Cratilo* 399c).

[8] De Saussure teorizzò che tutte le radici indoeuropee fossero composte da due consonanti e dalla vocale *e* (schema C e C): sarebbero poi intervenuti due «coefficienti sonantici» (A e O) a modificare la *e* originaria.
Sta di fatto però che molte radici (ad es. **es* e **do*) avevano una sola consonante.
Fu Möller, poco tempo dopo, a ipotizzare l'esistenza di un suono consonantico originario (che chiamò «laringale») al posto della consonante mancante. Quando, nel 1927, si scoprí che l'ittito possedeva un suono simile rappresentato da H, si accertò che anche radici apparentemente monoconsonantiche erano in realtà riconducibili allo schema C e C. E cosí **es* sarebbe stato **Hes* e **do *doH.*

[9] Émile Benveniste (linguista, filologo) e Jean-Pierre Vernant (mitologo).

[10] Come con quelle bocce per tutta la notte, Benveniste si accaní sulle radici indoeuropee per dieci anni, fino a provare ciò che De Saussure e Möller avevano a lungo studiato, e cioè la veridicità dello schema cons + voc + cons nel nucleo originario del comunicare.

[11] [Nota dell'autore].
Questa originale distinzione scatenò l'ira di due studenti mitomani di un liceo milanese, che si videro rappresentati nei personaggi di Julian e Mattia. I suddetti mi intentarono causa, sostenendo senza nessun fondamento che avrei fatte mie con subdolo inganno alcune loro espressioni gergali.
Riporto testualmente le lettere che i nostri avvocati si sono scambiate:

Mitt. Studio legale Pisapia
in vece degli assistiti
Giulio «Il Satiro» e Mattia «Lo Zoppo»

Egregio Sig. Vecchioni,

con questa missiva vogliamo palesarle il disappunto che ci ha colto nel vedere violate ignominiosamente le leggi del copyright.

Siamo infatti venuti a conoscenza del Suo abuso perpetrato nei confronti dei beni morali della nostra società.

Ha infatti plagiato le note citazioni satirico-zoppiche (divisione in uomini-mestruo, uomini-uccello), oltraggiando la figura dello Zoppo, copiandone spudoratamente i tratti caratteristici senza far pervenire ai nostri assistiti un adeguato compenso remunerativo. È stato inoltre grottesco il tentativo di aggirare il copyright degenerando il nome del nostro secondo assistito in Julian. La preghiamo di voler gentilmente rimediare a questa Sua manchevolezza o ci vedremo costretti, nostro malgrado, ad appellarci al quinto emendamento della costituzione citando la Vostra persona in giudizio. Che quantomeno ci si dedichi un'adeguata prefazione.

P.S. Questa lettera si autodistruggerà.

Gentili Signori
«Lo Zoppo» e «Il Satiro»
c/o Liceo classico Beccaria
via «via, che poi passa»
Milano

Il nostro assistito Prof. Roberto Vecchioni si pregia per nostro tramite di rispondere alle ridicole accuse mossegli a proposito di deliranti mire su alcuni copyright.

Egli si premura di informarVi che la paternità della terminologia «Uomini-mestruo» e «Uomini-uccello» è vecchia come il cucco e risale al sociologo arabo Stam In Siem, che aveva già diviso i maschi in uomini «col ciclo» e uomini «con la moto».

Quanto all'«ingegnoso espediente» di adombrare sotto il nome di Julian il Sig. Giulio detto «Il Satiro», il nostro assistito tiene a far sapere che non al detto Giulio si è ispirato, ma a Giuliano Ferrara, di cui Julian riproduce fedelmente tratti somatici e preferenze sessuali. Né può aver alcunché da pretendere il Sig. Mattia detto «Lo Zoppo», perché, chiosa il nostro assistito, non è né il ganzo di sua figlia, né romano, né alto.

Nel consigliarVi di recedere da questo patetico tentativo, che gran male causerebbe alla letteratura italiana e getterebbe lunghe ombre su un piú che probabile premio Nobel, porgiamo i sensi di un sospettoso arrivederci.

Studio legale A. Z. Zecca G. Arbugli

12 Eliade Mircea (1907-86). Rumeno, storico delle religioni. Dopo aver massacrato, durante un esame, uno studente sul rapporto tra *Atman* e *Brahman* nell'induismo, gli domandò se credesse in Dio. «No, – rispose il ragazzo, – ma se mi dà un diciotto comincio anche da subito».

13 La prima volta che provò la cocaina, De Sauro scrisse il seguente brano: «Bisognerebbe intendersi una volta per tutte sulla terminologia matematica. Ad esempio, cosa significa "divisore"? Quando scrivo 2:2 intendo:
a) due diviso in due parti?
b) due diviso per due volte?
Teniamo buona (a). È abbastanza bizzarro che si divida "in parti", dato che si moltiplica "in volte". Comunque, in tal caso avremmo 2:2 = 1 e 1 (e non 1 soltanto), non potendo scomparire nel nulla una delle due unità. Ma piú speciosamente prendendo le "parti" come punti su un segmento di lunghezza "due", avremmo $2:2 = 0,\overline{6}$:

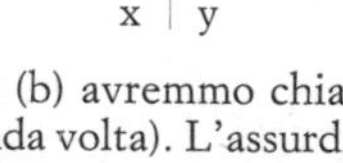

ab = 2

Se invece fosse vero (b) avremmo chiaramente 2:2 = 1 (prima volta) e quindi 1:2 = ½ (seconda volta). L'assurdità risulta ancor piú evidente con 2:0, perché 2 diviso in nessuna parte o nessuna volta dà sempre 2».

14 Pierre Fermat (1601-65). Matematico francese. Lasciò sul margine di un libro l'enunciato del suo famoso teorema: «$x^n + y^n \neq z^n$ per $n > 2$», aggiun-

gendo: «della quale cosa scopersi in vero una mirabile dimostrazione. La ristrettezza del margine non la può contenere».
Già questo doveva dar da pensare: come mai con un margine appena un po' piú grande Fermat l'avrebbe potuto esporre, e invece furono necessarie decine di fogli a chi ne venne a capo solo pochi anni fa e in piú partendo dai sinusoidi modulari che Fermat poteva solo immaginare dai getti della sua pipí?
In realtà a Fermat non passò manco per la testa di risolverlo: intuí che era giusto, da quel genio che era, e lo ammollò ai posteri che abboccarono a frotte come gonzi.
La matematica è come l'America: non ha leggende e se le crea per sembrare umana. Crollato Fermat, resta comunque ancora irrisolto il teorema del trio cinese Tell-Mih-Waj: «Per $a \neq n$, nessun numero elevato a potenza è uguale alla potenza elevata a quel numero, ovvero $a^n \neq n^a$».

15 Naturalmente De Sauro stava pensando al grande matematico Kurt Gödel, cecoslovacco come Otto. Gödel sosteneva che è impossibile dimostrare la coerenza di un sistema logico-matematico restando all'interno del sistema stesso: che esistono quindi affermazioni dell'aritmetica la cui verità (o falsità) non può essere stabilita servendosi di assiomi o deduzioni aritmetiche. Sarebbe come chiedere a un gelataio se i suoi gelati sono buoni.

16 Mirabili le soluzioni di Jean-Pierre Aimè Lucas (1796-?) e di Onorato Giannotti (*Prove incontestabili della vera quadratura del cerchio*, 1856); piú arzigogolata quella di Gaetano Rossi nel 1964.

17 Il teorema De Sauro-Patchkin* è in realtà molto piú complesso. Esso tende a contestare la pretesa veridicità assoluta del primo assioma euclideo: «Due cose uguali a una terza sono uguali tra loro». Ne do qui una ricostruzione sommaria. Per maggiori indicazioni rimando a *Puttanate di geometria piana* di Agrigento De Sauro e a *Niente è certo, nemmeno che niente è certo* di Anatolj Patchkin. L'enunciato del teorema in questione è il seguente: «Due cose uguali a una terza sono uguali tra loro ma diverse dalle due cose confrontate alla terza», ovvero:

$$A = C \text{ e } C = B \text{ ma } A = B \neq C$$

Supponiamo $A = C$.
Se le due grandezze fossero una sola grandezza che si confronta con se stessa non si evidenzierebbero funzioni di tempo e di spazio. Avremmo:

$$A = A \text{ e } C = C$$

Ma il confronto tra due grandezze uguali, e distinte, presuppone una collocazione nello spazio e nel tempo. Avremo quindi piú correttamente:

$$A(t_1) = C(t_1) \text{ e } A(s_1) = C(s_1)$$

Stesso ragionamento è applicabile per $B = C$ confrontati contemporaneamente ad $A(t_1) = C(t_1)$, per cui si arriva ai seguenti semirisultati:

$$A(t_1) = C(t_1) \qquad B(t_1) = C(t_1)$$
$$A(s_1) = C(s_1) \qquad B(s_1) = C(s_1)$$

[qui Patchkin è piú intransigente di De Sauro e già prefigura un $B(s_2) = C(s_2)$].

Data la terza eguaglianza [Patchkin non dà per certa questa terza eguaglianza come invece fa De Sauro]

$$A = B$$

si consideri che essa è indicata in mutate condizioni di tempo e di spazio rispetto alle due precedenti ovvero:

$$A(t_2) = B(t_2) \text{ e } A(s_2) = B(s_2).$$

L'unico modo per equiparare la terza uguaglianza alle prime due sarebbe quello di pensarle per astrazione fuori dal tempo e dallo spazio.
Per fare ciò dovremmo dimostrare l'assoluta veridicità del ragionamento astratto in generale e in questo caso particolare, e cioè «l'identica provata capacità in tutti gli uomini di concepire grandezze simili fuori dal tempo e dallo spazio» [A. De Sauro, *Puttanate di geometria piana*, p. 725]. Il che non è dimostrabile dato che «l'astrazione è probante e provata, oggettiva, veridica come procedimento e metodo ma non lo è nella scelta dei modelli empirici: è vera come "forma", ma non dà certezza assoluta dei contenuti evocati» [*ibid.*, p. 726]. Il che è come dire che astraiamo tutti allo stesso modo, ma non le stesse cose. Non essendo possibile ciò si evince che:

$$A(t_2) = B(t_2) \text{ e } A(s_2) = B(s_2)$$

da qui si conclude che se

$$A(t_1) = C(t_1) \text{ e } B(t_1) = C(t_1)$$
$$A(s_1) = C(s_1) \text{ e } B(s_1) = C(s_1)$$

necessariamente

$$A(t_2) = B(t_2) \neq A(t_1) = C(t_1)$$
$$A(t_2) = B(t_2) \neq B(t_1) = C(t_1)$$

e lo stesso in funzione spazio.

* Anatolj Patchkin (1943-vivente?). Matematico armeno. La morte di suo fratello (suicida a sette mesi nel grembo materno) lo fece uscire di senno. Teorizzò che non esistono definizioni, assiomi, verità assolute e che tutto debba essere dimostrato. Sparí a Disneyland nel 1997. La sua ultima frase fu: «Se Topolino non è Topolino, io non sono io».

18 La teoria della relatività di Einstein, supponendo un rapporto di variabilità del tempo connesso alla velocità, fa asserire a Kurt Gödel (nel 1921) che siano possibili viaggi nel passato (o nel futuro). Ciò scatena un vespaio di paradossi scientifici: la semplice asserzione «Posso tornare indietro e uccidere mio nonno», presuppone che io non nascerei piú e quindi non potrei nemmeno uccidere mio nonno.

19 *a*) «Non c'è alcun metodo per scoprire una teoria scientifica».
b) «Non c'è alcun metodo per accertare la verità di un'ipotesi, né se un'ipotesi è probabile o probabilmente vera».
c) «Considerando che ogni ipotesi universale *h* va totalmente al di là di qualunque evidenza empirica *e*, la sua probabilità $p(h, e)$ rimarrà sempre uguale a zero, perché l'ipotesi (*h*) universale afferma qualcosa relativamente a un numero infinito di casi, mentre il numero dei casi osservati non può che essere finito».
d) «Tutta la conoscenza rimane fallibile, congetturale. Noi impariamo attraverso confutazioni, cioè attraverso l'eliminazione di errori».

e) «Criterio di demarcazione tra "scienza empirica" e "non scienza" non è quindi la "verificabilità" delle teorie (che è impossibile), ma la "falsicabilità" di un sistema: insomma, conoscere è sbagliare».

Le citazioni di Karl Popper sono tratte da *Congetture e confutazioni. Lo sviluppo della conoscenza scientifica*, a cura di G. Pancaldi, il Mulino, Bologna 1972, e da *Logica della scoperta scientifica*, trad. it. di M. Trinchero, Einaudi, Torino 1970.

20 Il bidello Rosario il giorno prima di andarsene in pensione non resistette piú e aprí di nascosto quel pacchetto. Ci trovò una mozzarella e se la mangiò.

21 Veramente il verbo è già in Petrarca (*Il trionfo della fama*, II, v. 75).

22 Già etimologicamente il numero due ha i suoi guai, visto che **dis* (doppio, sdoppiato) presenta una non provata ma fascinosa affinità con **dys*, prefisso che vale «infausto», «male», «contrario» (cfr. italiano dis-abile, dis-attento). Ogni frazione di unità contiene infatti i due concetti di «divisione» e «distruzione», riscontrabili nelle leggende di tutti i gemelli mitici. L'evidenza di $2+2=4$ in teoria è palmare, ma i guai cominciano quando si fanno i conti con la realtà, perché non esiste in natura niente di indiscutibilmente uguale ad altro come si ipotizza in astratto.

Qualche esempio:

a) Il piú semplice lo traggo da *Nunn'è 'o vero*, opera minore del fisico napoletano Ignazio Amore*: disegnate due quadrati su un foglio; disegnatene poi altri due, identici, su una carta velina e sovrapponeteli ai primi in modo che combacino perfettamente. Non avrete quattro quadrati, ma due soli.

b) Come rileva Bryan Nath, se la Nasa inviasse due astronavi su Saturno per certi rilievi e dopo una settimana ne spedisse altre due identiche per diverse operazioni, solo per una fallace sintesi concettuale diremmo che le astronavi sono quattro: in realtà sono 2(x) e 2(y).

c) Se io attraversassi due ponti di seguito e li rifacessi tornando indietro, avrei solo l'illusione di averne percorsi quattro. In realtà ne avrei passati due per due volte, dove 2×2 non dà evidentemente 4, ma resta 2×2.

d) Sottilissima l'eccezione mossa da Ivan Tučenko**: è errato $2+2=4$; $2+2$ dà 4+, perché anche il segno deve restare nell'eguaglianza.

* Ignazio Amore uccise la moglie perché una mattina gli aveva portato Nescafé al posto dell'espresso. Fu lí lí per essere assolto dal Foro di Napoli.

** Ivan Tučenko la dimostrò a sei anni. A sette contestò che $\sqrt{1}$ fosse uguale a 1.

23 K. Popper, *La società aperta e i suoi nemici*, trad. it. di R. Pavetto, Armando, Roma 1973. Nuova ed. a cura di D. Antiseri, ivi 1996.

24 Questa interpretazione del pensiero di Popper è desunta dal bellissimo saggio *Fallibilità della scienza e difesa della società aperta*, apparso su «Prometeo», dicembre 1999, n. 68. L'autore, Dario Antiseri, è il direttore del Centro di Metodologia delle scienze sociali.

Stampato per conto della Casa editrice Einaudi
presso Mondadori Printing S.p.A., Stabilimento N.S.M., Cles (Trento)

C.L. 17471

Edizione						Anno			
3	4	5	6	7	8	2011	2012	2013	2014